Verrate mich

Willow Heights Akademie:

Die Elite

Buch zwei

Selena

SELENA

VERRATE MICH

Wer mit Ungeheuern kämpft, mag zusehn, daß er nicht dabei zum Ungeheuer wird. Und wenn du lange in einen Abgrund blickst, blickt der Abgrund auch in dich hinein.

-Friedrich Nietzsche

SELENA

Klappentext

Benutzt. Wertlos. Gebrochen.

Die Darlings glauben, sie hätten gewonnen. Sie denken, dass sie mich besiegt haben, dass nicht mehr bin als das, womit sie mich beschimpfen: eine Hündin.

Aber es gibt Dinge, die sie nicht über meine Familie wissen. Sie wissen nicht, wie weit ich gehen werde, um mich zu rächen. Um meine Familie zu beschützen. Um meinem Namen Ehre zu machen.

Devlin denkt, er hat mich gebrochen, aber da irrt er sich. Ich werde niemals vergessen, was er mir angetan hat, und ich werde es ihn nie vergessen lassen. Nicht, bis ich mich an ihm gerächt habe.

Weil Dolces nicht brechen.

Wir brechen Herzen.

SELENA

Eins

Triggerwarnung

Wenn du eine brauchst, ist diese Autorin nichts für dich.

Crystal

Es gibt das Leben und es gibt das Leben ohne Royal. Aber das ist zu einfach gedacht. Denn ein Leben ohne Royal ist kein Leben. Ohne Royal … hört das Leben auf.

„Komm schon, Crys, du musst essen", schmeichelt Duke. Wir sitzen an einem Tisch in einem Diner, das nach billigem Frittieröl und dem Imitat von Ahornsirup riecht.

SELENA

„Ich kann nicht essen", murmele ich, stecke das Handy in meine Tasche und schiebe meinen Teller mit Pfannkuchen und Würstchen weg.

„Möchtest du Eis?", fragt King.

„Es ist noch nicht einmal Mittag", erinnere ich ihn. „Das steht noch nicht auf der Speisekarte."

„Ich wette, ich könnte eines für dich besorgen", sagt er und nimmt meine Hand.

Beim Gedanken an mein Lieblingsessen verkrampft sich mein Magen und ich nicke. Ich weiß, dass sie versuchen, nett zu sein. Aber ich kann den Gedanken nicht ertragen, hier zu sitzen, während Royal fort ist.

Eine Minute später erscheint King mit einem Stück Apfelkuchen, auf dem eine Kugel Vanilleeis schmilzt. „Du musst essen, kleine Schwester", sagt er und stellt es vor mich.

„Wir müssen etwas tun", sage ich und nehme einen Bissen. Ich schmecke nichts, schlucke den warmen, würzigen Kuchen und das kalte, süße Eis herunter. Ich spüre nur noch das Loch, wo einmal mein Herz gewesen ist, es ist gezackt und ausgehöhlt, als hätte Devlin mir einen Eisportionierer in die Kehle gezwängt.

Und dann kann ich nicht mehr atmen und Tränen steigen mir in die Augen. Ich versuche, den Kuchen zu schlucken, aber er bleibt mir im Hals stecken. Tränen laufen über meine Wangen und tropfen in mein Eis.

„Crys", sagt King, rutscht um den Tisch herum und legt einen starken Arm um mich. Er weiß, dass ich keine Heulsuse bin, aber das … Das sind keine gewöhnlichen Umstände. Heute bin ich eine Heulsuse.

Plötzlich ist der Schock, den ich gespürt habe, als King mir Royals Verschwinden gebeichtet hat, wieder da. Die Erkenntnis, welche Rolle ich dabei versehentlich gespielt habe, ist zu viel. Ich springe von meinem Sitz auf, rase durch die Tür und falle im Badezimmer auf die Knie, entleere meinen Magen und würge Galle hoch, bis es zu sehr schmerzt, um weiterzumachen. Als ich mich hinsetze, bemerke ich, dass alle drei meiner Brüder hinter mir stehen, bereit dazu, meine Haare zu halten. Aber ich kann nur denken: *Es sollten vier sein.*

SELENA

Dieses Mal finden sie nicht die richtigen Worte, damit ich mich besser fühle. Diesmal gibt es keine richtigen Worte und nichts wird mich besser fühlen lassen. Nichts kann mich überhaupt fühlen lassen.

Ich habe gedacht, ich hätte Taubheit empfunden, nachdem ich herausgefunden hatte, dass ein Mädchen, das ich gemobbt hatte, versucht hatte, ihr Leben zu beenden. Jeden Tag habe ich gegen die Dämonen gekämpft, die mir ins Ohr geflüstert haben, dass ich erwischt worden bin, dass jeder gewusst hat, dass ich eine Betrügerin bin. Meine Brüder sind noch die Könige der Schule gewesen, aber ich habe mich nicht mehr wie ihre Dolce-Prinzessin gefühlt. Als die Leute es herausgefunden haben, haben sie angefangen, um meinen Thron zu kämpfen. Sie haben mich niedermachen wollen. Eigentlich besteht der Großteil der Macht, Königin zu sein, darin, selbst zu glauben, dass man eine ist. Zu glauben, dass man den Status verdient. Und ich habe gewusst, dass ich das nicht getan habe.

Sechs Monate lang bin ich gefallen. In Ungnade gestürzt. Ich bin durch die Schule gelaufen und habe zugesehen, wie mein Thron zusammengebrochen ist und ich in Zeitlupe heruntergestürzt bin. Es ist mir egal gewesen.

Aber das ist nichts im Vergleich hierzu. King hat mich damals immer noch zu einem Eis einladen können und mich dadurch aufgemuntert. Duke hat immer noch lustig sein können und mich zum Lachen gebracht. Jetzt … bringt Eis mich zum Kotzen und der Gedanke, zu lachen oder mich besser zu fühlen, ist Verrat.

„Das war eine schlechte Idee", sagt King und legt einen Arm um mich, als ich mein Gesicht gewaschen habe. „Mach neue Schminke drauf und lass uns nach Hause fahren."

Nach Hause. In das Haus direkt neben Devlin Darling, der mich benutzt und mich aus dem Weg geräumt hat, während Preston –

Ich werde das Wort nicht denken. Ich werde nicht darüber nachdenken, was er getan hat. Ich denke nicht an eine Welt, in der Royal Dolce nicht mein Bruder ist, mein Zwilling, meine tapfere, leichtsinnige andere Hälfte, die in mir niemals zum Vorschein kommen darf. Ich muss eine

Dolce-Tochter sein, mein Image pflegen, der mühelosen Schönheit meiner Mutter nacheifern und der kleine Engel meines Vaters sein. Ich kann nicht kämpfen, ficken und betrunken ohnmächtig werden wie meine Brüder.

Ich muss mein Make-up auffrischen und meinen Zopf straffen, damit ich der Welt ein makelloses Gesicht präsentiere, auch wenn ich innerlich in Millionen von Kristallsplittern zerbreche.

Eine Frau mittleren Alters mit einem Karen-Haarschnitt und einem alten Armeeoutfit versucht, ins Badezimmer zu kommen, aber Baron drückt die Tür vor ihrer Nase zu. „Komm schon", sagt er zu mir und lehnt sich an die Tür, damit uns niemand stört.

Ich tue, was mir gesagt wird, ohne es zu hinterfragen. Ich kann meine Hände nicht spüren, aber sie wissen, was zu tun ist. Zehn Minuten später ist mein Make-up wieder an Ort und Stelle. Wenn du nicht genau hinsiehst, merkst du nicht einmal, dass meine Augen noch ein bisschen rot sind vom Kotzen und Weinen.

Wir verlassen das Badezimmer, ignorieren den Manager und die Karen und ihren Mann, die uns alle anschreien. Wir beeilen uns nicht und trödeln nicht. Wir gehen aus dem Diner wie vier Kinder, die an einem x-beliebigen Tag wie alle anderen dort gefrühstückt haben. Als ob unser Bruder letzte Nacht nicht verschwunden wäre.

Als wir am Haus anhalten, schieße ich im Sicherheitsgurt nach vorn, ein Schrei entkommt meiner Kehle. In der Auffahrt steht ein Polizeiauto mit blinkenden Lichtern.

Zwei

Crystal

Ich kann Royal nicht verlieren. Ich kann diese Möglichkeit nicht einmal begreifen. Royal zu verlieren bedeutet, mich selbst zu verlieren. Das heißt, meinen Bruder zu finden, bedeutet, mich selbst wiederzufinden.
Nicht wahr?

Ich taumele aus der Tür, bevor sie mich aufhalten können, und vergesse, dass ich meine dämlichen High Heels vom Homecoming mit der Jogginghose trage, die ich Devlin gestohlen habe. Ich stürze aus dem Evija und falle auf Händen und Knien zu Boden, ein zweiter Schrei bleibt in meiner Kehle stecken. Starke Arme legen sich um mich und King hebt mich auf die Füße.

VERRATE MICH

„Nicht hier in der Öffentlichkeit", sagt er und richtet seinen Blick auf Devlins Haus. In den Augen meines Bruders liegt etwas, das ich noch nie zuvor gesehen habe, und ich weiß in diesem Moment, dass keiner von uns jemals derselbe sein wird. Das hier ist keine dumme High-School-Variante von Game of Thrones, um zu sehen, wer diese Stadt regiert. Das ist echt.

Papa kommt angerannt, sein Handy in der Hand, das Gesicht verärgert. „Ich habe die ganze verdammte Nacht versucht, euch anzurufen", blafft er uns an und seine Augen sind auf mich gerichtet.

„Entschuldigung, Papa", sage ich und beiße mir auf die Lippe, als sie zu zittern beginnt.

„Okay, alle anderen sind in Sicherheit", ruft er über die Schulter einem vierzigjährigen blonden Polizisten zu, den ich vage aus einem anderen Leben wiedererkenne. Ach, ja. Er ist derjenige, von dem Dixie gesagt hat, er sei süß. Der, den ich bei den Footballspielen gesehen habe. Hat er ein Kind im Team? Hat sie das gesagt? Nein, sie hat etwas über ihn und die Darlings gesagt …

SELENA

„Ich habe dir doch erklärt, dass ich mit ihnen gesprochen habe", sagt King irritiert zu Papa. „Ich habe dir gesagt, dass es ihnen gut geht. Uns geht es allen gut. Wo zum Teufel ist Royal?"

Mein Kopf dreht sich, meine Gedanken zersplittern. Auch mein Herz schlägt in einem zersplitterten Rhythmus und kracht gegen meine Rippen wie die zwei Silben seines Namens.

Roy-al. Roy-al. Roy-al.

Der Polizist kommt auf uns zu und ich schwanke auf den Beinen. Diesmal ist es Duke, der einen starken Arm um meine Schultern legt und mich so fest an sich drückt, dass ich kaum atmen kann.

„Ich möchte, dass Sie wissen, dass wir alles tun werden, um Ihren Jungen zu finden", sagt der Polizist.

Was bedeutet, dass er nicht tot ist. Er ist nicht tot. Denn wenn er es wäre, würde sich die Welt zwar weiterdrehen, aber ich wäre nicht mehr das, um es mitzubekommen. Wenn Royal tot wäre, würde ich es wissen. Ich würde auch sterben.

VERRATE MICH

„Jetzt stellen wir Ihnen nur noch ein paar Fragen. Wenn diese Kinder vielleicht etwas Hilfreiches wissen, bekommen wir vielleicht noch ein paar mehr Infos."

„Ist das nicht Ihr Job?", fragt Duke.

Der Polizist lächelt und streckt eine Hand aus. „Absolut", sagt er. Er hat einen starken Südstaatenakzent, aber nicht wie die Darlings. Der Akzent dieses Typen klingt geradlinig, wie von einem Redneck. „Ich bin Officer Gunn, das ist Officer Rosewood. Wir sind hier, um herauszufinden, wohin Ihr Bruder verschwunden ist. Wenn Sie uns also etwas sagen können, das uns helfen könnte, ihn zu finden, können wir ihn nach Hause bringen."

Er ist groß und breitschultrig und füllt die schwarze Uniform perfekt aus. Hinzu kommt der Hauch von goldenen Stoppeln, die sich über einen kräftigen Kiefer verstreuen, und ich kann verstehen, warum Dixie ihn trotz des Akzents für attraktiv hält. Mir ist es scheißegal, wie er aussieht oder von welcher Seite der Gleise er kommt. Wenn er meinen Bruder findet, falle ich vor ihm auf die Knie und huldige ihm für den Rest meines Lebens.

„Glauben Sie, es geht ihm gut?", platze ich heraus, unfähig, die eine Frage zurückzuhalten, auf die es ankommt.

„Das kann ich nicht beantworten", sagt Officer Gunn. „Aber ich kann Ihnen sagen, dass von neun in zehn Fällen, wenn diese Kinder vom Hafer gestochen werden, sie bis zum Abendessen wieder zu Hause sind."

„Mein Sohn wird nicht vom Hafer gestochen", sagt Papa eiskalt, was überhaupt nicht stimmt. Aber Royal hätte es uns gesagt, wenn er irgendwohin hingehen würde. Er hätte es Papa nicht erzählt, aber er würde es King erzählen. Wir sagen das immer King. Er weiß alles über uns alle.

„Also, er ist noch nie eine Nacht abgehauen, ohne Ihnen zu sagen, wohin er ging?", fragt Officer Gunn.

Keiner von uns kann leugnen, dass Royal das getan hat – dutzende Male. Es ist erst der nächste Morgen. Ich weiß, ich sollte mich beruhigen, da er wahrscheinlich jeden Moment mit einem Kater und einem blauen Auge wie all die anderen Male auftauchen wird. Aber irgendwie weiß ich, dass es diesmal nicht passieren wird. Ich weiß es und Papa muss es auch wissen, denn es ist erst Mittag und er hat schon die Polizei gerufen.

„Er ist unter achtzehn", platze ich heraus. „Sollte nicht das FBI involviert werden oder so? Er ist entführt worden!"

„Nun, lassen Sie uns keine voreiligen Schlüsse ziehen", sagt Gunn und hebt die Hand. „Die zuständigen Behörden wurden benachrichtigt, aber es sind erst ein paar Stunden vergangen. Manchmal tun Teenager impulsive Dinge. Vertrauen Sie mir, ich weiß das. Ich habe selbst ein paar von denen."

„Er ist nicht weggelaufen", knurre ich.

„Noch einmal, ich sage nicht, dass er es getan hat", sagt Officer Gunn und hebt die Hand. „Aber ein Umzug kann für ein Kind schwer sein. War er glücklich, dass er hierherziehen musste? Hat er sich in der Schule gut gemacht?"

„Sie kennen die Antwort darauf", sagt Papa und tritt vor, sodass er den Polizisten überragt, die Brauen zu einem donnernden Stirnrunzeln zusammengezogen.

„Haben Sie seine Mutter angerufen?", fragt Polizist Gunn. „Wäre es möglich, dass er –"

„Was?", frage ich und gestikuliere auf das Haus. „Ohne sein Auto zurück nach New York gefahren ist?"

Duke drückt mich an sich, sein Griff wird fester. Ich darf nicht die Fassung verlieren. Auch jetzt muss ich mich zusammenreißen.

„Natürlich habe ich mit meiner Frau gesprochen", sagt Papa mit harter Stimme.

„Ich verstehe, wie aufgebracht Sie sein müssen", sagt Polizist Gunn. „Solche Fragen müssen wir stellen. Alle Möglichkeiten abdecken."

Wir teilen ihm schnell die wenigen Details mit, die wir haben – eine Schätzung, wann wir den Tanz verlassen haben, wann wir ihn das letzte Mal gesehen haben, wann er jedem von uns das letzte Mal geschrieben hat. Mein Magen zieht sich bei jeder Antwort zusammen und Übelkeit packt mich. Es ist unsere Schuld. Wir haben ihn dort gelassen. Was bin ich doch für ein Arschloch? Ich habe meinen Zwillingsbruder zurückgelassen und bin mit jemandem in ein Auto gesprungen, den ich nicht einmal mag, jemand, der mich bis auf letzte Nacht die ganze Zeit scheußlich behandelt hat. Ich bin in seinem Auto gefahren und habe eine tolle Zeit gehabt. Ich habe eine verdammte Party gefeiert, während mein Zwilling –

Bevor ich den Gedanken zu Ende bringen kann, biegt das kleine rote Cabrio, das Devlin als Ersatz für den Bel Air gekauft hat, in die Nachbarschaft ab. Mein Magen zieht sich zusammen und Dukes Arm sinkt auf meine Hüfte und legt sich um mich, als ob er denkt, ich würde ins Haus rennen und mich verstecken. Das möchte ich auch. Ich will mein Gesicht nie wieder zeigen. Nicht ihm. Er verdient es nicht, meinen Schmerz zu sehen.

King sieht uns stirnrunzelnd an, er bemerkt offensichtlich, dass etwas vor sich geht, von dem er noch nicht weiß. O Gott. Er weiß nicht, was ich letzte Nacht getan habe. Und er wird mich umbringen, wenn er es herausfindet. Denn egal wie wenig ich es will, ich werde es ihm sagen müssen.

SELENA

Devlins Auto fährt langsam die Auffahrt hinauf, nimmt sich alle Zeit der Welt, stellt sicher, dass wir ihn sehen und dass er es nicht eilig hat, sich vor uns zu verstecken. Mein ganzer Körper ballt sich wie eine Faust zusammen und entspannt sich nicht, bis er um die Rückseite des Hauses zur Garage fährt.

„Werden Sie nicht mit ihm reden?", frage ich Officer Gunn.

Papa sieht mich streng an, aber das ist mir egal. Es ist mir im Moment egal, wie eine perfekte Prinzessin auszusehen. Es ist mir egal, eine zu sein. Ich will nur meinen Bruder zurück.

„Wissen Sie, sie hat recht", brummt Papa und starrt das Haus der Darlings finster an. „Mr. Darling hat es seit dem Tag, an dem wir eingezogen sind, auf mich abgesehen. Er hat sogar meine Baustelle schließen lassen und behauptet, dass es Streit um das Grundstück gibt."

„Was?", fragt King und dreht sich um, um Papa anzusehen.

„Ja", sagt Papa. „Einer dieser Darling-Bastarde hat mich bei dem Grundstück überboten, auf dem ich die neuen Büros baue."

„Devlins Vater?", frage ich.

„Nein", sagt er. „Einer der anderen. Es gibt sieben dieser Hurensöhne. Jeder von ihnen skrupelloser als der andere."

„Welcher?", bohrt Duke weiter. „War es Prestons Vater? Denn Preston ist der Einzige, den wir letzte Nacht nicht gesehen haben."

„Das ist er", stimmt Papa zu und die Ader in seiner Schläfe beginnt sich zu wölben bei der Erwähnung des Mannes, der anscheinend versucht, sein Geschäft hier in Faulkner zu zerstören.

„Was bedeutet das?", frage ich und mein Bauch dreht sich um. „Gehen wir zurück nach New York?"

„Nein", schnappt Papa. „Das bedeutet, dass wir von Anfang an höher bieten und nicht hinter den Kulissen ein dreckiges Spiel starten, wie es dieser Hurensohn getan hat. Wenn mein Sohn verletzt ist und er dahinter steckt …"

SELENA

„Beenden Sie den Satz nicht", warnt Officer Gunn und hebt eine Hand.

Papa mustert ihn und ich beobachte in seinen Augen, wie er eiskalt berechnet, ob dieser Bulle einer ist, der sich bestechen lässt. Ich weiß nicht viel über Papas Geschäfte, aber ich weiß, dass es unserer Familie nicht geschadet hat, dass mein Onkel Benny in New York bei der Polizei ist. Zumindest wenn es um persönliche Angelegenheiten gegangen ist – wie immer, wenn meine Brüder aufgegriffen oder sogar festgenommen worden sind – hat er uns aus der Scheiße gezogen. Schwieriger ist es hier, wo die Familie Darling die Polizei bereits in der Tasche hat.

Wie aufs Stichwort schwingt die Tür zum Haus der Darlings auf und die drei kommen über den Rasen auf uns zu. Ich versuche zu schlucken, aber meine Kehle stockt und ich kann sie nicht mit Gewalt öffnen. Ich habe Mr. Darling noch nie aus der Nähe gesehen, aber als sie näher kommen, bemerke ich, dass er genau wie sein Sohn aussieht, nur ungefähr zwanzig Jahre älter. Er ist immer noch schlank und fit, mit einer No-Business-Attitüde und einem verkrampften Kinn, als er sich nähert. Mrs. Darling klammert sich an seinen Arm und plappert angeregt, während sie über den Rasen gehen.

Gott, seit wann ist die Fläche so groß? Es scheint, als würden sie uns nie erreichen. Die ganze Zeit über weigere ich mich, Devlin mehr als den flüchtigsten Blick zuzuwerfen. Er hängt ein paar Schritte zurück, ein besorgter Gesichtsausdruck, die Hände in den Hosentaschen und den Blick irgendwo auf den Horizont hinter uns gerichtet.

„Fragen Sie sie", sage ich und zeige mit der Hand auf sie. Ich kann den Anflug von Hysterie in meiner Stimme hören, aber das hält mich nicht auf. „Und Preston Darling. Haben Sie schon mit ihm gesprochen? Weil er letzte Nacht nicht bei uns war. Er hasst Royal. Vielleicht war er hier. Oder Mr. Darling. Ist er nicht ein großer blonder Mann, der direkt neben uns wohnt? Sollten Sie nicht ihn statt uns befragen?"

Die Darlings kommen gerade am Rand unserer Auffahrt an, nur wenige Schritte von ihrem Grundstück entfernt. Ein paar Schritte vorbei an den Fliederbüschen und dem Briefkasten, der ersetzt worden ist, seit Royal dagegen geprallt ist. Ich schließe meine Augen und atmete tief durch. Als ich die Augen öffne, sieht mich Mr. Darling an, den Mund zu einer dünnen Linie zusammengepresst, offensichtlich genervt von dem, was er gehört hat.

Gut. Ich habe nicht versucht, hinterhältig zu sein. Ich glaube, seine Familie ist dafür verantwortlich, und ich werde nichts anderes behaupten, egal wie verrückt es mich aussehen lässt.

Aber er spricht nicht mit mir. Er richtet seine Aufmerksamkeit auf meinen Vater, jeder Teil von ihm ist angespannt, als wartete er auf einen Schlag. „Es ist schon eine Weile her, nicht wahr, Tony?", fragt er und streckt eine Hand aus.

„Ich habe ihm immer wieder gesagt, er soll vorbeikommen und den neuen Nachbarn einen Besuch abstatten", schnurrt Mrs. Darling mit ihrer zuckersüßen Stimme. „Aber du weißt, wie die Darling-Männer sein können. So stur." Sie klammert sich an die Schulter ihres Mannes, als er Papa einen schnellen Händedruck gibt, bevor er sich zurückzieht und sich an Officer Gunn wendet.

Der Beamte nimmt seinen Hut ab und lächelt Mrs. Darling entschuldigend zu. „Es tut mir wirklich leid, Sie an einem Sonntag zu stören, Ma'am."

Mrs. Darling kichert und schlägt ihm auf den Arm.

„Das macht nichts, Officer", sagt Mr. Darling und reicht dem Polizisten die Hand, um sie zu schütteln. „Ich helfe gerne, wo ich kann."

„Dann lassen Sie ihn Ihr Haus durchsuchen", sage ich, die Worte platzen aus mir heraus, während ich ein Schluchzen unterdrücke. „Er hat seinen Körper wahrscheinlich in der Tiefkühltruhe. Ihr kranken Scheißkerle, ihr alle!"

„Jetzt beruhigen wir uns einfach mal", sagt der Polizist und hebt die Hand. „Wir haben keinen Grund zur Annahme, dass ein Verbrechen begangen wurde. Ich verstehe, dass Sie verärgert sind, Miss Dolce, aber jetzt in Panik zu geraten, ist keine Lösung."

„Sie können mein Haus durchsuchen", sagt Mr. Darling und sieht zwischen Papa und dem Polizisten hin und her. „Ich tue alles, was ich kann, um alle zu beruhigen. Ich kann mir nicht vorstellen, wie schwer es ist, sich zu fragen, wo ein Kind ist." Wenn Mr. Darling wirklich versucht hat, Papas Ideen zu stehlen, kann ich verstehen, warum es ihm nach all der Zeit unangenehm wäre, ihn wiederzusehen. Obwohl ich sagen muss, er sieht kein bisschen schuldig aus. Tatsächlich schien sein Angebot, den Bullen zu helfen, aufrichtig zu sein.

Vielleicht kommt Devlins Scheißart von der anderen Seite der Familie.

„Das ist nicht nötig", beginnt Officer Gunn zu protestieren. „Und Sie wissen, Ihr Vater …" Er sieht sowohl schuldig als auch nervös aus, als könnte jemand seine Worte heimlich aufzeichnen, um sie vor Gericht gegen ihn zu verwenden.

Die Mundwinkel von Mr. Darling ziehen sich zusammen. „Wir haben nichts dagegen", sagt er. „Sie haben meine Erlaubnis. Alles, was wir tun können, um zu helfen."

VERRATE MICH

Na klar. Natürlich kennt die Polizei die Darlings.
Sie wissen, dass sie nichts zu verbergen haben, weil sie
ihnen helfen werden, es zu vertuschen. Die Polizisten
müssen in ihren Taschen sein. Sie regieren diese Stadt.
Das haben mir alle gesagt. Plötzlich sehe ich, wie
hoffnungslos alles ist, und ich kann mich kaum aufhalten,
einfach vor Devlin und seiner ganzen Familie
schluchzend zusammenzubrechen. Aber ich werde das
nicht tun. Nicht, weil Royal meine Tränen nicht verdient,
sondern weil Devlin es nicht verdient, auch nur einen
Augenblick wahrer Emotionen von mir zu sehen. Ich
habe ihm bereits alles gegeben. Das hier gebe ich ihm
nicht auch noch. Ich werde ihn keinen weiteren
schwachen Moment von mir miterleben lassen.

„Es ist nicht nötig, das Eigentum von
irgendjemandem durchsuchen", sagt Polizist Gunn.
„Aber wenn es dir nichts ausmacht, mein Guter, kannst
du uns etwas sagen, was wir vielleicht noch nicht wissen?"

Devlins Augen bewegen sich zum ersten Mal vom
Horizont weg und ich weiß, dass er nicht so
desinteressiert gewesen ist, wie er ausgesehen hat. Er ist

wachsam, selbst wenn er woanders hinstarrt und so tut, als ob er sich nicht darum kümmert, was passiert. Er richtet seine Aufmerksamkeit auf mich. Sein Blick streicht mit obszöner Gründlichkeit über meinen Körper, als sähe er mich immer noch nackt auf seinem Bett liegen, wie ein dargebrachtes Opfer.

„Davon weiß ich nichts", sagt er, ein Grinsen spielt um seine Lippen. „Ich war letzte Nacht nicht hier. Ich war mit Crystal zusammen ... die ganze ... Nacht."

Jetzt sehe ich alles so klar. Ich habe meine Jungfräulichkeit geopfert, um sein Alibi zu sein.

Langsam dringt die Bedeutung seiner Worte zu allen durch und ich sehe, wie King und mein Vater sich versteifen.

„Crystal?", sagt Papa.

Ich nicke einmal, mein Gesicht lodert mit einer Mischung aus Verlegenheit und purem, brennendem Hass auf. Ich starre auf den Boden, zu meinen Füßen, die in einem Paar Designer-Absätzen stecken, die mir einst etwas bedeutet haben, wenn auch nur eine Flucht, ein kurzes High, als ich die Kreditkartennummer eingetippt und auf *Bezahlen* gedrückt habe. Die spitze Schuhspitze zielt wie ein Pfeil direkt auf einen einzigen Blutstropfen.

Mir wird schummrig und ich schwanke auf meinen Füßen. Jemand wird dafür bezahlen. Vielleicht wir alle. Aber wir werden nicht die Einzigen sein. Ich werde nicht ruhen, bis mein Bruder wieder bei uns ist und die Darlings noch schlimmer gebrochen sind als ich, in tausend kleine Stücke zerquetscht, als der Dreck entblößt, der sie sind. Ich werde sie wünschen lassen, sie hätten den Namen Dolce noch nie gehört. Und wenn es das Letzte ist, was ich tue, ich werde sie dafür bezahlen lassen.

Drei

Crystal

Royal ist der bessere Teil von mir. Ich brauche ihn jetzt mehr denn je, denn es fühlt sich an, als ob der bessere Teil von mir fort ist, als wäre alles Gute in mir eine Lüge. Was wäre, wenn alles gelogen wäre, die Dolce-Tochter, die Mafia-Prinzessin, die gute Schwester. Was wäre, wenn ich das nie gewesen bin? Vielleicht habe ich wegen Royals Herzensgüte daran geglaubt, aber jetzt sehe ich alles klar. Jetzt kann ich die Wahrheit sehen. Was wäre, wenn ich immer schlecht gewesen bin, so schlecht, dass ich das Leben eines anderen Mädchens so unerträglich gemacht habe, dass sie nicht mehr hat leben wollen? Was ist, wenn dies meine Strafe ist?

VERRATE MICH

„Crystal, leg dein Handy weg", sagt Papa, betritt die Küche und schließt die Tür hinter sich. „Du musst etwas klarstellen."

Ich schiebe mein Handy weg und bekämpfe den Drang, mein Gesicht zu bedecken und mich zu verstecken. Ich sitze seit fünfzehn Minuten mit meinen Brüdern am Tisch und warte darauf, dass Papa mit der Polizei fertig ist.

Jetzt beobachte ich, wie die Polizisten den Darlings über ihren Rasen folgen. Erleichterung überkommt mich. Ich weiß, dass sie nichts finden werden, dass Mr. Darling nicht dumm genug ist, sie einzuladen, sein Haus ohne Durchsuchungsbefehl durchsuchen zu lassen, wenn da auch nur etwas Verdächtiges zu finden ist. Trotzdem gibt es mir ein bisschen mehr Vertrauen in die Polizei hier. Sie decken alles ab.

Und wenn ich ganz ehrlich und unvoreingenommen bin, glaube ich nicht, dass Mr. Darling involviert ist. Sicher, er schien sich in Papas Gegenwart unwohl gefühlt zu haben, aber Papa kann einschüchternd sein. Er ist groß und dunkel wie meine Brüder, und er hat eine souveräne Präsenz, die mich tiefer in meinen Stuhl sinken lässt. Ich will am liebsten verschwinden.

„Was haben die Bullen gesagt?", fragt King und beobachtet, wie sie nebenan das Haus der Darlings betreten.

„Sie glauben nicht, dass ein Verbrechen begangen wurde", sagt Papa. „Aber sie werden allen Hinweisen nachgehen, die wir ihnen gegeben haben."

„Royal würde nicht einfach so weglaufen", sagt King kopfschüttelnd. „Nicht ohne es mir zu sagen."

Papa setzt sich an den Tisch und dreht sich zu mir um. „Was muss ich da über dich und diesen Darling hören? Du hast mit dem Feind geschlafen?"

„Nein", sage ich schnell. „Ich habe nicht – ich war nicht … Es war ein Fehler."

„Ein Fehler?", fragt er, sein finsterer Blick wird von Minute zu Minute furchterregender.

28

„Magst du ihn?", fragt King ungläubig. „Devlin Darling? Ich dachte, der Plan war, sie zu ersetzen, nicht mit ihnen zu schlafen. Was hast du dir dabei gedacht?"

„Ich hab nicht nachgedacht", sage ich und Tränen steigen mir in die Augen. Ich hätte es besser wissen sollen, als dem nachzugeben, was ich gewollt habe. Ich hätte wissen müssen, dass ich nicht einen einzigen Moment aufhören kann, eine Dolce-Tochter zu sein. Dass meine Handlungen, meine Entscheidungen hinterfragt und am Tisch diskutiert würden, als wäre es eine Familienangelegenheit. Ich hätte wissen müssen, dass niemand fragen würde, wie es mir geht oder was ich jetzt will. Die einzige Person, die das gefragt hätte, ist weg.

Die Männer in diesem Raum sind meine Familie und ich liebe sie, aber sie sehen nur, wie sich das auf die Familie auswirkt. Es ist ihnen egal, dass es mein Körper und meine Entscheidung ist. Sie glauben nicht einmal, dass es meine Entscheidung ist. Sie sehen nur, wie das Ganze aussehen wird, wie es sich auf die Dolces widerspiegelt. Dolce-Töchter spreizen ihre Beine nicht für irgendwelche dahergelaufenen Jungs. Vor allem nicht für Darling-Jungs.

Obwohl ich garantieren kann, dass niemand sich jemals mit Duke hinsetzt und mit ihm redet, weil er jede Nacht mit einem anderen Mädchen schläft. Niemand kümmert sich jemals um eine Intervention, wenn Royal jede zweite Woche um vier Uhr morgens mit einem blauen Auge nach Hause kommt.

„Magst du ihn?", drängt King weiter.

„Nein." Ich atme tief durch die Nase ein, um die Tränen zurückzuhalten. „Ich mag ihn nicht. Es ist einfach passiert. Einmal. Letzte Nacht. Es ist noch nie davor passiert. Ich schwöre es."

„Letzte Nacht", sagt King und sieht unsere Zwillingsbrüder mit zusammengekniffenen Augen an. „Und wo wart ihr, als das alles passierte?"

„Es war eine Party", protestiert Duke. „Wir haben nicht jede Sekunde nach ihr geschaut."

„Ihr hättet aufpassen müssen", donnert Papa und schlägt so fest mit der Faust auf den Tisch, dass ich fast vom Stuhl springe.

VERRATE MICH

„Sie ist unsere Schwester", sagt King. „Ihr konntet nicht eine Minute aufhören, mit eurem Schwanz zu denken, um nach ihr zu schauen?"

„Wir waren bei Dolly", sagt Baron, als ob das alles erklärt.

Papas Gesicht wird noch röter und seine Stimme senkt sich zu einem gefährlichen Ton. „Die Tochter des Bürgermeisters?"

„Bevor du jetzt unsretwegen ausflippst, wir haben sie auf unsere Seite geholt", sagt Duke und hebt eine Hand. „Sie hat den Darlings heute Morgen gesagt, sie sollen sich verpissen, und wir haben sie nach Hause gefahren und sie wie Gentlemen zum Abschied geküsst. Ich habe sogar ihre Nummer bekommen. Ich werde sie auch wirklich anrufen."

„Okay", sagt Papa, senkt den Kopf und reibt sich mit dem Daumen zwischen den Augenbrauen. „Das bleibt besser so. Ich habe euch gewarnt, euch nicht auf sie einzulassen. Da ihr es trotzdem getan habt, müsst ihr euch in den nächsten Monaten mit den Konsequenzen dieser Entscheidung auseinandersetzen."

Oh, ja. Papa ist sauer. Er weiß, wie schnell Duke Mädchen austauscht, und wenn er ihn dazu zwingt, ein paar Monate bei einer zu bleiben, weiß er genau, was für eine harte Strafe das ist.

Ich warte auf meine Ansprache, drücke die Hände zusammen und presse sie mit meinen Knien, damit sie nicht zittern. Papa sieht mich eine lange Minute lang an, ein berechnender Blick in seinen Augen, bei dem ich mich weniger als menschlich fühle, als wäre ich eine Ware. Ich kann das Mafia-Gesicht sehen, das die Leute dazu bringt, sich seinem Willen zu beugen. Das Warten ist schlimmer, als jeder Satz sein kann.

„Hast du geduscht, nachdem du mit dem Jungen zusammen warst?", fragt er endlich.

„Was?", frage ich, mein Gesicht wärmt sich unter den intensiven Blicken all dieser Jungs. Die Jungs, die das die ganze Zeit tun, die das, was Devlin mit mir getan hat, so vielen Mädchen angetan haben, dass ich weiß, dass sie den Überblick verloren haben. Ich fühle mich plötzlich schmutziger als zuvor, als Devlin mir gesagt hat, ich sei nur eine Schachfigur in seinem Spiel. Sie alle wissen, was ich getan habe, was er mir angetan hat. Sie werden mich nie wieder wie früher ansehen. Ich werde nie wieder ihre süße kleine Schwester sein. Jetzt bin ich jemand, der einen Schwanz in sich gehabt hat.

„Nun, du magst ihn nicht", sagt King langsam. „Also musst du wohl keinen Sex mit ihm gehabt wollen."

„Nein", beginne ich kopfschüttelnd, denn so war es nicht.

„Also hat er dich dazu gezwungen", sagt Papa.

„Nein", sage ich noch einmal und schüttle meinen Kopf stärker.

„Nun, was denn jetzt?", fragt King.

„Ich sage euch, was wir tun", sagt Papa. „King wird dich ins Krankenhaus bringen, um dich untersuchen zu lassen, da ich nicht darauf vertrauen kann, dass diese beiden Scheißkerle auf dich aufpassen. Ich werde mit dem Polizisten reden, solange er hier ist, und wenn er ihn nicht festnimmt, kümmern sich die Zwillinge heute Abend um diesen Bastard. Du wirst schon wieder in Ordnung kommen, Schatz."

Er streckt die Hand aus und nimmt meine Hand, und ich sehe weder Abscheu noch Enttäuschung in seinen Augen. Ich sehe Mitgefühl und es macht süchtig. Eine Sekunde lang denke ich darüber nach, was Veronica getan hätte, was sie von mir erwarten. Es würde mir bringen, was ich will. Es würde die Darlings ruinieren.

Aber wenn ich nur daran denke, wird mir übel. Zu wissen, dass ich die Art von Person bin, die auch nur eine Sekunde darüber nachgedacht hat, widert mich noch mehr an. Ich ziehe meine Hand zurück, verstecke sie unter dem Tisch und drücke meine Handflächen auf meine Oberschenkel.

„Er hat mich nicht vergewaltigt", sage ich. „Ich wollte es, okay?"

Alle starren mich an und das Mitgefühl verschwindet aus ihren Augen. Ich senke meinen Blick und schlucke schwer, unfähig sie anzusehen.

„Du warst letzte Nacht besoffen", sagt Duke. „Wir alle waren es."

„Es – es war nicht letzte Nacht", sage ich und mein Gesicht wird heiß, weil ich einem Raum voller

Männer jedes Detail mitteilen muss, obwohl es sie verdammt noch mal nichts angeht. „Es war heute Morgen."

Baron streckt die Hand aus, nimmt meinen Ellbogen und drückt ihn beruhigend. „Ich weiß, es ist beängstigend, aber wir werden das durchstehen, Crystal. Wir stehen hinter dir. Du kannst das."

„Ich will das nicht", sage ich, reiße mich weg und balle meine Hände zu Fäusten. „Versteht ihr das nicht?"

Sie alle starren mich wieder an, offensichtlich versteht mich keiner von ihnen.

„Warum zum Teufel willst du mit Devlin Darling schlafen?", fragt King mit harter Stimme. Ich habe ihn diese Stimme schon einmal benutzen hören, aber nicht bei mir. Nie bei mir.

„Es tut mir leid, dass ich nicht euer perfekter kleiner Engel bin", sage ich. „Es tut mir leid, dass ich nicht mehr dein kleines Mädchen bin, Papa. Aber ich bin es nicht. Ich bin kein Kind, egal, wie sehr ihr mich alle so behandelt. Ich bin genau so alt wie ihr. Und keiner von euch ist auch nur annähernd unschuldig, also warum erwartet ihr das von mir?"

Niemand spricht. Ich sitze noch eine Minute da und kämpfe darum, mich unter Kontrolle zu bekommen. Als klar ist, dass mir keiner mehr was zu sagen hat, stehe ich auf. Ich atme tief ein und gehe zur Tür. An der Tür bleibe ich stehen und drehe mich um.

„Ich erhebe keine Anklage. Wenn die Darlings Royal etwas angetan haben, werde ich sie persönlich in die Knie zwingen, aber ich werde nicht lügen und sagen, dass etwas passiert ist, obwohl es nicht passiert ist. Weil es nicht so war. Und wenn mir einer von euch sagen kann, dass er noch nie mit jemandem zusammen war und später bemerkt hat, dass es ein Fehler war, dann kann er mich gerne noch mehr belehren. Ansonsten habe ich es satt, darüber zu reden."

In meinem Zimmer gehe ich zur Tür und trete wie von einer unsichtbaren magnetischen Kraft angezogen auf den Balkon. Ich starre über den Raum zwischen unseren Häusern, meine Augen bleiben auf eine Gestalt gerichtet, die am schwarzen Geländer ihres

Balkons steht. Für eine Sekunde bewegt sich keiner von uns. Wir sind zu weit auseinander, als dass ich seinen Gesichtsausdruck lesen könnte, aber ich schwöre, ich kann die Liebkosung seines erhitzten Blicks auf meiner Haut spüren.

Ich wende mich ab, trete zurück in mein Zimmer, schließe das Balkonfenster und ziehe die Vorhänge ganz zu.

Vier

Devlin

„Wir haben ein Problem", sage ich in den Hörer und beobachte aus dem Fenster, wie Papa Officer Gunn zu seinem Cruiser führt.

„Ist es etwas, das durch sechs bis acht Wochen Antibiotika geheilt werden kann?", witzelt Preston.

„Nicht jetzt", schnappe ich.

„Was ist los?", fragt Colt und gähnt durchs Telefon.

„Die Bullen sind hier", antworte ich.

„Die Bullen?", fragt Preston mit Verachtung in seiner Stimme. „Was wollen sie?"

VERRATE MICH

„Sie wollen wissen, wo Crystals Bruder ist",
antworte ich. „Davon weißt du doch nichts, oder?"

„Jetzt ist er *Crystals Bruder*?", fragt Preston.
„Verdammt, Mann. Das darf doch nicht wahr sein."

„Du stehst auf deine Hündin?", fragt Colt. „Ich
meine, Scheiße, ich mache dir keine Vorwürfe. Sie ist
heiß. Ich würde es ihr besorgen."

„Konzentriert euch", knurre ich.

„Was immer du sagst, Kapitän", sagt Preston,
aber ich höre Gelächter in der Stimme des Bastards. „Ich
werde meinem Vater Bescheid geben und er wird es Opa
erzählen."

„Bist du sicher, dass das eine gute Idee ist?", frage
ich, hänge einen Finger in den Vorhang und ziehe ihn
zurück, um aus dem Fenster zu sehen. Diesmal schaue ich
nicht auf den Polizisten und Papa herab, die sich wie alte
Freunde unterhalten. Officer Gunn ist kein Problem. Ich
mache mir keine Sorgen, dass er etwas Dummes tut.
Worüber ich mir Sorgen mache, ist die Tatsache, dass ich
keine Ahnung habe, aus welchem Winkel die Dolces
diesmal zurückschlagen. Crystal zu ficken sollte sie

zerbrechen und sie zurück nach Manhattan kriechen lassen, wie sie es beim letzten Mal getan haben.

Ich dachte, es wäre vorbei, wir würden gewinnen und ich könnte aufhören, diesen Scheiß zu machen. Aber wir haben nicht gewonnen. Und jetzt haben sie das verfickte Spiel auf eine ganz andere Ebene gehoben und sind weitergegangen, als wir es uns erträumt hatten – weiter, als wir zu gehen bereit sind. Ich weiß nicht, ob wir etwas tun können, um unsere Familie zu schützen, außer nachzugeben.

Der schwere Stein aus Angst in meinem Bauch sagt mir, dass Opa dem nicht zustimmen würde.

Fünf

Crystal

Es ist Montag, aber heute gehen die Dolces nicht in die Schule. Wie kann ich ohne meine Kraft, meinen Trost, meinen Anker zurück zur Schule gehen, durch diese Gänge laufen, mich den Leuten stellen, die mich verletzt haben? Ohne ihn bin ich haltlos, ohne Anker, ein auf See verlorenes Schiff.

Am nächsten Morgen ist Royal nicht zurückgekehrt. Unser Grundstück, sowie jedes Grundstück in unserer Nachbarschaft, ist von Polizisten und Freiwilligen und Hunden abgesucht worden. Es gibt keine Spur von Royal außer einem einzigen Blutstropfen.

„Bis wir wissen, dass es seines ist, wissen wir immer noch nicht, dass es ein Verbrechen gegeben hat", betont Baron.

Keiner von uns spricht, niemand will zugeben, dass seine Worte wahr sind. Wenn es nicht die Darlings sind, haben wir keine Hinweise. Keine Hoffnung. Wenn es überhaupt kein Verbrechen gegeben hat, bedeutet das, dass Royal uns verlassen hat. Das würde er nicht tun.

Würde er das?

Ich meine, es hat ihn sicher nicht gefreut, dass wir ihn beim Tanz im Stich gelassen haben, obwohl er nach Hause fahren konnte. Wahrscheinlich ist er sauer gewesen. Und ich weiß, was mein Bruder tut, wenn er sauer ist.

Er kämpft.

Wenn er hier einen Kampfring gefunden hat …

Was wäre, wenn sie rauer wären als die in New York? Was, wenn er nicht gewusst hat, worauf er sich einlässt? Und Scheiße, wie oft habe ich ihm schon gesagt, dass er sich selbst umbringen wird? Ein falscher Treffer, eine Person, die durchdreht …

VERRATE MICH

Was ist, wenn er mit Amnesie irgendwo in einem Krankenhaus liegt? Im Koma?

Was ist, wenn er derjenige ist, der durchgedreht ist und jemanden zu Tode geprügelt hat, woraufhin die Einheimischen sich nach dem Kampf gerächt und ihn getötet haben?

Die Haustür schlägt zu und lässt uns alle zusammenzucken. Ich schwöre, ich rieche ihr Parfüm, Lavendel und Jasmin, leicht und süß, eine Sekunde, bevor sie den Raum betritt. „Da seid ihr ja, Lieblinge", kräht Mama und legt ihre Arme zuerst um King.

„Mama", sage ich, überrascht von dem Kloß in meiner Kehle. „Was machst du hier?"

„Nun, dein Vater hat mir erzählt, dass Royal weg ist und sich wieder ins Chaos gestürzt hat", sagt sie. „Ich hätte wissen müssen, dass er euch Kinder nicht alleine vor Ärger bewahren könnte. Nicht einmal einen Monat hat er es versucht und schon hat er einen von euch *verloren.*"

Sie lacht und plötzlich verfliegt die sentimentale Fantasie, dass Mama hier ist, um alles besser zu machen, bei der unhöflichen Erinnerung daran, wie meine Mutter wirklich ist.

„Das ist nicht lustig", platze ich heraus. „Er könnte tot sein."

„Ach, sei nicht dramatisch", sagt die Frau, die ihren Besuch geheim gehalten hat, damit sie uns damit überrascht, wenn sie auf einmal in der Tür auftaucht. Sie möchte wahrscheinlich, dass wir vor Freude ganz über uns stolpern. Denn natürlich geht es hier wie bei allem nur um sie.

Sie wendet ihre Wange, um Küsse von meinen Brüdern zu sammeln, die sie umarmen, dann tritt sie zu mir, um mich zu umarmen und zu küssen, als ob die ganze Zeit versteckte Kameras auf uns gerichtet wären.

Willkommen daheim, Dolce Doll, denke ich. Die Darlings mögen diesen Begriff verwenden, um ihre Fangirls damit zu bezeichnen, aber unsere Familie benimmt sich so, als wäre es das, was wir sind. Vor allem meine Mutter. Ich fühle, wie sich die Fesseln meines Namens um mich herum zusammenziehen wie Korsettschnüre, die mir den Atem rauben. Aber ich lächle und erwidere ihren Luftkuss, meine Erziehung erwacht mit voller Wucht wieder zum Leben. Verliere nie das Gesicht. Verliere nie die Kontrolle. Weine niemals oder zeige echte Emotionen. Emotion ist eine Währung, die immer berechnet wird und im exakten Maßstab zur richtigen Zeit gezeigt wird, um das zu bekommen, was man will.

„Nun, was macht ihr vier montags zu Hause?", fragt sie und schnippt zweimal schnell mit den Fingern, worauf sich die Haushälterin durch die Tür kämpft und ihr übergroßes Louis Vuitton-Gepäck hineinträgt. Sie atmet schwer, sie muss über siebzig Jahre alt sein.

„Wo soll ich die hinstellen, Ma'am?"

„Oh, lassen Sie sie erst einmal dort", sagt Mama. „Ich lasse sie von einem der Männer hochbringen. Jetzt brauche ich einen Gin Tonic und meine Handtasche. Wo ist der Rest des Personals?"

„Mama, es gibt nur sie", sage ich.

„Ich bringe deine Taschen hoch", sagt Duke und schnappt sie sich, bevor er sich an unsere Mutter wendet. „In welches Zimmer soll ich sie stellen?"

Wir alle warten mit angehaltenem Atem auf die Antwort auf diese Frage. Kommen sie und Papa wieder zusammen? Ist dieser Aufenthalt dauerhaft oder nur, bis Royal auftaucht?

„Stell sie einfach ins Gästezimmer", sagt sie. „Und, Crystal, mach mir einen Drink. Wir müssen hier mehr Hilfe für euch Kinder organisieren. Habt ihr eure eigenen Mahlzeiten zubereitet? Dein Vater hat mir erzählt, dass die Darlings drei Bedienstete haben und dort nur drei Leute leben."

Los geht es mit der ganzen „*Keeping Up with the Joneses*"-Routine. Wenn sie drei Bedienstete haben, sollten wir besser vier haben. Manchmal denke ich, dass sie fünf Kinder bekommen hat, weil sie sicherstellen muss, dass sie mehr hat als jede andere Manhattan-Mutter in ihrem Kreis.

„Ihr seid zu sechst, also brauchen wir sechs", sagt sie und wendet sich an die Haushälterin. „Haben Sie Freunde, die Arbeit suchen? Wir brauchen eine Köchin, eine Putzfrau, einen Butler, einen Hausmeister, einen

Gärtner und einen Fahrer. Und ich schätze, Sie werden die Siebte, da ich hier bin."

Bevor die arme Frau antworten kann, wendet sich Mama wieder zu uns. Trotz ihrer Fehler weiß Mama, wie man Scheiße erledigt. „Los, zieht euch an. Ich bringe euch zur Schule."

„Aber Royal –", beginne ich, bevor sie mit der Hand abwinkt.

„Die Polizei sucht nach ihm. Dein Vater hat auch ein paar Anrufe getätigt. Wir finden euren Bruder. In der Zwischenzeit nützt es nichts, hier herumzusitzen und im Elend zu schmoren. Mit Freunden zusammen zu sein wird euch von der Sache ablenken."

„Okay", sage ich und gehe zum Spirituosenschrank. „Aber lass mich dir einen Drink holen, bevor ich gehe. Die Reise muss dich erschöpft haben."

Nach ein paar Martinis entspannt sich Mama und wir schaffen es, den Rest des Tages zu Hause zu bleiben. Ich laufe auf dem Boden hin und her, bis ich das Gefühl habe, dass ich eine Furche hineingelaufen habe. Meine

Brüder gehen auf die Suche und kommen betrunken nach Hause. Mama wird auf der Couch ohnmächtig und Papa kommt nicht nach Hause.

Kurz nach Einbruch der Dunkelheit sitze ich allein auf dem Balkon und lausche dem unheimlichen Geräusch fallender Blätter, die vom Dach und über die Regenrinne rauschen. Und dann höre ich es – das vertraute Geräusch, das mir einen Schauer über die Arme laufen lässt. Devlin ist draußen und wirft den Football wie jeden Abend. Als wäre nichts passiert.

Nein, das ist nicht ganz richtig. Das hat er schon lange nicht mehr gemacht, seit er vom Team suspendiert worden ist. Aber jetzt muss in seiner Welt alles gut sein, denn er fängt wieder an.

Ich will ihn töten. Ich möchte ihm mehr wehtun, als er mir wehgetan hat, aber das ist nicht möglich. Denn um jemanden so zu verletzen, wie er mich verletzt hat, muss sich diese Person um jemanden außer sich selbst kümmern. Sie haben mich verletzt, indem sie die Person verletzt haben, die ich mehr liebe als alle anderen auf der

VERRATE MICH

Welt. Devlin liebt niemanden. Ein Herz kann nicht brechen, wenn es nicht existiert.

Ich stehe auf und gehe zurück in mein Zimmer, ziehe die Vorhänge wieder zu. Ich liege lange im Bett und lausche dem Aufklatschen des Leders auf den Rasen und dem Rascheln der Blätter über mir. Er muss eine Schwäche haben. Jeder tut das. Ich muss nur herausfinden, was es ist.

Sechs

Crystal

So überlebst du Tag 3 ohne deinen Zwilling. Tauch tief ein.
Schwanensprung für Stilpunkte. Akzeptiere es nicht – greif es an. Wälz
dich darin. Betrink dich damit, bis du dich nicht einmal daran erinnern
kannst, wer du bist oder dass du einen Bruder hast. Überdosier es. Sink
zu Boden und schluck es wie im Sommer das Chlor im Schwimmbad.
Und komm nicht wieder aus der Tiefe wieder.

Dienstag Morgen gehen wir die Vordertreppe hinunter, Duke bewegt sich zurück zum Hummer. Ich höre Männer schreien und mein Herz erstarrt zu Stein. Ich wende mich dem Darling-Haus zu, obwohl ich weiß, dass es nicht mein Bruder ist. Mr. Darling steht auf seiner

VERRATE MICH

Veranda vor der Haustür, die Arme über der Brust
verschränkt und die Füße weit auseinander, als würde er
den anderen Mann am Eintreten hindern. Ich kann den
anderen Mann nicht sehen, aber er ist groß und breit und
hat volles silbernes Haar. Ich erinnere mich, dass der
Polizist etwas über Mr. Darlings Vater gesagt hat, und ich
nehme an, er ist nicht so glücklich über die
Durchsuchung ohne Durchsuchungsbefehl.

Dukes Hummer parkt vor uns und ich wende
mich von den Darlings ab und steige mit meinen Brüdern
ein. Ich habe genug eigene Probleme, ohne mich in die
von anderen Leuten einzumischen. Offenbar beruht das
Gefühl nicht auf Gegenseitigkeit. Am Tor zu unserer
Nachbarschaft parkt ein Fernsehwagen. Eine Frau mit
geschultem, tragischem Gesichtsausdruck spricht ernst in
ein Mikrofon, während ein Kameramann filmt.

„Warte", sagt King und Duke hält den Hummer
an. Ich kann sehen, wie sich die Reporterin fast selbst auf
die Schulter klopft, als King und Duke aus dem Auto
steigen, wahrscheinlich denkt sie, sie bekommt ein
Exklusive, das erste Interview mit der Familie. Das oder

all die Muskeln und das düstere Aussehen lassen ihre Knie wackelig werden.

Baron, der mit mir im Auto geblieben ist, hüpft mit einem Grinsen im Gesicht über die Konsole und auf den Fahrersitz. „Schau zu und lerne, kleine Schwester", sagt er. King greift zur Kamera und Duke zum Mikrofon.

„Unsere Familie ist kein verdammter Zirkus für Sie", höre ich King brüllen, als ein anderer Typ aus dem Nachrichtenwagen angerannt kommt. Jetzt ist es aber zu spät. Die Kamera ist verdreht und irreparabel zertrümmert und das Mikrofon baumelt von Dukes Hand, als er zurück joggt, sich neben mich schiebt, während King auf den Beifahrersitz springt. Baron braust davon und lacht sich mit Duke den Arsch ab, während wir davon flitzen. Für eine Sekunde flackert Wut in mir auf. Aber ich ignoriere sie, weil ich weiß, dass wir alle trauern und so gut wie möglich damit umgehen, wenn auch nicht auf die gleiche Weise. Ihr Lachen macht ihren Schmerz nicht weniger real.

Wir schmieden Pläne auf dem Schulweg. Vorbereitung auf das, was uns die nächsten sieben

Stunden erwartet. Ich fühle mich schuldig, weil ich gerade an mich denke, da Royal immer noch vermisst wird. Aber ich muss überleben und Mama hat recht. Schule lenkt mich so weit wie möglich von ihm ab.

Wir halten vor der Schule an und ich nehme mir eine Minute, um zu versuchen, mich zu beruhigen. Royal, mein Fels in der Brandung, ist nicht hier. Aber nach ein paar Minuten bekomme ich meine Angst unter Kontrolle und steige aus dem Hummer. Auf tauben Beinen schwebe ich auf das Gebäude zu. Zumindest weiß ich jetzt, sie können mich nicht schlimmer verletzen, als ich schon verletzt bin. Sie können mich nicht brechen, weil ich schon gebrochen bin. Sicher, sie können mich verspotten, aber was sind ein paar hässliche Schimpfwörter, wenn mein Bruder weg ist?

Sie müssen gedacht haben, dass wir mit gesenktem Kopf aus der Stadt fliehen, wenn sie uns von allen Seiten angreifen, mich ruinieren und Royal entführen. Dass es uns zu viel wird. Aber in Wahrheit macht es nur den Sex mit Devlin bedeutungslos. Sonst hätte es mich vielleicht gedemütigt und niedergeschlagen gemacht, dass er gelogen und meine Jungfräulichkeit genommen hat. Aber jetzt registriere ich es nicht einmal auf der Skala des Wichtigen.

Als wir die Schule betreten, wird es still in den Gängen. Alle starren und flüstern. Sie fragen sich, warum wir hier sind, und verurteilen uns dafür, dass wir zur Schule kommen, obwohl Royal vermisst wird. Sie würden uns auch verurteilen, wenn wir nicht kommen würden. Ich weiß, es liegt in der Natur des Menschen, aber ich kann nicht anders, als mich bei der unerwünschten Aufmerksamkeit zu verkrampfen. An unserer letzten Schule wurde ich wegen meiner Brüder gefürchtet und verehrt. Aber das ist anders. Hier fühlt es sich eher an, als ob ich eine Kuriosität, ein Zirkusfreak bin.

Sie können starren, so viel sie wollen. Ich werde ihnen nie das geben, wonach sie suchen. Ich werde nie vor ihnen auseinanderfallen. Das schwöre ich mir beim Gehen. Ich kann allein oder sogar mit meiner Familie in eine Million Fragmente zersplittern. Aber für diese Leute, die seit dem Moment, seit wir hier sind, nichts als tratschen und starren, werde ich keine Show abliefern.

VERRATE MICH

Meine Brüder begleiten mich zu meinem Schließfach und trennen sich dann, als ich in Sichtweite meiner nächsten Klasse bin. Kaum sind sie verschwunden, taucht Colt wie aus dem Nichts neben meinem Ellbogen auf. Wut krallt sich von innen in meine Haut, aber ich ignoriere ihn und gehe weiter. Wenn er ein bisschen Anstand in sich hätte, würde er heute nicht mit mir reden, auch wenn er mit Royal gar nichts zu tun hat. Er weiß, was passiert ist. Die ganze verdammte Stadt weiß es.

In New York verschwinden jeden verdammten Tag Kinder. Niemand zuckt mit der Wimper. Hier ist es ein verdammter Zirkus.

Okay, Royals Verschwinden wäre in New York auch aufgefallen. Menschen wie wir können nicht anders, als überall wahrgenommen zu werden, ob es uns eben gefällt oder nicht.

Colt stupst mich mit dem Ellbogen an, aber ich bemerke einen Unterschied in seiner Art, wie er mich ansieht. Ich kann noch nicht sagen, was genau, aber ich merke es. Selbstgefälligkeit vielleicht. Er denkt, es interessiert mich, dass Devlin mich wie ein Kondom benutzt und weggeworfen hat. Er denkt, mein Jungfernhäutchen ist mir wichtig.

„Hey, Sugar Crystal", sagt er mit Grübchen und langsamen Charme.

„Fang nicht mal an", sage ich mit abgehackter Stimme.

„Oh, komm schon, Sweetie Pie, du kannst nicht böse sein", sagt Colt und schenkt mir diese Hundeaugen, die mein Herz zu oft zum Schmelzen gebracht haben.

„Und wie ich kann", schnappe ich.

„Ah, Baby, hasse nicht den Spieler, hasse das Spiel."

„Es ist so viel einfacher, beide zu hassen", sage ich mit einem süßlichen Lächeln und dränge mich an einigen Leuten vorbei, um ihm zu entkommen. Aber ich kann ihn nicht abschütteln. Ich muss mich vielleicht durch die anderen Schüler kämpfen, aber sie trennen sich vor ihm, als wäre er ein verdammter König. Und heute beobachten sie ihn nicht nur. Sie beobachten uns. Warten, um zu sehen, ob wir ihnen eine Show geben.

VERRATE MICH

Nun, scheiß auf sie und Colt auch. Sie haben schon eine Show gehabt, damals auf der Party, auf der ich ohne Oberteil herumgelaufen bin. Mir reicht es mit ihren verdammten Spielen. Das Verschwinden von Royal hat eines deutlich gemacht. Das Leben ist kein Spiel. Es ist alles zu real.

Dass Preston auf meiner anderen Seite auftaucht, erinnert mich nur daran.

„Lasst mich in Ruhe", sage ich zu ihnen und weigere mich, in ihre Richtung zu sehen.

„Sei nicht wegen meines Cousins böse auf mich", sagt Colt. „Ich habe dich bei unserem Date richtig behandelt."

Ich schnaube, aber würdige diesen Schwachsinn nicht mit einer Antwort.

„Okay, okay, tu nur so, als wärst du schwer rumzukriegen", sagt er. „Aber du bist wie ein M&M. Ich weiß, dass du unter dieser knusprigen Schale immer noch süß bist."

„Ich habe dir doch gesagt, ich bin alles andere als das. Und wenn du nicht aufhörst, mich zu drängen, wirst du das herausfinden."

Colt beugt sich näher und senkt seine Stimme, während er mit dieser Stimme in mein Ohr spricht. „Das höre ich nicht", schnurrt er. „Ich habe gehört, dass diese Muschi wirklich süß und saftig ist."

„Nicht für dich", schieße ich zurück. „Ich werde nicht feucht für kleine verlogene männliche Schlampen, die sich hinter dem großen Namen ihres Großvaters verstecken."

Colts Augen werden nur für eine Sekunde hart, aber genauso schnell verschwindet der Ausdruck hinter einem Grinsen. „Das ist okay, Manhattan", sagt er ausgedehnt. „Devlin kann diese Muschi feucht haben, bis du bereit bist für den richtigen Spaß."

Ich ignoriere seine Worte und versuche, den Grund hinter diesem Wutausbruch zu sehen. Ich habe es bemerkt, bevor er mir die Tür vor der Nase zugeschlagen hat und zu dem lockeren Lächeln zurückgekehrt ist, das seine Augen nicht berühren kann, dem Blick, der nur

Teilnahmslosigkeit und Langeweile zeigt, als ob er sich nicht darum kümmern könnte. Aber er tut es. Ich habe es gesehen. Er reagiert sensibel auf … Was? Seinen Namen? Seinen Großvater? Als kleine männliche Schlampe bezeichnet zu werden?

Colt rutscht mit einem leichten Grinsen, einer leichten Anmut auf den Sitz neben mich. Die Schwerelosigkeit, die Nachlässigkeit seiner Bewegungen spricht von einem Jungen, der noch nie in seinem Leben Schwierigkeiten gehabt habe. Wir haben nichts gemeinsam. Dieser Junge kann mein Leben nicht verstehen. Und jede naive Vorstellung, die ich vorher gehabt habe, dass wir Freunde sind, ist weg.

„Warum bist du hier?", frage ich und wende mich an Preston, der uns in die Klasse gefolgt ist und sich auf meine andere Seite gesetzt hat. Ich versuche, nicht zu bemerken, wie nahe sie mir sind, beiden sperren mich ein, als ob sie denken, ich könnte weglaufen.

„Weil du es bist, süßes Ding", sagt Colt.

„Na und? Wollt ihr mich belästigen, bis ich zurück nach Manhattan renne?"

„Die hier ist doch nicht so dumm", sagt Preston und mustert mich mit einem abschätzenden Blick. „Muss sich etwas nuttiger anziehen, aber ich beschwere mich nicht. Das überlässt etwas der Fantasie."

Ich rolle mit den Augen. „Warum interessiert dich das? Solltest du nicht wie ein großer Mann herumprahlen und jedem erzählen, dass du mich gefickt hast, du mit mir fertig bist und ich eine verbrauchte alte Schlampe bin?"

„Oh, das werde ich", sagt Preston, lehnt sich in seinem Stuhl zurück und legt sein Kinn nach oben, um mit diesen grimmigen blauen Augen auf mich herabzuschauen. „Nachdem ich dich gefickt habe."

Eine schwächere Frau mag für ihn schmelzen, aber ich erkenne ihn als den Soziopathen, der er wirklich ist. Egal wie dominant und befehlend er aussieht, egal wie sexy es ist, wenn er besitzergreifend wird, ich kenne die Wahrheit. In seiner Brust befindet sich nichts als giftige schwarze Fäule.

„Dann wirst du verdammt lange warten", sage ich. „Weil es nicht zu meinen Lebzeiten passieren wird."

„Oh, Sweetie Pie, sei nicht naiv", sagt Colt ausgedehnt. „Wir alle drei ficken die Hündinnen in dieser Schule. Wie soll man sonst den Stress abbauen, die *Darling Dog* zu sein? Das ist eine wichtige Rolle an dieser Schule."

„Vertrau mir, ich kann meinen eigenen Stress ganz gut selbst abbauen."

Preston grinst, aber seine Augen sind kälter als die einer Schlange. „Das würde ich gerne sehen", sagt er und nimmt meine Hand. Ich versuche, mich zurückzuziehen, aber sein Griff um meine Handfläche wird fester. Er streicht mit seiner freien Hand über meine Finger, eine leichte Berührung seiner Haut auf meiner, worauf sich meine Hand zur Faust ballt. Er fährt mit der Daumenkuppe über die Knöchel meiner Faust. „Ich würde gerne sehen, wie diese süßen kleinen Finger bis zu den Knöcheln im rosa Fleisch verschwinden."

Ich kann die Hitze im Gesicht spüren, es irritiert mich, dass ein Typ so mit mir redet. Sicher, meine Brüder sagen die ganze Zeit so einen Scheiß über andere

Mädchen, aber Preston schaut mir in die Augen und redet über das Persönlichste, was ein Mensch tun kann.

„Nun ja, wie gesagt, das wird nie passieren", murmele ich und schaue zu der Lehrerin, die gerade in den Raum schreitet.

„Ich denke, das wird es", sagt Preston gedehnt, lässt meine Hand los und rutscht von seinem Sitz. Er beugt sich hinunter, legt seine Hände auf die Kante meines Schreibtisches und ist direkt vor meinem Gesicht. „Und du wirst dankbar sein, wenn wir dir einen Knochen zuwerfen, denn es gibt keinen anderen Typen in dieser Schule, der seine eigene Hündin fickt, Schatz. Und sie werden bestimmt nicht versuchen, unsere zu ficken."

Ich wende mich an Colt. „Also, was ist euer Spiel? Ihr wollt mich alle ficken? Warum? Nur um mich zu demütigen? Devlin sagte, es ginge nicht um mich."

Colt grinst und schüttelt einen Finger in meine Richtung. „Oh, nein", sagt er. „Du darfst keine Fragen stellen, Sweetie Pie. Du machst die Regeln in diesem Spiel nicht."

„Es ist kein Spiel", stoße ich heraus und spüre den pochenden Schmerz in meinem Herzen bei dem Gedanken an meinen Bruder.

„Alles ist ein Spiel", sagt er. „Du musst spielen oder du musst bezahlen."

Ist das so? Royal hat ihr Spiel nicht nach ihren Regeln spielen wollen?

Nein, das kann es nicht sein. Meine Brüder haben dieses dumme Spiel mit ihnen gespielt, seit wir diese Schule betreten haben. Sie lieben das Spiel. Und doch hat Royal irgendwie verloren. Wie?

Das ist nicht einmal der frustrierendste Teil. Der frustrierende Teil ist, dass ich nicht in einem Spiel mithalten kann, wo mir die Regeln nie gesagt worden sind, und sobald ich denke, dass ich sie herausgefunden habe, ändern sie sich. Oder vielleicht gibt es überhaupt keine Regeln. Nicht für diese Jungs. Diese Jungs machen die Regeln und brechen ihre eigenen Regeln und regieren die Stadt. Nur die Darlings wissen, welches Spiel wir spielen, wer ein Spieler und wer eine Schachfigur ist.

Sieben

Crystal

Wie kann ich im Unterricht neben diesem Jungen sitzen, einem Jungen, der vorgegeben hat, mein Freund zu sein, ein Junge, der in mein Zimmer gekommen und einen Waffenstillstand mit mir ausgemacht hat, der mich geküsst hat, als ob er es ernst meint – mein erster Kuss. Und die ganze Zeit ist das alles ein Trick gewesen? Wie kann ich diesem Jungen in die Augen sehen und wissen, dass er darüber lacht, was für ein Trottel ich bin, dass ich glauben könnte, dass er sich um mich sorgt? Und schlimmer, so viel schlimmer, dass er es vielleicht alles geplant hat, um meinem Bruder wehzutun?

Es gibt nur einen Weg.

Rache.

VERRATE MICH

Als ich die Klasse verlasse, bleibt Colt mir auf den Fersen, alle Köpfe wenden sich in unsere Richtung. Es folgt eine Pause, in der es im Saal still wird, die Luft knistert vor Erwartung. Und dann höre ich direkt hinter mir das erste tiefe *Wuff*. Colt. Dieser verdammte Bastard. Der Laut hallt durch den Flur, aber nicht lange. Eine Sekunde später schließen sich zwanzig weitere Stimmen an. Ihre Footballmannschaft, Jungs, die ich nicht kenne, Mädchen. Ich schlucke das Übelkeitsgefühl in meinem Magen herunter, ziehe den Kopf ein und dränge mich nach vorn. Ich kann sie nicht ansehen. Ich werde nicht hinsehen, weil ich heute nicht sicher bin, ob ich mich hinter der Dolce-Maske verstecken kann. Heute würden mich meine Augen verraten.

Ich schaffe es in die nächste Klasse, mein Herz hämmert in meinen Ohren. Ich rutsche in den Sitz, bereit, meine Schutzmauer fallen zu lassen, zu atmen, einen Moment der Erleichterung zu verspüren.

Aber dann rutscht Devlin auf den Platz neben mir.

Fick. Mein. Scheißleben.

„Ich gehe nach Hause", murmele ich, schnappe mir die Bücher und stehe auf.

Devlin packt meinen Arm und zieht mich wieder neben sich. „Nein, tust du nicht", sagt er mit ruhiger Stimme, die Augen geradeaus gerichtet.

„Was kümmert es dich?", frage ich. „Du hast schon gewonnen. Du wolltest mich brechen, und das hast du. Herzlichen Glückwunsch, scheiße noch mal. Du gewinnst, ich verliere und wir alle leben glücklich bis ans Ende unserer Tage. Jetzt lass mich in Ruhe."

„Das mag für dich vielleicht funktionieren", sagt er. „Aber du musstest die verdammte Polizei rufen und deine Lügen verbreiten."

„Ich habe nicht gelogen", sage ich mit zusammengebissenen Zähnen. „Ich musste meinem Vater verdammt noch mal sagen, dass ich Sex mit dir haben wollte. Ich bin sicher, das macht dich verdammt glücklich."

Devlins Mund zuckt und ich merke, dass der Bastard versucht, nicht zu lachen. „Warum solltest du so was deinem Vater erzählen?", fragt er und klingt aufrichtig neugierig. Und auch, als wäre er immer noch amüsiert. Bastard.

„Weil *du* ihm erzählt hast, dass wir gefickt haben", erinnere ich ihn. „Und den Bullen. Und deiner Familie."

„Im Nachhinein nicht meine beste Entscheidung", gibt er mit einer Grimasse zu.

„Warum?", will ich wissen. „Ich habe die Polizisten deswegen nicht angelogen, obwohl Papas mich dazu ermutigt hat, ihnen etwas anderes zu sagen."

Devlins Augen verengen sich. „Dein Papa wollte, dass du der Polizei sagst, dass ich dich vergewaltigt habe?"

„Es spielt keine Rolle", sage ich und wünschte, ich hätte nichts gesagt. Ich verschränke die Arme vor der Brust und rutsche tiefer in meinen Sitz. „Ich habe die Polizisten nicht angelogen."

„Na ja, du hast sie gerufen", sagt er. „Und jetzt steckt unser Großvater mit drin. Was bedeutet, dass niemand gewinnt."

„Euer Familiendrama ist mir egal", schnappe ich. „Ihr habt meinen Bruder entführt."

„Ich habe deinen Bruder nicht entführt", sagt Devlin. „Was läuft nur falsch bei dir?"

„Was läuft nur falsch bei mir?", fragte ich ungläubig. Ich bemerke, dass andere Schüler still werden, um zuzuhören, aber das interessiert mich nicht einmal mehr. „Du hast Royals Auto ramponiert, mich an einer Leine über eine Party geschleift, mich von Jungs begrabschen lassen und mich gefickt, nur damit du mit deinen Kumpels abklatschen konntest. Was ist nur falsch mit *dir*?"

„Hör auf. Zu reden." Devlins Stimme klingt leise und befehlend, sein Blick richtet sich mit kaum gezügelter Wut auf mich.

Aber ich bin es leid, nach seinen Regeln zu spielen. Wenn er mich öffentlich beschämt, kann ich meine Seite der Geschichte erzählen. Ich bin kein kauernder Hund, der alles liegend ertragen wird. Ich habe es satt, zu schweigen. Ich lasse nicht zu, dass er diese Erzählung kontrollieren wird, dass er in der Schule einen Witz darüber macht, wie gehorsam seine *Darling Dog* ist.

Diese Geschichte hat noch eine andere Seite und er will eindeutig nicht, dass sie erzählt wird.

„Warum?", fordere ich ihn heraus und hebe mein Kinn, um ihn anzustarren. „Was fürchtest du, was ich sagen werde, Devlin? Hast du Angst, dass ich euch Darlings als die Feiglinge enthülle, die ihr seid?"

„Ich sagte, halt die Klappe", sagt Devlin mit leuchtend blauen Augen, die Hände um die Tischkante gelegt.

„Und wenn ich es nicht tue?", frage ich. „Was wirst du tun? Werdet ihr drei mir wieder ein Messer an die Kehle halten?"

Devlin springt auf, packt mein Handgelenk und zieht mich zur Tür. Ich weiß, ich sollte die Klappe halten, aber ich kann nicht aufhören. Vielleicht will ich die Strafe. Den Schmerz. Die Demütigung. Ein beschissener Teil in mir sehnt sich danach.

„Mr. Darling", warnt die Lehrerin, aber Devlin schiebt die Tür mit der Handfläche auf. Er dreht sich um, bevor er mich in den Flur schleift.

„Halten Sie die Klappe und unterrichten Sie die Klasse", knurrt Devlin und lässt dann die Tür hinter uns zufallen. Sein Griff um mein Handgelenk ist eine Strafe, aber das ist mir egal. Der Schmerz treibt mich nur an. Ich möchte wieder Schmerzen fühlen. Ich will, dass er wie ein Sturm auf mir wütet. Ich möchte die Zerstörung durch Hurrikan Devlin erleben.

„Was zum Teufel redest du da?", fragt Devlin und klingt eher genervt als wütend.

Ich reiße trotzdem an meinem Handgelenk, wodurch er noch fester zudrückt, bis ich vor Schmerz zusammenzucke. „Ihr seid alle verdammte Feiglinge", knurre ich. „Daher weiß ich, dass ihr meinen Bruder entführt habt. Ihr könnt ihn nicht einfach wie ein ganz normaler Haufen Punks bekämpfen. Weil ihr Angst habt. Du hast Angst vor ihm und du hast Angst vor mir."

Devlin grinst und bleibt cool, obwohl ich vor ihm durchdrehe. „Ich habe Angst vor dir?", fragt er, seine Augen glänzen vor Belustigung.

„Das stimmt", sage ich. „Du hast Angst davor, dass jemand den Status quo herausfordert und deinen

Platz einnimmt. Aber anstatt wie ein richtiger Mann zu kämpfen, spielst du mit gezinkten Karten."

„In diesem Spiel ist alles erlaubt", sagt Devlin gedehnt, seine Stimme ist voll Honig und Verführung.

„Ja, nun, vielleicht solltest du meine Brüder wie echte Männer bekämpfen, anstatt ein Mädchen zu fesseln und sie herumzuschleppen, um deine Macht zu zeigen. Das lässt dich nur schwach aussehen. Zu verängstigt, um meinen Brüdern gegenüberzutreten, und zu schwach, um sie zu besiegen, ohne ihre kleine Schwester anzugreifen."

Devlins Augen werden schmal und er sieht mich lange und berechnend an. Er sieht sich um, schleift mich dann den Flur entlang und schiebt mich in die Mädchentoilette. „Mach ruhig weiter", fordert er mich heraus.

„Finde den Rest selbst heraus, Dummkopf", schieße ich zurück.

Devlin wirft mir einen Blick zu und packt mich dann am Hals. „Du magst es, dieses hübsche Maul zu benutzen, aber mir fällt etwas anderes ein, dass ich damit tun sollte."

„Fick dich, Devlin", stoße ich hervor, als seine Finger seitlich in meinen Nacken drücken. Ich greife nach seiner Hand, Adrenalin strömt durch meine Adern.

„Jaja, hab ich schon erledigt", sagt Devlin, sein Griff wird fester, als er mich ein wenig schüttelt. „Jetzt rede."

„Na gut. Es brauchte drei von euch und ein Messer, um ein Mädchen, das halb so groß ist wie ihr, dazu zu bringen, das zu tun, was ihr wolltet", sage ich und spucke ihm die bitteren Worte entgegen. „Du wolltest mich demütigen, und das hast du. Natürlich war ich verdammt noch mal gedemütigt. Du hast mich wie ein Tier behandelt. Aber du bist das Tier. Du bist derjenige, der gedemütigt sein sollte. Jeder meiner Brüder ist zehnmal mehr Mann, als du es jemals sein wirst."

Devlin schiebt mich nach hinten und ich atme tief ein, meine Lunge freut sich über den ungehinderten Zugang zum Sauerstoff. „Deine Brüder sind nichts als Schläger", sagt er. „Du willst darüber reden, mit gezinkten Karten zu spielen, warum schaust du dir deine eigenen Familienbande nicht etwas genauer an?"

VERRATE MICH

„Wage es nicht, den Charakter meiner Brüder infrage zu stellen, nach dem, was du mir angetan hast", sage ich, trete nach vorn und schubse Devlin hart.

Er stolpert zurück, ein überraschter Ausdruck huscht über seine Züge. Eine seiner Hände schnellt hervor, er packt mich und schiebt mich gegen das Waschbecken. Seine Finger legen sich wieder um meinen Hals und sein Gesicht kommt mir so nah, dass ich meine Augen schließen muss, um den Hass in seinen Augen nicht brennen zu sehen.

„Wenn du mich noch mal so respektlos behandelst, wirst du sehen, was passiert", knurrt er an meinen Lippen. Ich weiß nicht, ob es eine Drohung oder eine Herausforderung ist, aber meine Knie werden weich vor Angst angesichts der Warnung in seiner Stimme.

„Lass mich gehen", flüstere ich.

„Wenn ich fertig bin", sagt er, sein Kopf neigt sich, seine Hüften drücken mich gegen das Waschbecken. Plötzlich kann ich nur noch die dicke Schwellung in seiner Hose spüren und Angst durchfährt mich gepaart mit Geilheit. Er ist steinhart. Scheiße. Ich habe immer noch Schmerzen von vor drei Tagen.

Ich umklammere den Rand des kalten Porzellans hinter mir und suche nach einer Waffe, aber finde nichts. Ich greife nach oben und packe sein Handgelenk, bohre meine Nägel in seine Haut. Devlin holt Luft und drückt seine Hüften gegen meine. „Mach keinen Fehler", flüstert er. „Wenn du deine Hände auf mich legst, lege ich meine überall auf dich. Und nicht nur auf dein hübsches Gesicht."

„Stopp", keuche ich und kämpfe darum, mich zu befreien.

Als ich meine Augen öffne, ist Devlins Blick auf meinen gerichtet, er funkt vor Lust nur so, dass er wahnsinnig wirkt. Meine Mitte pocht vor Hitze bei seinem Blick und mein Kopf dreht sich vor Schwindel, weil seine Hand meine Luftröhre zudrückt.

„Nicht, bevor du nicht auf allen vieren vor mir liegst und nach hinten greifst, um dich für mich zu spreizen, und mich wie eine Hündin anflehst, dass ich deine enge, nasse Fotze durchnehme."

VERRATE MICH

„Niemals", bringe ich heraus, alles in mir zittert vor Angst bei seinen Worten, obwohl mein Körper gehorcht und die Feuchte zwischen meinen Schenkeln zum Leben erwacht. Ich bin so verwirrt von den Empfindungen, die mich durchströmen, Schmerzen, die Lust bereiten, Furcht, die mich anmacht, dass ich mich nicht entscheiden kann, ob ich ihn küssen oder töten will.

Devlins Finger verkrampfen sich um meine Kehle und seine Lippen liebkosen meine. „Sag mir, dass du nicht willst, dass mein nackter Schwanz bis zu den Eiern tief in deiner süßen kleinen Fotze versinkt."

„Du hast gesagt, du willst das nicht", sage ich, versuche verzweifelt, meinen Verstand zu behalten, und greife dabei nach Strohhalmen. „Warum sollte ich es wollen, wenn du es nicht willst?"

„Das habe ich nie gesagt."

„Du hast gesagt, du würdest mich für andere Jungs ruinieren", erinnere ich ihn. „Dass du das bereits getan hast."

„Ich will dich ruinieren", knurrt er, lässt meinen Hals los und vergräbt seine Hand in meinen Haaren, während er meinen Kopf zurückzieht. „Ich möchte deinen Leib und deine Seele zerstören. Jeden verdammten Tag, bis es nichts mehr zu ruinieren gibt."

Ich greife mit beiden Händen nach oben, packe sein Handgelenk und versuche, mein Haar zu befreien. Er zieht fester, bis ich vor Schmerzen aufschreie. Devlin reißt seinen Gürtel auf und schiebt seine Hose über seine Hüften.

„Stopp", keuche ich. „Du tust mir weh."

Er zerrt das Kleid über meine Taille und reißt die Unterwäsche von meinem Körper, zerreißt sie, statt sich die Mühe zu machen, sie herunterzuziehen. Sein Schwanz pocht riesig und heiß und wild an meinen zitternden Schenkeln. Er drängt meine Knie auseinander und stößt schnell und scharf nach oben und vergräbt sich in mir.

Acht

Crystal

„Lüg nicht, Crystal", krächzt Devlin, er keucht und seine starken Hüften pressen mich fest gegen das Waschbecken. „Ich weiß, dass du mich willst. Deine Fotze ist so nass wie eine Schlampe nach einem Creampie."

„Ich will das", flüstere ich, schließe die Augen und werfe den Kopf zurück. Ich möchte nicht, dass er meine Augen sieht, wenn ich die Worte sage, nicht weil er sonst weiß, dass ich lüge, sondern weil er weiß, dass ich es nicht tue. „Ich will dich."

SELENA

Ich atme tief und erschaudernd ein, atme seinen Geruch ein, bis mir vor Geilheit schwindelig wird. Er packt meinen Hinterkopf und vergräbt seine Zunge in meinem offenen Mund, beansprucht ihn genauso gründlich wie den Rest meines Körpers. Seine Zunge ist so rau und dominant wie seine Stöße und fordert meine Hingabe. Ein hilfloses Wimmern der Lust entkommt mir und ich gebe nach. Ich gebe dem nach, was ich die ganze Zeit gewollt habe und wovon ich gewusst habe, dass es passieren würde, wenn ich ihn lange genug aufstachele. Er füllt mich mit dem aus, was mir fehlt, mit einem Gefühl der Richtigkeit und Vollständigkeit, mit Schmerz und süßer Erleichterung. Er blendet alles andere auf der Welt aus. Ich will jeden Teil davon und mehr. Und er gibt mir alles.

Er legt seinen Arm um meine Taille und vergräbt sich bis zum Anschlag in mir, sein Schwanz ist voll und dick und heiß, während die Schmerzen vom letzten Mal wieder aufbrennen. Jeder Protest weicht aus meinem Kopf und mein Körper übernimmt. Meine Hände greifen nach seinem Kopf und ziehen ihn heftig zu mir, bis unsere Zähne aufeinanderprallen und unsere Zungen miteinander kämpfen. Meine Knie geben nach, als er mich auf den Rand des Waschbeckens hebt, meinen Hintern mit beiden Händen packt und tief genug in mich fährt, dass Schmerz durch mich jagt. Ich krümme meinen Rücken und öffne meine Knie weiter, lasse mich von ihm füllen, bis ich glaube, dass ich mich in zwei Teile spalte.

„Sag mir, was du willst, Sugar", sagt er mit harten, schnellen Atemzügen. „Sag mir, wie du es magst, gefickt zu werden."

„Hart", flüstere ich. „Bestrafe mich."

Sein Schwanz pocht in mir und er beugt die Knie und stößt dann mit aller Kraft nach oben, pflügt so hart in mich, dass mein Kopf gegen den Spiegel hinter mir schlägt. Devlin fängt mich auf, hält einen Arm um meine Taille und stützt die andere Hand an den Spiegel. Er vergräbt sich immer wieder in mir, hämmert in mich, bis ich nach Gnade schreie.

Er reißt mich vom Waschbecken, wirbelt mich herum und fährt in mich hinein, bevor ich Zeit habe, das Gleichgewicht zu finden. Ich schreie überrascht und vor

Schmerzen auf, als meine Hüften mit dem Waschbecken kollidieren. Devlin reißt mich zurück und lässt mich an den Rand des Waschbeckens greifen, bevor er wieder in mich hineinstößt.

Er hämmert in einem hektischen, wilden Rhythmus in mich und ich weiß, dass er sich genauso wenig zurückhalten kann, wie ich ihn aufhalten kann. Ich habe das gewollt und jetzt bekomme ich es. Devlin macht nichts halbherzig und er fickt verdammt noch mal nicht halbherzig. Er packt mit einer Hand eine Handvoll meiner Haare und mit der anderen meine Hüfte, fährt hart und schnell in mich hinein, bis ich mich nicht mehr zurückhalten kann.

„Jetzt, Devlin", keuche ich und versuche, mich vom Spülbecken zurückzudrängen. „Zieh ihn raus."

„Niemals", knurrt er und dringt so stark in mich, dass ich meine Hände auf den Spiegel stützen muss. Er knallt seine Hüften gegen meinen Arsch und ein Stöhnen dringt aus seinen Lippen, seine Augen schließen sich und pure Glückseligkeit löscht jede andere Emotion aus seinem Gesichtsausdruck, während er kommt. Reflexartig verkrampfen sich seine Finger, drücken so fest in meine Hüften, dass sie sicher blaue Flecken hinterlassen werden, ziehen mich fester an sich, als könnte er nicht nah genug bei mir sein, als würden wir mit solch einer Wucht zusammenstoßen, dass wir eins werden würden, zu einem Orkan, den niemand überleben könnte. Ich beobachte ihn im Spiegel, während sich Dampf um meine Finger bildet, bis der Anblick seines in so purer Lust verlorenen Gesichts mich zu weit treibt. Ich schreie auf, mein eigener Höhepunkt durchströmt mich in Stößen reiner Magie, während Devlin zitternd Luft einsaugt, in mir pocht und mir jeden letzten Tropfen von sich schenkt.

Für eine lange Minute bewegt sich keiner von uns. Endlich öffne ich meine Augen und mein Blick trifft seinem im Spiegel. Meine Wangen sind gerötet, meine Lippen geschwollen, mein Haar das reinste Durcheinander. Aber Devlin muss etwas anderes sehen. Der Ausdruck in seinen Augen ist am weitesten von dem entfernt, mit dem mich meine Brüder bedenken, wenn ich so unordentlich aussehe. Devlin sieht aus, als wäre er bereit, mich bei lebendigem Leib aufzufressen.

„Du bist so verdammt schön", sagt Devlin mit rauer, fast anklagender Stimme. „Ich liebe es, dir beim Kommen zuzusehen."

Ich liebe es auch, ihn dabei zu beobachten. Ich habe das Tier in seinen Augen gesehen, das ich entfessele, wenn wir zusammen sind. Ich habe den Jungen gesehen, der mich danach festgehalten hat, der süß und echt gewesen ist. Und jetzt habe ich auch die reine, glückselige Vergessenheit gesehen, die ich ihm bringe. Ich frage mich, welchen Dämonen Devlin Darling entkommen möchte, dass er mich dazu benutzt, um sie zu vergessen.

Er zieht sich zurück und zieht mein Kleid über meine Hüften. Er nimmt mein zerrissenes Höschen hoch, ballt es mit der Faust und schiebt es in die Tasche seines Blazers, als sich die Tür öffnet. Zwei Mädchen, die ich schon einmal gesehen habe, betreten das Badezimmer, werfen einen Blick auf uns und halten inne. Eine von ihnen mustert mich von oben bis unten, mein zerknittertes Kleid, wildes Haar und verschmierter Lippenstift verraten genau, was wir getan haben. Ihre

VERRATE MICH

Lippen kräuseln sich angewidert und sie murmelt etwas vor sich hin, dreht sich um und geht hinaus.

Ich schlucke schwer und wünsche mir, sie könnte mich nicht so leicht verletzen oder demütigen. Ich bin nie eine Schlampe genannt worden, weil ich nie eine gewesen bin. Nun, anscheinend bin ich die Art von Mädchen, die Jungs im Klo fickt. Typen, die ich nicht einmal mag. Typen, die meinen Bruder getötet haben könnten.

Der Gedanke trifft mich so hart, dass ich nicht atmen kann. Ich habe in den letzten zehn Minuten kein einziges Mal daran gedacht. Und als er mich überkommt, ist es wieder so, als hätte ich gerade erst von Royals Verschwinden gehört.

Mein Magen rebelliert und ich stürze in eins der Klos, falle auf die Knie und kotze. Als ich fertig bin, komme ich taumelnd auf die Füße und drehe mich um, bemerke, dass Devlin immer noch da ist. Ich habe erwartet, dass er beim Anblick eines kotzenden Mädchens davonlaufen würde. Stattdessen sieht er mich mit diesen verdammten, undurchschaubaren Augen stirnrunzelnd an.

„Was?", schnappe ich und wische mir mit dem Handrücken über den Mund.

„Was war das?", fragt er.

„Als ob dich das interessiert", sage ich, gehe zum Waschbecken und drehe den Wasserhahn auf. Ich wasche mein Gesicht und spüle meinen Mund aus, ohne Devlin zu beachten. Als ich mich umdrehe, ist er immer noch da und ragt wie ein Leibwächter über mir auf.

„Vielleicht", sagt er und beobachtet mich misstrauisch. „Passiert das häufiger?"

„Was?"

„Du bist nicht schwanger, oder?"

„Fick dich, Devlin", sage ich und werfe eine Handvoll Papiertücher in den Müll. „Das hat nichts mit dir zu tun."

„Bist du dir da sicher?", fragt er und folgt mir aus dem Badezimmer.

„Ich bin mir sicher", schnappe ich. „Jetzt lass mich in Ruhe."

„Wohin gehst du?"

VERRATE MICH

„Nicht dein Problem", sage ich und gehe zur Tür. Ich weiß nicht, wohin ich gehe. Es ist mir egal, solange es weit weg von ihm ist. Ich kann ihn immer noch in mir spüren, die Zärtlichkeit zwischen meinen Beinen pocht bei jedem Schritt. Was zum Teufel mache ich?

„Vielleicht doch", sagt Devlin und tritt neben mich.

„Ist es nicht." Ich fühle mich wie ein verwundetes Tier, das unter einen Felsen kriechen will, um allein zu sein, seine Wunden zu lecken und sich entweder in Ruhe zu erholen oder bei dem Versuch zu sterben. Aber Devlin ist mir auf den Fersen und weigert sich, mich in Ruhe zu lassen.

Ich bleibe stehen und drehe mich wieder zu ihm um. „Hör mal, du hast bekommen, was du wolltest", sage ich. „Ich bin nicht naiv oder arrogant genug, um zu sagen, du wolltest nur flachgelegt werden. Das könntest du mit jedem Mädchen in dieser Schule machen. Du sagst, es ist nichts Persönliches, und ich verstehe das. Aber jetzt hast du mich gefickt und deinen Standpunkt klargemacht und meine Familie ruiniert, genau wie du es wolltest. Also lass mich in Ruhe, zum Teufel noch mal."

„Du verstehst es immer noch nicht, oder?", sagt er und nimmt meinen Arm. Sein Griff ist gebieterisch, sogar besitzergreifend, aber ich weiß, zu wie viel mehr er fähig ist. Ich kenne die Gewalt von Devlin Darling, weiß, wie schnell sich seine Stimmung ändern kann.

Ich rolle mit den Augen. „Offenbar nicht, Eure Majestät. Warum erklärst du es mir nicht, wo ich doch deine Schachfigur bin?"

„Du gehörst uns", sagt er. „Du gehörst zu den Darlings. Du kannst nicht sagen, wann wir dich in Ruhe lassen und wann nicht. Wir entscheiden, wann wir mit dir fertig sind. Wir entscheiden, wohin du gehst und wann. Und jetzt gerade wirst du nicht die Schule verlassen."

„Oh, jetzt bist du also die Moralpolizei? Ich darf die Schule nicht schwänzen, es sei denn, du sagst es."

„Endlich kapierst du es", sagt er.

„Na gut", sage ich und verschränke die Arme vor meiner Brust. „Also, was hast du als Nächstes mit mir vor?"

VERRATE MICH

„Du wirst es erfahren, sobald du es erfahren musst."

„Ernsthaft?" Ich werfe frustriert die Hände hoch. „Du hast mich gedemütigt, allen gezeigt, dass ich unter deiner Fuchtel stehe. Du hast mich gefickt und mit deinen Kumpels darüber gelacht. Und ich bin immer noch hier. Ich gehe nirgendwo hin. Also, sag mir entweder, was du sonst noch von mir willst, oder mach einfach eine weitere Kerbe in deinen Gürtel und mach weiter wie bei jedem anderen Mädchen."

Devlin grinst leicht und schüttelt den Kopf. „Süß. Wenn du jetzt mit deinem Wutanfall fertig bist, gehen wir in den Unterricht zurück."

Ich könnte weiterkämpfen, aber ich weiß, dass er niemals aufgeben wird. Ich weiß, dass er mich aufhalten würde, wenn ich versuche, aus der Tür zu entkommen. Für ihn ist das Gespräch eindeutig beendet und ich bin nicht so scharf darauf, am Handgelenk zurück in die Klasse gezerrt zu werden, wie er mich herausgezerrt hat. Ich seufze und dränge mich an ihm vorbei zurück zum Klassenzimmer. Ich weiß, wann ich besiegt worden bin.

SELENA

Ich habe mich vielleicht in Manhattan an die Spitze der sozialen Leiter gekämpft, aber ich kann gegen einen Kerl nicht kämpfen. Jungs kämpfen auf andere Weise dreckig und ich bin mir nicht sicher, wie ich mich gegen Devlin wehren soll.

Ich gehe in die Klasse und laufe den Gang der Schande zurück zu meinem Platz. Ich kann ihre Blicke auf mir spüren, das Kichern und die wissenden Blicke, aber ich schaue nicht hoch. Heute bin ich geschlagen worden. Ich gebe auf. In mir ist kein Kampfeswillen übrig und ich weiß, dass ich selbst mit nie gewinnen würde.

Ich schaffe es zum Mittagessen und gehe in die Cafeteria, höre kaum das Gebell um mich herum. Ich fühle mich taub, stolpere auf tauben Beinen nach vorn. Und dann schieben sich starke Arme auf beiden Seiten durch meine und ich schluchze fast vor Erleichterung, als ich hochschaue und die Zwillinge links und rechts neben mir sehe.

„Was zum Teufel ist los?", fragt King und sieht sich finster um.

VERRATE MICH

Ich schüttle den Kopf, traue meiner Stimme nicht, um ihm zu sagen, dass dies schon einmal passiert ist, dass ich eine Hündin an dieser Schule bin. Sobald meine Brüder auftauchen, halten die Feiglinge die Klappe, alle schweigen und schauen zu, was wir tun.

Das gibt mir Kraft und ich finde meine Dolce-Stärke irgendwo in mir, die stählerne Wirbelsäule, mit der ich geboren worden bin, die von den Darlings und ihren kranken Spielchen verdreht worden ist. Ich mag verdreht und gebrochen sein, aber ich bin immer noch aus dem gleichen Stoff gemacht. Ich bin immer noch stärker, als sie wissen. Ich stehe aufrecht zwischen meinen Brüdern, sauge Kraft aus ihnen wie ein hungernder Mensch, nähre mich von ihrem Selbstvertrauen, ihrer Energie und ihrer Macht wie eine Art Vampir. Bereitwillig füttern sie mich, halten mich hoch und führen mich zu dem Tisch in der Ecke, an dem Dixie sitzt, den Kopf über ihren Teller gebeugt.

King setzt sich neben mich und packt mein Knie unter den Tisch. „Was ist los, Crys?"

„Nichts", sage ich und schlucke schwer. Duke und Baron, die auf die Plätze mir gegenüber gerutscht sind, starren auf etwas hinter mir. Ich sehe ein paar Typen, die gedämpfte Wuffs ausstoßen, aber das ist nicht das, was die Augen meiner Brüder zum Glänzen bringt. Eine auffällige Gestalt kommt auf uns zu, Kurven, die illegal sein sollten, umarmt von einem Kleid, das aus pinkfarbenem Vinyl zu bestehen scheint. Weiße Go-Go-Stiefel vervollständigen das Ensemble und ihr Haar ist so hochtoupiert, dass ich mir ziemlich sicher bin, dass jedes lebende Mädchen der 80er Jahre bei diesem Anblick vor Nostalgie seufzen würde.

Dolly schnalzt mit ihren rasiermesserscharfen Fingern zum Tisch mit den bellenden Jungs. „Findet ihr es nicht alle komisch, wie ihr gehorsam bellt?", fragt sie in ihrem zuckersüßen, langsamen Akzent. „Vielleicht solltet ihr in den Spiegel schauen und die echten Hunde hier sehen."

Sie schlendert zu unserem Tisch, stellt ihre riesige weiße Vinyl-Geldbörse mit riesigen goldenen Ösen und

Strasssteinen ab, die aussieht wie ein Albtraum, der an einer Tankstelle verkauft worden ist, und lächelt.

„Wie geht es euch zweien?", fragt sie und nickt mir und Dixie zu. „Irgendein Wort über euren Bruder?"

„Noch nicht", sagt King. „Ich bin sicher, er wird zu Hause sein, wenn wir zurückkommen."

Ich kenne meinen Bruder jedoch gut genug, um die Sorge in seinem Gesicht zu sehen, den angespannten Kiefer und die harten Augen. Royal ist am Samstagabend verschwunden. Es ist Dienstag. Er ist noch nie so lange weggewesen, nicht einmal in Manhattan, wo er viele Freunde gehabt hat, bei denen er pennen kann, wenn er auf einen von uns sauer gewesen oder in einem Streit zusammengeschlagen worden ist.

Dolly nickt, holt eine Dose Dr. Pepper aus ihrer Handtasche und öffnet sie mit ihren babyrosa Nägeln. „Und ihr zwei?", fragt sie mich und Dixie. „Bekommt ihr die Darling-Behandlung?"

„Wenn du damit meinst, dass sie mich komplett ausschließen, als würde ich nicht existieren, dann ja", murmelt Dixie. Ich fühle mich plötzlich beschissen, weil ich mich nicht um sie gekümmert habe. Ich bin so in meiner Sorge um Royal verloren gegangen, dass ich das ganze Wochenende kaum an sie gedacht habe. Die letzten Tage fühlen sich an, als wäre ich in einem Alptraum gefangen, in dem nichts real ist außer dem Schmerz des Wartens.

Ich strecke die Hand aus und bedecke ihre weiche Hand mit meiner. „Es tut mir leid.“

Sie zuckt mit den Schultern. „Mir geht es halbwegs gut. Preston hat mich heute Morgen Winn-Dixie genannt, also bin ich wohl wieder eine Hündin für ihn. Und du?“

Ich atme tief ein und schaue zu meinen Brüdern. Ich könnte ihnen davon erzählen, eine *Darling Dog* zu sein, und sie würden durchdrehen und einen neuen Kampf beginnen. Jemand würde verletzt werden und der Kreislauf würde weitergehen. Ich werde keinen meiner Brüder verlieren.

„Ebenso“, lüge ich. Was auch immer die Darlings mir antun, es tut nicht schlimmer weh als das, was sie bereits getan haben. Ich kann das ertragen. Das Einzige, was ich nicht überleben kann, ist der Verlust meiner Familie. Ich würde alles auf der Welt gegen Royal eintauschen. Wenn sie meine Brüder in Ruhe lassen, nehme ich jeden Bissen ihres Zorns, spiele ihre kranken Spiele, ertrage die Schande und Demütigung.

Ich kann Kings Augen auf mir spüren, die Wolke des Zweifels um ihn herum, aber er kann mich nicht so lesen wie Royal. Und Royal ist nicht hier, um es ihm zu sagen.

„Hat einer von ihnen etwas zu dir gesagt?", fragt King.

„Ja", sage ich achselzuckend, als ob es egal wäre. „Sie waren Arschlöcher, aber ich bin damit umgegangen."

„Du hast das gehandhabt?", fragt Baron und sieht skeptisch aus.

„Ja", sage ich und sehe ihn mit großen Augen an. „Glaub es oder nicht, ich kann einige Dinge tun, ohne dass ihr meine Händchen haltet."

„Wie Devlin einen runterholen?", fragt Duke.

Baron greift herüber und schlägt ihm mit einem finsteren Blick auf den Hinterkopf. „Zu früh, Alter."

„Entschuldigung", sagt Duke und grinst mich an. „Wenn du nicht willst, dass wir dich wie unsere kleine Schwester behandeln, und du jetzt einer von uns bist, musst du die Witze ertragen."

Ich grinse ihn an. „Du willst was von Devlins Schwanz hören?"

„Nein!", kommt ein Refrain von allen dreien meiner Brüder.

Ich kann nicht glauben, dass ich in der Lage bin zu lachen, aber in der nächsten Sekunde geselle ich mich zu Dolly und Dixie, die über unser Geplänkel kichern. Meine Brüder glotzen nur.

„Ich bin sowieso älter als ihr beiden", sage ich zu den Zwillingen. „Was euch zu meinen kleinen Brüdern macht."

Sie stöhnen einstimmig. „Vertrau mir, Schwesterchen, an mir gibt es nichts Kleines", sagt Duke und legt seinen Arm um Dolly. „Stimmt doch, Schätzchen? Sag ihr, wer der große Mann auf dem Campus ist."

„Ich dachte, du wolltest nichts von Devlins Schwanz hören", sagt sie.

Dieses Mal brechen wir alle so heftig in Lachen aus, dass die Leute sich umdrehen, um uns anzustarren. Während ich mir die Tränen wegwische, sehe ich Devlin zu uns schauen, seine Augen sind dunkel und er runzelt die Stirn. Ich schlucke schwer und Schuldgefühle verdrehen sich in mir. Ich kann nicht anders, als mich zu fragen, ob ich vor Lachen sterbe, während mein Zwilling wirklich stirbt.

Neun

Crystal

Konfuzius sagt: „Bevor du dich auf einen Rachefeldzug begibst, grabe zwei Gräber." Ich weiß, ich könnte verletzt werden, aber Konfuzius hat etwas nicht berücksichtigt. Und zwar, was passiert, wenn die Person, an der du dich rächen willst, dein Grab bereits ausgehoben hat. Es bleibt nichts anderes übrig, als sich hineinzulegen. Und verdammt, wenn ich mich in mein Grab legen werde, wird sich auch jemand in das zweite Grab legen.

Als sich die Tür zur Garage öffnet, sind alle sechs Plätze belegt. Auf Dukes Platz steht ein winziges kirschrotes Cabriolet mit einem Nummernschild für Mietautos.

„Was zum Teufel", murmelt er. „Papa hat seine Freundin mitgebracht, während Mama zu Hause ist?"

VERRATE MICH

„Papa hat keine Freundin", schnappe ich. Aber meine Gedanken kehren zu all den langen Nächten zurück, den Nächten, in denen er überhaupt nicht nach Hause gekommen ist.

Aber er ist im Büro gewesen. Mein Vater würde nie fremdgehen.

Baron schnaubt, aber er hält die Klappe, als ich ihn böse anstarre. Wir parken und steigen aus und betreten das Haus durch die Garage.

„Wer zum Teufel hat meinen Parkplatz gestohlen?", brüllt Duke, als die drei wie Trampeltiere ins Haus stampfen.

„Halt die Klappe", zische ich und stoße ihn mit dem Ellbogen an. „Es könnte der Bürgermeister sein oder –"

„Wer zum Teufel benutzt eine solche Sprache gegenüber seiner geliebten Großmutter?", sagt eine Stimme mit einem so starken italienischen Akzent, dass man sie nicht verwechseln kann. Opa Dolce kommt mit einem Holzlöffel in der Hand aus der Küche und sieht aus, als wäre er bereit, die Hölle einzufrieren – und wir

97

Striemen auf den Oberschenkeln bekommen würden, weil wir diese Wortwahl im Umgang mit seiner Frau verwendet haben. Ironischerweise würde sein Gefluche ein Schiff voller Matrosen beschämen.

„*Nonni*", sage ich, renne vor und schlinge meine Arme um ihn. Er ist so groß wie Papa, obwohl seine Schultern jetzt gebeugt sind und sein Haar stahlgrau ist. Zehn Minuten mit ihm und du weißt, woher die Mafia-Gerüchte stammen. Tausche das volle Haar gegen einen Schnurrbart und Opa Dolce hätte Marlon Brandos Rolle in *Der Pate* übernehmen können.

„Mein kleiner Zuckerkristall", sagt er, schlingt seine starken Arme um mich und drückt mich. Obwohl er nicht größer ist als die anderen Männer in meiner Familie, fühle ich mich in seinen Armen klein und beschützt. Seine Aura ist größer als er, größer als das Leben.

„*Mi bambini*", ruft Nonna, die aus der Küche eilt, um sich um meine Brüder zu kümmern. Sie nehmen sie abwechselnd hoch und wirbeln sie herum, während sie über ihre Muskeln und ihre Größe staunt.

VERRATE MICH

Als sie sie abgesetzt haben, nimmt sie meine Hände in ihre und mustert mich, ihre Augen haben mehr Fältchen als das letzte Mal, als ich sie gesehen habe. Ihr Haar ist immer noch rabenschwarz und am Hinterkopf zu einem dicken Knoten hochgesteckt, aber mit sechzig ist sie alles andere als schwach. Unsere Großmutter ist eine Kraft, mit der man zurechtkommen muss, mit ihrer ganzen Körpergröße von 1,47 Meter. Fünf Minuten mit ihr und du weißt, woher die Dolces ihr Rückgrat haben.

„Jeden Tag schöner", sagt sie und streichelt meine Wange. „Wir haben so viel Nachholbedarf. Ich kann es kaum erwarten, alles über deine neue Schule, deine Freunde, deinen Unterricht zu erfahren. Hast du einen besonderen Jungen in deinem Leben?"

Ihre Augen funkeln, aber ich schüttle den Kopf. „Irgendwelche Neuigkeiten?", frage ich, ergreife ihre Hand und schaue ängstlich in ihre Augen.

Ihre Lippen pressen sich zusammen und sie schüttelt den Kopf. „Nein, *Bambina*. Es tut mir leid."

Ich nicke, weil ich es mir schon gedacht habe. „Wo ist Mama?"

„Oh, du kennst deine Mutter", sagt sie mit einem missbilligenden Blick. „Verbringt mehr Zeit im Bett als eine Braut in den Flitterwochen, aber kein Mann ist in Sicht."

„Ja", sage ich und beiße mir auf die Lippe. Ich hatte gehofft, dass es für sie hier vielleicht auch anders laufen würde. Vielleicht würde sie sich zusammenreißen, zumindest für Royal.

„Oh, ich sollte mich nicht über deine Mutter beschweren", sagt Nonna mit einer abwertenden Handbewegung. „Sie macht es uns allen leichter, indem sie sich ausruht, wenn sie es will. Ich weiß, dass du genug im Kopf hast, ohne dir Sorgen machen zu müssen, dass wir streiten."

„Ihr seid hier, um zu helfen?", frage ich und sehe zu, wie meine Brüder mit Opa Dolce in der Küche verschwinden.

„Natürlich", sagt Nonna. „Wir werden ihn finden, *bambina mia*. Das weißt du, nicht wahr?"

Ich nicke, mein Hals schmerzt beim Schlucken.

VERRATE MICH

„Du glaubst mir nicht", sagt sie und streichelt meine Wange fest genug, dass sie ein bisschen brennt. „Wage es nicht, deinen Bruder aufzugeben, Mädchen. Wir werden ihn finden. Da kannst du mir vertrauen."

„Oh, *Nonna*", sage ich, schlinge meine Arme um sie und umarme sie fest. Ich weiß nicht, was ich sonst sagen soll, also stehen wir nur eine Minute so da.

Dann zieht sie sich zurück und lächelt. „So ein großes Haus! Zeig mir dein Zimmer, *tina mia*."

In meinem Zimmer schlendert Nonna herum und streicht mit den Fingern mit einem abwesenden Blick in den Augen über die Wände. „Ich habe mich immer gefragt, was sich hinter diesen Mauern verbirgt", sagt sie und zieht die Vorhänge beiseite, um aus dem Fenster zu schauen.

Mein Herz macht einen merkwürdigen kleinen Hüpfer in meiner Brust. „Was?"

Meine *Nonna* wird doch sicher nicht senil. Sie mag klein sein, aber sie ist stark wie ein Ochse und doppelt so stur. Sie macht immer Witze über das Altern, lässt ihre

Muskeln spielen und sagt: „Ich würde gerne sehen, wie das Alter versucht, mich zu bekommen."

Sie wendet sich vom Fenster ab und seufzt. „Ich schätze, dein Vater hat endlich seinen Traum bekommen. In dem großen Haus zu leben, aus dem er vor so langer Zeit vertrieben wurde. Ich glaube, er wurde mit einem rachsüchtigen Herzen geboren. Ich konnte es ihm nicht ausreden, egal wie sehr ich es versuchte. Ich kann nicht sagen, dass es ihm jemals wehgetan hat, also ist es vielleicht doch nicht so schlimm."

„Wovon redest du?", frage ich, mein Kopf dreht sich und mein Herz hämmert. Es ist eine Sache, etwas Schlechtes über Mama zu sagen, aber Papa ist ihr eigener Sohn.

„Sag mir nicht, dass dein Vater dir nicht erzählt hat, wie er aus diesem Haus geworfen wurde", sagt sie. „Es muss einer seiner stolzesten Momente gewesen sein, es direkt zu kaufen."

„Nein", sage ich langsam. „Er hat erwähnt, dass er eine Weile hier in der Nähe gelebt hat, als er in der

High School war. Das war es aber auch schon. Warum? Was ist passiert?"

„Oh, sieh dir das an, draußen hast du einen Stuhl", sagt Nonna und schaut auf den Balkon.

„Ja, ich sitze manchmal da draußen", sage ich. „Oder ... das habe ich früher gemacht."

„Nun, nach dem langen Flug könnte ich wirklich eine Zigarettenpause gebrauchen", sagt sie und zwinkert mir zu. „Erzähl es nicht deinem Großvater. Ich habe ihm gesagt, dass ich aufgehört habe."

Ich kann nicht anders, als sie anzulächeln. Ohne ein weiteres Wort öffnet sie mein Fenster und duckt sich auf die Veranda. Ich schnappe mir den kleinen weißen Holzstuhl, der neben meinem Schminktisch steht, und klettere aus dem Fenster, um mich zu ihr zu gesellen, während sie sich in meinen Liegestuhl plumpsen lässt und eine Packung Virginia Slims aus der Tasche ihrer leichten Jacke zieht.

Sie zündet sie an und seufzt, lehnt sich zurück und schließt die Augen, während sie eine langsame

Rauchwolke ausstößt. „Ah, es gibt nichts Vergleichbares wie diesen ersten Zug."

„Nonna", dränge ich. „Wie kommt es, dass du mir nie erzählt hast, dass du hier gewohnt hast?"

„Nicht *hier*", sagt sie und deutet mit ihrer Zigarette vage auf unsere Umgebung. „Wir wurden nicht so reich geboren. Du weißt, dass dein Opa und ich das alles nicht brauchen."

„Aber du hast in Faulkner gewohnt."

Sie nickt. „Ich nehme an, wir reden nicht viel darüber, weil es nicht lange andauerte und es für keinen von uns die glücklichste Zeit in unserem Leben war. Du weißt, wie stolz dein Vater sein kann. Genau wie sein Vater."

„Was ist passiert?"

„Nun", sagt sie und nimmt einen zarten Zug von ihrer dünnen Zigarette. „Dein Großvater hatte ein paar schlechte Geschäfte gemacht und Schulden gemacht. Lange Rede, kurzer Sinn, er schuldete am Ende den falschen Leuten Geld."

„Der Mafia?", flüstere ich.

„Nun, einige Leute dachten, es wäre das Beste, wenn wir die Stadt für eine Weile verlassen würden, bis sich der Staub gelegt hätte, und dies schien ein guter Ort zu sein, um ein ruhiges Leben zu führen."

Scheiße. Niemand hat jemals so mit mir geredet, als ob es etwas wäre, was ich über meine Familie wissen darf. Als ob unsere Verbindungen für meine zarten Ohren nicht ungeeignet wären.

„Sagst du ... was ich glaube, das du sagst?", frage ich.

„Dass unsere Familie alles andere als ruhig ist?", fragt sie lachend, während sie mit ihrer Zigarette auf die Armlehne klopft. „Ich nehme an, es war naiv zu glauben, dass wir uns hier einfügen könnten, aber wir wussten nichts über diese Stadt oder den Süden im Allgemeinen. Es war ... eine Anpassung für alle."

„Was ist passiert?", frage ich und lehne mich in meinem Stuhl nach vorn. Nonna ist immer offen mir gegenüber gewesen, aber ich habe meine Nase nie dort reingesteckt, wo mir gesagt worden ist, dass sie nicht hingehört. Aber jetzt ... ich weiß es nicht. Die Dinge sind anders. Ich bin nicht mehr so zufrieden damit, unter den Fittichen meiner Brüder beschützt und sicher zu sein, wie ich es früher gewesen bin. In letzter Zeit habe ich meinen Kopf aus dem Nest gesteckt, um zu sehen, was sich hinter diesen breiten, schützenden Flügeln verbirgt.

„Nun, wir sind hierhergezogen, das ist passiert", sagt sie. „Du bist schon ein paar Monate hier. Du weißt, wie diese Stadt ist. Wir hatten so viel über die Gastfreundschaft des Südens gehört, aber es stellte sich heraus, dass die Leute Außenstehende nicht so willkommen geheißen haben, wie wir gehofft hatten."

Ich stelle mir meine Brüder vor, wie sie Willow Heights betreten würden, mit all ihrer Prahlerei und Tapferkeit, aber ohne Geld. Es ist kein Bild, auf das ich eingehen möchte. Bevor ich noch mehr fragen kann, öffnet sich eine Tür auf der Veranda gegenüber unserer und Devlin Darling tritt heraus. Er trägt eine tief sitzende graue Jogginghose und ein T-Shirt mit dem Willow-Heights-Wappen auf der Vorderseite. Sein blondes Haar glitzert in den letzten Strahlen des kühlen, winterlichen Sonnenlichts, als er uns anstarrt.

VERRATE MICH

„Na, zum Teufel", sagt Nonna und richtet sich auf ihrem Stuhl auf. „Wer ist das denn?"

„Das ist Devlin Darling", murmele ich und kämpfe gegen die Wärme an, die mir bei seinem Anblick über die Wangen zu kriechen droht. Ich wende mein Gesicht meiner Oma zu und lasse mich nicht von der magnetischen Anziehungskraft anziehen, die ich auf der ganzen Rasenfläche zwischen unseren Häusern spüre.

Nonna mustert ihn mit zusammengekniffenen Augen, während sie an ihrer Zigarette zieht. „Er ist ein ziemlicher Hingucker, nicht wahr?", fragt sie endlich und schenkt mir ein verschlagenes Grinsen.

Ich zucke mit den Achseln. „Er hasst uns."

„Jede Wette", sagt Nonna und lehnt sich in ihrem Stuhl zurück. „Tun Männer das nicht den Frauen an, die sie nicht haben können?"

„Was?", frage ich.

„Er ist ein Darling", sagt sie. „Dein Vater würde das niemals zulassen."

„Also, was ist damals passiert?", frage ich. „Mama sagte, Mr. Darling hat versucht, seine Ideen zu stehlen oder so. Aber das kann nicht richtig sein, wenn er grade mal in der High School war. Papa hat erst nach meiner Geburt die Firma aufgebaut."

Ich weiß es, weil er mir immer erzählt, wie er die erste Süßigkeit nach mir benannt hat, die charakteristisch funkelnden, klaren Hartbonbons des Unternehmens, *Dolce Crystals.*

„Die Darlings haben diese Stadt damals geleitet", sagt sie zu mir, während sie offen den sexy Nachbarsjungen auf seiner Veranda bewundert. „Mr. Darling und alle seine sieben Söhne. Ich kann mich nicht erinnern, wie viele mit deinem Vater in der Schule waren, aber es waren einige. Sie hatten sogar einen Geheimbund in der Schule, ich kann mich nicht an den Namen erinnern, aber ich glaube, sogar der alte Mr. Darling war irgendwie involviert. Dein Vater würde es jetzt nie zugeben, aber er wollte unbedingt mitmachen. Natürlich hätten sie ihn nie reingelassen, da er ein Stipendiat war. Wir kamen nicht aus wohlhabendem Haus oder hatten einen großen Namen in der Stadt."

VERRATE MICH

Meine Großeltern haben bequem gelebt, aber sie sind nie reich gewesen. Papa hat das ganz allein geschafft. Er ist schon immer stolz darauf gewesen, ein Selfmade-Man zu sein, und hat das immer wie ein Ehrenzeichen getragen. Ich habe nie in Frage gestellt, was ihm diese hohen Ambitionen verliehen hat, warum er so unbedingt erfolgreich sein will. Ich habe absolut nicht gewusst, dass er abgelehnt worden ist, weil er arm gewesen ist, verglichen mit einer mächtigen Familie, von der ich bis vor ein paar Monaten noch nie gehört habe.

Ich werfe Devlin einen Blick zu. Ich frage mich, ob er das alles weiß. Ob er weiß, dass mein Vater hierher zurückgekommen ist, um Devlins Vater und all den Darlings, die ihn damals vor den Kopf gestoßen haben, seinen Erfolg ins Gesicht zu reiben. Jetzt ist er genauso reich wie alle und er hat alles selbst geschafft.

„Dein Vater ist ein stolzer Mann, Crystal", fährt Nonna fort. „War er schon immer. Es war hart für ihn und hart für uns als Eltern, ihn so verachtet zu sehen, wie alle Stipendiaten damals. Die Darlings veranstalteten große, schicke Partys und er war nicht eingeladen. Eines

Nachts haben er, Benny und Angela alle Stipendiaten zusammengetrommelt und beschlossen, bei einer der Partys hier in diesem Haus einfach reinzuschneien. Ihnen wurde gesagt, dass ihre Art hier nicht willkommen sei. Da gab es eine ziemliche Schlägerei, das kann ich dir aber sagen."

„Verdammt", sage ich und versuche, mir vorzustellen, wie Papa und Mr. Darling sich im Hof prügeln. Das ist viel spannender als ein Streit um ein Patent.

„Um ehrlich zu sein, glaube ich, dass dein Vater seitdem versucht, es sich selbst zu beweisen", sagt Nonna. „Zu sehen, wie deine Kinder kämpfen, und zu wissen, dass du ihnen nicht helfen kannst, ist der schwierigste Moment als Eltern. Irgendwann kann man sie nicht mehr beschützen und sie erfahren die Wahrheit – dass die Welt für uns alle ein harter, unversöhnlicher Ort ist."

Ich denke an Papa und meine Brüder, die so sehr versucht haben, mich zu beschützen, und mein Groll ihnen gegenüber nimmt ein wenig ab. Ich weiß, das ist alles, was sie jemals gewollt haben. Mich zu beschützen.

„Es tut mir leid, Nonna", sage ich, beuge mich vor, um einen Arm um sie zu legen, und lege meinen Kopf an ihre Schulter.

„Nun, du kennst deinen Vater", sagt sie schmunzelnd. „Er hat das Beste daraus gemacht, oder? Schau dir das alles an. Von der anderen Seite der Stadt zum Kauf eines Darling-Hauses direkt vor ihrer Nase."

„Das ist ein langer Weg in nur zwanzig Jahren", stimme ich zu und staune einen Moment lang darüber, wie viel Glück unsere Familie hat. Wegen Papas harter Arbeit und Entschlossenheit haben wir all das.

Nonna nickt. „Um ehrlich zu sein, die Nacht dieser Schlägerei hat ihn verändert und ich bin mir nicht sicher, ob es immer zum Guten war. Weißt du, in diesem Moment beschloss er, reich zu werden. Danach verließen wir die Stadt, aber von diesem Moment an kam nichts vor seinem Ehrgeiz, selbst wenn das hätte sein sollen. Ich bin sicher, es gab viele Nächte, in denen ihr Kinder und deine

Mutter das aus erster Hand erlebt habt." Sie dreht sich um, um mir einen Tabak-Kuss auf die Schläfe zu drücken.

„Und hierher zurückzuziehen war … was? Seine große Chance, ihnen seinen Erfolg ins Gesicht zu reiben?", frage ich und setze mich aufrecht hin. Es schien so zufällig, dass Papa beschlossen hat, mitten ins Nirgendwo zu ziehen. Es hat keinen Sinn ergeben. Unser Leben hat in Manhattan gespielt. Er hat keinen Grund gehabt, hierherzukommen. Jetzt macht das alles Sinn. Die ganze Zeit über hat er sein Dolce-Sweets-Imperium als eine Art Rache aufgebaut. Was bedeutet, dass er die ganze Zeit gewusst hat, dass er eines Tages hierher zurückkommen würde. Nett von ihm, dass er uns rechtzeitig Bescheid gibt, um uns auf die große Veränderung vorzubereiten.

„In gewisser Weise war es das wohl", sagt Nonna. Sie nimmt den letzten Zug ihrer Zigarette und sucht nach einer Stelle, an der sie sie ausmachen kann. „Ich mach mich besser frisch und putze mir die Zähne, damit dein Großvater das nicht riecht, wenn er mir einen Gute-

Nacht-Kuss gibt." Sie zwinkert mir zu und erhebt sich von ihrem Stuhl, um ihre Zigaretten zu verstauen.

„Das war mehr, als ich wissen wollte, Nonna", sage ich kopfschüttelnd.

„Ich lasse euch beide allein, damit ihr gegenseitig Augenkontakt aufnehmen könnt." Sie nickt zum Darling-Haus und grinst, bevor sie sich durch mein Fenster duckt und in meinem Badezimmer verschwindet.

Ich kann Devlins Blick auf mir spüren, sein Gewicht, die Hitze. Aber ich schaue ihn nicht an, den Jungen aus der Familie, die meinen Vater aus dieser Stadt vertrieben hat. Ich mache ihm keine Vorwürfe, dass er in die Stadt zurückgekommen ist, zu denen, die ihn nicht haben wollten, die sagten, er sei nicht gut genug. Ich mache ihm keine Vorwürfe, dass er zurückgekehrt ist, um ihnen seinen Erfolg ins Gesicht zu reiben, indem er hier in der Stadt, die ihn abgelehnt hat, eine Filiale errichtet auf einem Stück Land, das ihnen gehört haben muss, da sie darüber streiten, ob es ihnen noch gehört. Ich wünschte nur, er hätte es uns gesagt, er hätte uns vorgewarnt. Ich wünschte, er hätte uns erzählt, was diese

Stadt für ihn bedeutet, anstatt uns selbst etwas über die Darlings herausfinden zu lassen.

Aber jetzt macht es so viel Sinn. Warum er möchte, dass wir die Schule übernehmen, warum er möchte, dass meine Brüder die Plätze der Darlings in der Footballmannschaft einnehmen, warum er den Bürgermeister beeindrucken und ein Haus kaufen möchte, das einst den Darlings gehört hat, direkt neben einem von den Jungs, die ihm gesagt haben, er sei nicht gut genug, um in diesem Haus an einer Party teilzunehmen. Es muss sich wirklich verdammt gut anfühlen, zurückzukommen und genau dieses Haus zu kaufen, um ihnen zu zeigen, dass „unsere Art" in diese Nachbarschaft gehört, den Darlings ebenbürtig ist.

Heute weiß ich mehr denn je, dass die Darlings nichts anderes als privilegierte Arschlöcher sind, egal welche Generation. Ich weiß, dass ich für sie nie etwas anderes sein werde als eine Hündin, ein Stück Müll, so wie es mein Vater vor mir gewesen ist. Und sie werden für mich nie etwas anderes sein als eine Familie, die versucht hat, meine zu zerstören, und versagt hat. Papa hat sich davon erholt und Millionen verdient. Er ist zurückgekommen, um ihnen zu zeigen, woraus Dolces gemacht sind.

Und ich werde dasselbe tun müssen. Ohne Devlin einen Blick zuzuwerfen, stehe ich auf, klettere durch mein Fenster und ziehe das Fenster bis auf einen Spalt zu, um die kühle Luft hereinzulassen. Ich ziehe den Vorhang zu und lösche Devlin und sein schönes Haus mit einer Handbewegung aus.

Zehn

Devlin

Verdammt noch mal. Verdammte Dolce.

Sie ist in mein Leben wie ein verdammter Hurrikan gefegt. Hurrikan Crystal mit diesen Kurven, die alle unter ihren Mamakleidern versteckt sind, wie eine richtig feine Dame, obwohl ich es besser weiß. Ich weiß, was los ist. Ich weiß, was da drunter ist. Diese Taille, um die ich fast meine Hände wickeln könnte, Titten, die mich dazu bringen, meinen Kopf zwischen ihnen zu vergraben, und ein Arsch, der mich dazu bringt, meinen Schwanz darin zu vergraben. Ein Vorgeschmack und schon stehe ich auf einem Balkon und warte auf sie wie ein erbärmlicher, von der Muschi kontrollierter Welpe.

Ich mache diese Scheiße, seit ich sie in der ersten Nacht auf dem Balkon gesehen habe, so gut wie nicht bekleidet, ein fadenscheiniges kleines Nachthemd, das sie wie ein Gespenst aussehen hat lassen.

Ich habe nicht gewusst, dass sie mich für den Rest meines verdammten Lebens verfolgen würde.

Elf

Crystal

Tag 4 ohne Royal. Ich fange an, die Darlings zu verstehen. Ich weiß, was ihre Familie von meiner unterscheidet. Meine Familie hat mich Liebe, Loyalität, die Stärke unseres Rückgrats gelehrt und dass unser Blut dicker ist als Schokolade. Aber jetzt kenne ich eine neue Wahrheit. Die Wahrheit der Darlings.
Liebe macht dich schwach. Hass macht stark.

„Raus aus meinem Haus."

„Dein Haus?" Mamas Schrei durchschneidet die verbleibende Schläfrigkeit in meinem Kopf.

Sie streiten. Typisch.

VERRATE MICH

Ich seufze und klettere aus dem Bett, ziehe die Decke hoch und ordne die Kissen an, während ihre Stimmen weiter ertönen.

„Du denkst, weil du mich verlassen hast, um hierherzurennen und zu beweisen, was für ein großer Mann du bist, dass dir dieses Haus gehört? Rate mal? Wir sind immer noch verheiratet, Tony! Das bedeutet, dass dieses Haus zur Hälfte mir gehört, genau wie alles andere, was du besitzt, du selbstsüchtiger Bastard."

Wenn sie loslegt, kommt Mamas Jersey-Akzent raus, egal wie viele Jahre sie damit verbracht hat, ihn zu verstecken. Ich schlucke schwer und schaue zum Fenster, als ich bemerke, dass ihre Stimmen von draußen kommen. Ich habe mein Fenster aufgelassen, um die frische Herbstluft hereinzulassen, nicht die Stimmen meiner peinlichen Eltern. Ich hoffe wirklich, dass sie hineingehen, bevor sie anfangen, sich wieder zu vertragen.

„Dann verschwinde aus *unserem* Haus", bellt Papa.

„Oh, das hättest du gern, oder?", fragt Mama.

„Nun, ich gehe nirgendwo hin, bis mein Kind auftaucht.

119

Verstanden? Du willst dich nur eine Weile mit deinen kleinen minderjährigen Huren im Büro treffen, oder etwa nicht?"

„Ich weiß nicht, wovon du redest."

„Ach, nein?", fragt sie. „Vielleicht sollte die Polizei dich befragen, Tony. Vielleicht hat er herausgefunden, dass du seine kleine Freundin fickst und ihn deshalb vertrieben hast. Du würdest alles für den Arsch einer Teenagerin tun, oder?"

Ich höre seine schweren Schritte über die Holzdielen der unteren Veranda stampfen. Jetzt wird er sie packen und ihr sagen, dass sie zu weit gegangen ist, und sie wird ihm eine Backpfeife geben und dann werden sie anfangen zu ficken.

Ich schreibe King eine SMS, in der ich ihm sage, dass er von der Veranda unserer Eltern verschwinden soll, und dann gehe ich ins Badezimmer, um zu duschen. Ich höre noch ein paar Worte, bevor ich die Tür schließe. „Ich habe vielleicht in meinem Leben dummen Scheiß gemacht, aber ich habe noch nie eines unserer Kinder verloren. Das übertrumpft wirklich alles, Tony."

VERRATE MICH

Ich knalle die Badezimmertür zu, so fest ich kann, und rutsche unter den heißen Wasserstrahl, um im dampfenden Kokon der Vergessenheit zu verschwinden. Ein Bad wäre besser, aber dafür habe ich heute Morgen keine Zeit. Stattdessen singe ich Halsey und zwinge mich, an etwas anderes als das neueste Argument meiner Eltern zu denken.

Das Wasser verschwindet schlagartig und kühle Luft trifft im selben Moment auf meinen Körper. Meine Augen fliegen auf und ein Schrei entkommt mir. Devlin steht in meinem Badezimmer, so nah, dass ich durch sein graues T-Shirt hindurch die harten Flächen seiner Brust und seiner Bauchmuskeln berühren könnte …

So nah, dass er die Hand ausstrecken und mich berühren könnte – rutschig nass, völlig nackt und immer noch dampfend von dem heißen Wasser, das über meine Haut tropft.

„Komm raus", sagt er mit harter und scharfer Stimme.

Aber seine Augen schmelzen auf meiner Haut und verbrennen mich mit einem Verlangen, das zugleich erschreckt und erregt. Meine Nippel werden unter seinem Blick hart und ich kann seinen Adamsapfel beim Schlucken sehen. Er richtet seinen Blick wieder auf meinen, schnappt sich ein Handtuch und drückt es mir grob in die Hände.

„Komm raus", sagt er noch einmal und diesmal schafft es der sachliche Ton in seiner Stimme bis in die Augen.

Endlich finde ich meine eigene Stimme. „Hau ab", schnappe ich und ziehe das Handtuch um meinen Körper. „Falls es dir nicht aufgefallen ist, ich dusche in *meinem* Badezimmer, in *meinem* Haus."

„Es ist mir egal, was du gemacht hast", sagt er, packt meinen Arm und zieht mich aus der Dusche. „Jetzt kommst du mit uns."

„Uns?", frage ich widerstrebend. „Ich glaube nicht."

Wortlos schleift Devlin mich aus dem Badezimmer in mein Schlafzimmer, wo, zu meiner Erleichterung, niemand mehr wartet.

„Zieh dich an", sagt er.

„Klar, genau das werde ich tun, während du hier rumlungerst."

„Wir sind das schon mal durchgegangen", sagt er und klingt leicht genervt. „Ich habe dich nackt gesehen. Ich habe viele andere Titten und Ärsche gesehen. Jetzt zieh dich an."

„Tolle Art, einem Mädchen das Gefühl zu geben, etwas Besonderes zu sein", murmele ich, wende mich von ihm ab und reiße meine Kommode auf.

„Ich versuche nicht, dir das Gefühl zu geben, etwas Besonderes zu sein", sagt er. „Ich versuche, dich dazu zu bringen, dass du aufhörst zu denken, dass du es bist."

„Na, du machst einen verdammt guten Job", schnappe ich. „Ich glaube, du hast das bekommen, wonach du gesucht hast. Ich bin nichts anderes als ein weiteres Loch für dich, in dem du deinen Schwanz nass machen kannst. Verstanden. Klipp und klar."

Als Antwort grunzt er.

„Die eigentliche Frage ist", fahre ich fort, lasse das Handtuch fallen und schiebe Berge von Spitze und

Satin beiseite, um ein weißes Baumwollhöschen auszuwählen, das er unmöglich für sexy halten kann. „Wenn ich nicht so besonders bin, wie du gerne sagst, warum bist du dann hier? Denn ich bin nicht der Psychostalker, der in dein Haus eingebrochen und mit dir unter die Dusche geklettert ist."

Ich ziehe einen weißen BH an, passe meine Brüste darin an und drehe mich zu ihm um. Er sagt nichts. Er starrt mich so gleichgültig an, dass ich ihm fast glaube. Fast.

„Weißt du, was ich denke?", frage ich und schlendere auf ihn zu.

Wenn er dieses Spiel spielen will, werde ich es verdammt noch mal auch spielen. Ich habe vielleicht keine Erfahrung mit Jungs, aber Veronica hat mir ein oder zwei Dinge darüber beigebracht, wie man mit den Köpfen von Menschen fickt. Ich habe geschworen, diese Dinge nie wieder zu tun, aber hier sind wir und es ist die einzige Waffe, die mir zur Verfügung steht. Er hat damit angefangen, aber zwei können dieses Spiel spielen. Wie er gesagt hat, in der Liebe und im Krieg ist alles erlaubt.

VERRATE MICH

Und das hier ist verdammter Krieg.

„Spielst du nicht mit?", frage ich und bleibe vor ihm stehen. Ich lege meine Finger auf seine Brust und lehne mich hoch, als würde ich ihn küssen wollen, aber er steht aufrecht, sein Kinn hebt sich ein wenig, damit er mit gelangweiltem Schlafzimmerblick auf mich herabblicken kann.

Gott, warum ist er so verdammt heiß, wenn er ein Arsch ist?

Ich lasse meine Finger von seiner Brust über seine Bauchmuskeln gleiten und genieße die Art und Weise, wie sie sich unter meiner Berührung anspannen. Ich möchte tiefer wandern, meine Finger um seine dicke Härte legen. Aber ich werde das nicht tun. Ich muss meinen Kopf im Spiel behalten, genau wie er, auch wenn mein Herz hämmert und mir das Wasser im Mund zusammenläuft bei dem Gedanken, ihn zu berühren. Würde er mich ihn diesmal kosten lassen?

Hitze blüht zwischen meinen Oberschenkeln auf und ich presse meine Knie zusammen, um den Schmerz etwas zu lindern.

Devlin steht wie eine Statue da, sein ganzer Körper ist angespannt und wartet auf meinen nächsten Schritt. Ich halte mich an seinem Gürtel fest, fahre mit dem Fingernagel leicht über seinen Bauch, direkt über dem Bund seiner marineblauen Uniformhose. Ich spüre, wie durch sein Hemd Gänsehaut auf seiner Haut aufsteigt.

„Ich denke, ich sollte dir danken", flüstere ich.

Für eine Sekunde bewegt er sich nicht. Dann grinst er ein klein wenig. „Ja?", sagt er. „Ich wette, die meisten Mädchen können nicht behaupten, dass sie beim ersten Mal einen massiven Orgasmus hatten."

„Nein, können sie nicht", flüstere ich und stelle mich auf die Zehenspitzen, damit meine Lippen über sein Kinn streichen können. „Aber das ist nicht alles. Ich möchte dir dafür danken, dass du mir genau gezeigt haben, wie viel es dir bedeutet." Ich lasse mich wieder auf die Füße fallen, drehe mich um und gehe zur Kommode. Ich weiß, dass ich ein gefährliches Spiel mit einem gefährlichen Mann spiele, aber ich stecke zu tief drin, um jetzt wegzugehen. Ich habe das Spiel schon gespielt, lange bevor ich es gewusst habe. Zumindest weiß ich jetzt, dass ich ein Teil davon bin.

Und was kann er mir jetzt antun? Mich runterwerfen und mich ficken? Das hat er schon getan. Jemanden, den ich liebe, verletzen? Hat er schon getan. Er hat einen irreparablen Fehler gemacht, indem er mir das Einzige genommen hat, was ich zu verlieren gehabt habe.

Gerade als ich die Kommode erreiche, legt sich seine Hand um meinen Ellbogen und dreht mich zu ihm. Verdammt, er ist ruhig, pirscht sich wie ein Raubtier an, anstatt wie ein Elefant durch die Welt zu stampfen, wie es meine Brüder tun, die immer wollen, dass die Leute wissen, wann sie kommen. Devlin ist verdammt hinterhältig. Er drückt mich gegen meine Kommode, bis ich mich nach hinten lehne, damit unsere Gesichter nicht zusammenstoßen. Ich fürchte, wenn ich es zulasse, könnte ich mich nicht aufhalten. Devlin ist der Teufel selbst, schlau, hinterhältig und unwiderstehlich. Er fährt mit einer Hand über meine Kehle, hebt mein Kinn und starrt mich mit blitzenden Augen an.

„Versuch nicht, gegen mich aufzubegehren", knurrt er und berührt mich nicht, außer mit dieser einen bedrohlichen Hand, die sich wie eine Warnung um meinen Hals gelegt hat. „Du wirst dieses Spiel nicht als Siegerin verlassen."

„Mich zu würgen wird bei mir nicht funktionieren, Großer", sage ich. „Anscheinend mag ich diesen Scheiß."

Seine Finger straffen sich ein wenig und mein verräterischer Körper zittert vor Verlangen.

Womit meine Liederlichkeit bestätigt wäre.

„Tust du, nicht wahr?", fragt er mit einem Grinsen und lehnt sich näher, seine Nase streicht sanft über meine, sein Griff ist gerade so fest, dass es schwer zu schlucken ist. Ich will, dass er sich an mich drückt, in mich knallt, wie er es zuvor getan hat. Diese Neckerei ist zu viel für mich und ich falle fast in seine Arme.

Es bringt nichts, seine Worte zu leugnen, also versuche ich zu nicken. Er drückt meinen Kopf zurück, sodass ich mein Kinn nicht bewegen kann, aber ich lasse meinen Blick auf seine Lippen sinken. Seine Zunge gleitet heraus, um die Linie seiner Lippen zu benetzen, und mein Innerstes erschaudert bei der Erinnerung an diese Zunge an intimeren Orten. Er legt seine freie Hand um die Rückseite meines Oberschenkels und schiebt sie nach oben … in die Höhe. Mein Atem stockt. Er stoppt, als seine Finger meinen Arsch streicheln. Die empfindliche Haut vibriert bei der Berührung seiner warmen, rauen Hand.

Ich schließe meine Augen und atme seinen berauschenden Duft ein, der morgens fast hinter dem sauberen, seifigen Geruch seiner Haut verborgen ist. Ich will diesen Jungen verdammt noch mal verschlingen.

„Bist du nass?", schnurrt er, seine Stimme ist leise und seidig und tut Dinge mit meinem Körper, die ich nicht verhindern kann. Seine Lippen streichen über meine und folgen dann meinem Kinn zurück zu meinem Ohr. Ein Beben explodiert durch meinen kompletten Körper und es hat keinen Sinn zu leugnen, dass ich erregt bin. Er wird es sowieso in einer Minute spüren. Ich lege den Kopf zurück, meine Lider flattern, als Devlins Nase mein Ohr streift, seine Lippen necken mich, sein heißer Atem streichelt meinen Nacken. Ich seufze und wölbe mich hoch, aber er schaukelt zurück und hält unsere Körper gerade so weit voneinander getrennt, dass ich frustriert aufschreien möchte.

„Ja", flüstere ich und meine Hände schlingen sich um seinen dicken Bizeps. „Ich bin nass."

Gott, diese großen, muskulösen Arme eines Bauernjungen. Wie hat er solche Muskeln bekommen?

„Dann machst du dich lieber sauber", höhnt seine murmelnde Stimme an meiner Kehle. „Niemand mag den Geruch von nasser Hündin."

Meine Augen schlagen auf und Hitze strömt mir ins Gesicht. Was zum Teufel ist nur falsch mit mir?

Ich drücke meine Handflächen gegen seine Brust, versuche ihn wegzustoßen, befreie meinen Kopf aus der berauschenden, giftigen Wirkung, die er auf mich hat. Stattdessen bemerke ich die Härte seiner Brust, als er sich nach vorn drückt und sein Körper endlich auf meinen trifft, als ich es nicht mehr will.

„Süße, vergiss das nicht", sagt er. „Ich könnte dich haben, wenn ich dich wollte. Aber das tue ich nicht."

Seine Stimme wird kalt, aber ich lasse mich nicht so leicht täuschen. Ich kann spüren, wie sein harter Schwanz gegen meinen Bauch drückt.

„Lügner." Sein Verstand will das vielleicht nicht mehr als ich und sein Herz ist vielleicht noch kälter und schwärzer als meines, aber sein Körper … Sein Körper will es genauso sehr wie meiner.

„Du denkst, du bist die erste Hure, deren Höschen bei uns nass wurde und die dachte, das würde bedeuten, dass wir dasselbe fühlen? Du bist normal, Crystal. Erbärmlich wie jede andere Hündin, die um einen Knochen bettelt."

Ich drücke wieder gegen seine Brust, aber er rührt sich nicht einmal. „Fick dich, Devlin Darling", sage ich mit fast brechender Stimme.

Devlin kichert und lehnt sich wieder näher, zwingt meinen Blick auf seinen fesselnden blauen Blick. Er spricht langsam, das Grinsen verlässt nie seine Lippen. „Nicht … einmal … wenn … du … bettelst."

„Warum bist du dann hier?", fordere ich.

„Nichts gegen deine Fotze, so süß sie auch ist", sagt er, öffnet eine Schublade und wirft mir ein T-Shirt zu. „Jetzt hör auf es herauszuzögern und lass uns hier verschwinden. In dieser Bude bekomme ich Gänsehaut."

„Ich auch", sage ich. „Vielleicht liegt es daran, dass in meinem Zimmer ein Bekloppter steht."

„Du hast dreißig Sekunden, um eine Hose anzuziehen, bevor ich dich so mitnehme, wie du bist."

Ich ziehe mir eine Jogginghose an und wünschte, ich hätte eine hässliche, fleckige, weite Hose, um meine Kurven zu verbergen. Aber meine Mutter würde mir nie einen solchen Luxus erlauben. Sogar meine Jogginghose ist eine Designermarke, eng anliegend und stylisch. Laut Mama ist es wichtig, immer süß auszusehen. Schließlich weiß man nie, wann jemand im Fitnessstudio ein Foto macht oder eine Freundin ein Selfie möchte, während sie bei mir in meinem Zimmer übernachtet.

Dreißig Sekunden später klettern wir aus meinem Fenster. „Bist du so reingekommen?", frage ich, als wir die Veranda entlang zur Vordertreppe gehen. Dieser Typ hat Eier. Er klettert nicht einmal das Spalier hoch. Nö, er ist die Vordertreppe hochgetänzelt und an der Hauswand entlang, um mein Fenster zu erreichen.

Er antwortet nicht, aber ich glaube, ich brauche nicht wirklich eine Antwort. Er ist auf keinen Fall an meiner Familie vorbei durch die Haustür gekommen. Er hält mich fest und hilft mir die Treppe hinunter, die an der Vorderseite des Hauses zum Balkon in den zweiten Stock führt.

„Habt ihr so Royal so entführt?", frage ich und winde mich, um mich zu befreien.

„Sei nicht dumm", antwortet Devlin, als er am Ende der Treppe ankommt.

Der Geruch von Rauch erregt meine Aufmerksamkeit und ich drehe mich um und sehe Nonna an der Ecke des Hauses stehen, eine Virginia Slim in einer Hand, die so erschrocken aussieht, wie ich mich fühle. Devlin lässt meinen Ellbogen sinken und legt stattdessen einen besitzergreifenden Arm um meine Taille, als ob wir ein Paar wären. Ich könnte über das falsche Getue kotzen, aber dafür habe ich keine Zeit. Wenn meine Brüder herauskommen und Devlins Hände auf mir sehen, wird auf diesem Rasen buchstäblich einen Mord geschehen.

Und es sollte mir verdammt noch mal egal sein, erinnere ich mich.

„Nun, wenn das nicht der Junge aus der Familie ist, die uns aus der Stadt vertrieben hat", sagt Nonna und mustert Devlin anerkennend von oben bis unten. „Du bist das Ebenbild deines Vaters."

„Danke, Ma'am", sagt Devlin, legt den Kopf schief und streckt die Hand aus, als würde er gleich eine Mütze abnehmen. Aber seine Hand sinkt herunter, als er sich daran erinnern muss, dass er keine trägt. „Und … es tut mir leid."

Er streckt eine Hand aus und Nonna wechselt ihre Zigarette zum Händeschütteln in ihre linke Hand. „Ich bin Crystals Großmutter", sagt sie. „Du musst der Nachbarsjunge sein."

„Devlin Darling", sagt er. „Ich befürchte, dass ich mir Ihre Enkelin ausleihen muss. Ich bringe sie in einem Stück zurück, das verspreche ich."

Sie sieht mich an und ich nicke. „Bin gleich wieder da", sage ich. „Sag den anderen, dass ich joggen gegangen bin."

Sie legt den Finger auf die Lippen, ein Funkeln in den Augen. „Wenn ihr Kinder das heutzutage so nennt."

„Schön, Sie kennenzulernen, Ma'am", sagt Devlin so höflich, dass selbst ich für eine Sekunde getäuscht werde. Ich kann fast vergessen, dass er selbst der Teufel ist, wenn er seinen Charme einschaltet. Ich habe ihn in der Schule gesehen, aber dort ist er so ziemlich ein abweisender Arsch allen gegenüber, einschließlich der Lehrer. Ich frage mich, was er dieses Mal vorhat, warum er meiner Großmutter gegenüber höflich und charmant ist. Seine Familie hat sicher keine Angst vor unserer. Sie haben meine Großeltern aus der Stadt vertrieben, als sie das letzte Mal hier waren.

„Was sollte das?", frage ich, während Devlin mich schnell an den Fliederbüschen vorbei auf sein Grundstück führt.

„Nichts, was du wissen musst", antwortet Devlin in typischer, mit wütend machenden Arschlochmanieren.

„Ach ja", sage ich. „Ich soll eine brave Hündin sein und an der Tür sitzen, bis du mich zum Spielen rufst."

„Wirst du jemals deiner eigenen Stimme müde?", fragt Devlin und schiebt mich in die Schatten seiner offenen Garage.

Zwölf

Crystal

„Oh, verdammt noch mal nein", sage ich und schrecke zurück, als ich Colt an den Kofferraum von Devlins Auto gelehnt und Preston darauf sitzen sehe, wie er durch sein Handy scrollt. Drei weitere Autos stehen in der Garage sowie ein viertes, dass mit einer schwarzen Plane bedeckt ist.

„Oh, verdammt ja", sagt Colt und dieses täuschend leichte Grinsen breitet sich über seinem Gesicht aus. Verdammt noch mal, sein schönes, lügendes Gesicht.

„Mit diesem Arschloch gehe ich nirgendwo hin", sage ich und schaue zu Preston.

„Das tust du", sagt Devlin und packt mich am Nacken. „Weißt du, dieses Spiel langweilt mich. Du kannst auf dem Rücksitz mitfahren und die Klappe halten oder du kannst wie beim letzten Mal im Kofferraum fahren. Deine Wahl, Sugar."

Alles in mir will eine Zimtzicke sein, mich umdrehen und wegstampfen, meinen Stolz nicht aufgeben und sie zwingen, ihn mir abzustreifen. Aber Erinnerungen an diese beengte, schreckliche Fahrt dringen in mein Gedächtnis ein und ich nicke stumm. Es ist besser, mit jedem Anschein von Würde, der mir bleibt, einzusteigen, als in einen Kofferraum gestopft zu werden und wie ein Tier zu treten und zu schreien.

Ich klettere auf den Rücksitz, wo Colt grinst und einen Arm über die Sitzfläche legt, als würde er diese dumme Bewegung machen und seinen Arm um mich legen.

„Fass mich an und ich werde dir in die Eier schlagen", warne ich.

„Und dann werde ich es tun", sagt Devlin und wirft seinem Cousin einen warnenden Blick zu, bevor er die Fahrertür öffnet und einsteigt. „Wir machen nur einen kleinen Ausflug, Sugar. Die Dinge müssen nicht hässlich werden, es sei denn, du sorgst dafür. Das ist deine Entscheidung. Was passiert, wenn die Dinge hässlich werden, das ist unsere Entscheidung."

Ich zittere bei der gelangweilten, gedehnten Tonlage in seiner Stimme, als wäre es für ihn eine alltägliche Sache, Mädchen zu vergewaltigen und zu ermorden. Was, wenn wir mal ehrlich sind, wahrscheinlich so ist. Seine vage Drohung ist noch bedrohlicher als das, was mein Verstand heraufbeschworen hat. Wahrscheinlich etwas Schlimmeres als Vergewaltigung und Mord. Wahrscheinlich eher Zerstückelung und Folter. Zumindest weiß Nonna, dass ich mit den Darlings gegangen bin. Es gibt Zeugen. Vielleicht bedeutet das, dass sie mich doch nicht ermorden werden. Oder vielleicht bedeutet es, dass sie meine Großmutter töten werden.

Scheiße. Das ist schlecht.

„Wo fahren wir hin?", frage ich, als wir aus der Nachbarschaft herausfahren und uns von der Schule abwenden. Supi. Sie werden mich mitten ins Nirgendwo fahren und etwas unsagbar Schreckliches tun.

Preston dreht sich auf dem Beifahrersitz um und öffnet den Mund, als wollte er antworten, aber ein Blick von Devlin und er schließt den Mund und wendet sich ab. Aber nicht bevor ich einen flüchtigen Blick auf etwas erhasche ... Etwas Menschliches in seinen Augen. Mitleid? Empathie?

Ist er dazu überhaupt in der Lage? Oder ist das Wunschdenken meinerseits?

Devlin schaltet und beschleunigt und kalte Novemberluft brennt mir über die Wangen und zerrt an meinen nassen Haare. Ich schlinge meine Arme um mich selbst und kuschele mich in den Sitz. Colt blickt auf meine Brust, wo meine Brustwarzen deutlich zu sehen sind durch meinen ungepolsterten BH und das T-Shirt, in das ich schlüpfen durfte, bevor Devlin mich mitgeschleppt hat. Dann schaut er zum Vordersitz, wo Devlin und Preston sich unterhalten, ihre Worte sind vom Wind nicht ganz klar zu hören, bevor sie den Rücksitz erreichen. Colt zieht seine Letterman-Jacke aus und hängt sie mir um die Schultern. Ich kuschele mich hinein, sauge die Wärme auf und atme den Jungengeruch ein, bevor ich mich stoppen kann.

„Warum zum Teufel trägt unsere Hündin deine Jacke?", knurrt Devlin vom Vordersitz.

Verdammt. Natürlich kann ich von ihm keine einfache menschliche Freundlichkeit erwarten.

„Ihr ist kalt", sagt Colt mit einem Schulterzucken und seinem entwaffnenden, charmanten Lächeln.

Interessant. Ich hätte nicht gedacht, dass er das bei seinen Cousins nutzt. Ich dachte, das wäre nur für alle anderen, das Gesicht, das er der Welt zeigt.

Noch interessanter ist, dass Devlin nicht weiter drängt, nur den Kopf schüttelt und etwas murmelt, das ich bei dem sausenden Wind nicht verstehen kann.

Ich bin mir nicht sicher, warum es mich verdammt noch mal interessiert, wie diese Typen miteinander umgehen. Mir ist es wichtig, am Leben zu bleiben. Ich umklammere die Jacke fester, als wäre sie eine Rüstung, die mich beschützen könnte. Als könnte ich Colt davon abhalten, sie zurückzunehmen, wenn er wollte.

Devlin hält an einem schwarzen, schmiedeeisernen Zaun und tippt einen Code in sein Handy ein. Das Tor schwingt nach innen auf und wir folgen einer schmalen Asphaltstraße, die sich am Rand eines riesigen Rasens entlang schlängelt, der auch als Golfplatz dienen könnte. Auf der anderen Seite befinden sich gepflegte Büsche und Sträucher, flankiert von Schatten spendenden Bäumen. Schließlich halten wir vor einem Haus an, das allen Häusern im Plantagenstil in unserer Nachbarschaft ziemlich ähnlich sieht, obwohl die Landschaftsgestaltung aufwendiger ist, da es von so viel Land umgeben ist.

Devlin hält das Auto und starrt einen kleinen schwarzen Prius an, der auf dem Kies vor dem Haus parkt, und murmelt Flüche vor sich hin. Vielleicht sollte die Putzfrau nicht in der Nähe der Vordertreppe parken.

„Was zum Teufel macht sie hier?", fragt Preston und steigt aus dem Auto.

VERRATE MICH

Devlin schüttelt den Kopf und steigt ebenfalls aus, also folge ich zusammen mit Colt. Ich fange an mich zu fragen, was zum Teufel ich hier mache, aber ich halte in letzter Sekunde inne und beobachte, wie sie schweigend kommunizieren, und bin trotzdem irgendwie beeindruckt. Ich kann ihre Sprache nicht sprechen, die aus gemeinsamen Blicken, Stirnrunzeln und subtilen Augenbewegungen besteht. Diese Typen sind nicht nur Cousins. Sie sind *Brüder.*

Vielleicht nicht im biologischen Sinne, aber ich erkenne Brüder, wenn ich sie sehe. Ich habe gesehen, wie meine eigenen Brüder diesen Scheiß gemacht haben. Warum werde ich immer davon ausgeschlossen?

Ohne dass sie ein Wort miteinander zu sprechen, wendet sich Devlin an mich. „Du musst deine Eltern in den Griff bekommen", sagt er, verschränkt die Arme und sieht mich stirnrunzelnd an. „Unsere Nachbarschaft ist nicht die Art, wo Leute schreiende Auseinandersetzungen auf ihrer Veranda haben. Geht zurück in den billigen Teil der Stadt, wenn ihr euch billig benehmen wollt."

„Ernsthaft?", frage ich. „Deswegen habt ihr mich hierhergebracht? Um mich zu belehren?"

„Nun, wir konnten nicht so recht darauf vertrauen, dass du nicht wie deine Mutter aus Jersey Shore mitten im Hof rumschreist", sagt Preston mit einem angewiderten Blick.

„Ist das so?", frage ich, lege meine Hand auf meine Hüfte und schaue zu Devlin hoch und tue so, als würde ich über etwas nachdenken. „Ich erinnere mich, dass sich vor ein paar Tagen ein paar Typen auf deiner Veranda gestritten haben. Wir versuchen nur, den Schein aufrechtzuerhalten. Ich meine, wenn die Darlings es tun, muss es *in* sein, so was zu machen."

„Das ist was anders", schnappt Devlin.

„Oh, ja?", frage ich. „Warum? Weil das zwei Männer waren?"

„Das hat nichts damit zu tun."

„Wirklich? Was ist es dann? Denn sonst sehe ich den Unterschied nicht. Beides waren Familienangelegenheiten. Häusliche Streitigkeiten, wenn ihr ganz genau sein wollt."

VERRATE MICH

„Der Unterschied ist, dass mein Vater dem mächtigsten Mann in Faulkner die Stirn geboten hat", sagt er und starrt mich an.

„Und?"

„Und deine Mutter schreit herum, dass dein Vater sie betrügt, wie ein Assi, der auf die andere Seite der Stadt gehört."

„Ihr seid wirklich von einem anderen Stern", sage ich und ein Lachen drängt sich nach draußen. „Ich sehe, eure Familie hat sich kein bisschen verändert. Wisst ihr was? Meine hat es aber. Nur weil ihr viel zu zurückgeblieben seid, um Veränderungen zu erkennen, heißt das nicht, dass sie nicht passieren. Eure Familie hat die Dolces vielleicht vor zwanzig Jahren aus der Stadt vertrieben, aber wir sind zurückgekommen und wir werden hier bleiben."

„Verlass dich nicht darauf, Sweetie Pie", sagt Colt gedehnt.

„Hast du nichts in Geschichte gelernt oder warst du zu beschäftigt damit, die Schule zu schwänzen, um Mädchen im Badezimmer zu bumsen?", frage ich und klimpere mit den Wimpern. „Entweder verändert man sich mit der Zeit oder man wird Teil der Geschichte."

„Wenn der Wandel mit der Zeit bedeutet, dass ein Haufen Mafia-Schläger diese Stadt übernimmt, dann werden wir wohl als letzte Arschlöcher in die Geschichte eingehen, die in Faulkner Stellung genommen haben", sagt Devlin. „Tut mir leid, Sugar, aber das werden wir nicht zulassen."

„Na gut", sage ich und verschränke die Arme vor meiner Brust. Mir entgeht nicht, wie drei Augenpaare auf meinen Brüsten landen, wahrscheinlich um mich zu begaffen, wie meine Brustwarzen herausschauen, weil mir so verdammt kalt ist. „Bleibt weiterhin Rednecks und weigert euch, zuzugeben, was direkt vor eurer Nase passiert. Deshalb werden meine Brüder im nächsten Jahr die Könige dieser Schule sein und ihr werdet in den Ruinen eures gefallenen Imperiums stehen."

„Du hast mir nicht gesagt, dass sie ein Nerd ist", sagt Preston mit einem Grinsen und betrachtet mich wie ein Wolf, der ein saftiges Stück Fleisch beäugt, das er gleich verschlingen wird. „Sie sind immer Freaks. Was sollen wir mit ihr machen?"

Ein Blick von Devlin bringt ihn zum Schweigen, aber ich erkenne das lebhafte Interesse in Prestons Augen. Er beobachtet Devlin, als sich sein Cousin zum Haus umdreht, da öffnet sich die Haustür. Ein Mädchen tritt heraus und dreht sich bereits um, um die Tür zuzuziehen, als wir sie sehen. Sie kommt zwei Stufen die Treppe hinunter, bevor sie anhält. Ihre blauen Augen werden groß, als sie uns sieht. Sie kommt mir irgendwie bekannt vor, also geht sie vielleicht auf Willow Heights, aber ich kann mich nicht erinnern, wo ich sie gesehen habe. Sie ist schlank, fast zu abgemagert, mit einem hellblauen Hemd mit Knöpfen, das in eine stylische, taillierte Khakihose gesteckt ist, die tief auf ihren schmalen Hüften sitzt. Ihr blondes Haar ist zu einem straffen Pferdeschwanz zurückgebunden und kein Make-up betont ihr bestes Kapital – ein natürlich hübsches Gesicht. Ich verspüre einen lächerlichen Anflug von Eifersucht, als sich alle Jungs umdrehen, um ihr zuzusehen, wie sie die Stufen hinuntergeht, wobei ihre zierlichen Hüften bei jedem Schritt schwingen.

Sie duckt sich jedoch sichtbar, als sie die Darlings in der Auffahrt sieht.

„Was machst du hier?", verlangt Devlin zu wissen und tritt einen Schritt näher.

„Ich ..." Sie verstummt, ihr Blick wandert von ihm zu den anderen Darlings und schließlich zu mir. „Ich habe Opi einen Gefallen getan."

Ich habe das Mädchen noch nie getroffen und ich sehe, dass sie lügt. Aber mich interessiert mehr, wie sie in diese Familiendynamik passt. Sie ist entweder eine Darling und spricht über den Patriarchen ihrer Familie oder sie kennt sie so gut, dass sie ihren Großvater kennt. Die blonden Haare und die attraktiven Gesichtszüge führen mich zum ersten Schluss. Die Familienähnlichkeit muss der Grund sein, warum sie mir vage bekannt vorkommt. Diese Stadt wimmelt nur so vor Darlings. Sie tauchen immer wieder auf wie Pickel, die nicht verschwinden, egal wie viele teure Gesichtsbehandlungen du bekommst.

VERRATE MICH

Devlins Augen verengen sich. „Was für einen Gefallen?"

„Ich musste ... etwas abholen." Sie hebt das Kinn, eine Bewegung, die selbst für ein Familienmitglied Eier aus Stahl braucht.

„Was?", fragt er und zieht eine Augenbraue hoch, die Arme immer noch über seiner breiten Brust verschränkt.

Ich möchte ihn hassen, aber ich kann nicht aufhören zu starren, zuzusehen und alles wahrzunehmen, was sie tun. Ich habe eine kranke Faszination für ihre ganze Familie. Sie ist meiner so ähnlich und doch so ganz anders.

Das Mädchen sieht auf und hält dann ihre Hände hoch, in denen nichts ist als die Schlüssel, mit denen sie gerade die Tür abgeschlossen hat, zusammen mit einer Handvoll anderer Schlüssel am Schlüsselband.

„Deine Schlüssel?", fragt Devlin. Er glaubt ihr offensichtlich auch nicht.

„Yup", sagt sie. „Ich hatte sie hier vergessen."

„Wie bist du dann hergefahren?"

„Ich habe einen Ersatzschlüssel genommen", sagt sie und scheint mit sich selbst zufrieden zu sein.

„Du hast deine Schlüssel abgeholt", sagt Devlin langsam. „Als Gefallen für Opi."

„Habe ich doch gesagt", sagt sie, geht um den Prius und steigt ein. Aufgrund des Autos, das sie fährt, und der Tatsache, dass ich sie bisher nicht gesehen habe, vermute ich, dass sie eine der Darlings sein muss, die zur Faulkner High geht. Sie schlägt die Autotür zu und fährt davon, bevor sie jemand aufhalten kann.

Ich jubele ihr leise zu, obwohl ich der Feind bin.

„Das war verdammt merkwürdig", murmelt Colt.

„Ja", sagt Devlin und dreht sich zu mir um. Ein grausames Glitzern dringt in seine Augen, das mir überhaupt nicht gefällt. „Jetzt haben wir unsere Nachricht an die hier übermittelt. Was machen wir jetzt mit ihr?"

„Ich werde sie ficken, wenn du mit ihr fertig bist", sagt Preston, lässt die Hände in die Taschen gleiten und betrachtet mich mit vagem Desinteresse. „Wenn ihre Muschi zu ausgedehnt ist, stecke ich ihn ihr in den Arsch. Die Verrückten lieben das."

„Nein", sagt Devlin und seine Psycho-Augen gleiten über meinen Körper. „Lass uns dieser hier zeigen, wo ihre Familie hingehört."

Ich schrecke zurück, aber es bringt nichts, sie zu bekämpfen. Mir bleibt nichts anderes übrig, als ins Auto zu steigen und dorthin zu fahren, wo sie hinwollen. Es tröstet mich, dass Nonna weiß, mit wem ich zusammen bin. Vielleicht hat sie es meinen Brüdern inzwischen erzählt und sie werden nach mir suchen. Es ist mir egal, ob sie diese Arschlöcher ermorden. Sie haben es verdient.

„Warum bringst du mich nicht einfach dorthin, wo ihr Royal habt und werft mich in den Käfig?", frage ich, verschränke meine Arme und schmoll auf dem Rücksitz wie eine verwöhnte Prinzessin, die ihren Willen nicht kriegt. Es wäre mir egal, wenn sie das wirklich tun. Nicht, wenn Royal da ist. Ich möchte lieber mit meinem Zwilling entführt sein, als ohne ihn freigelassen zu werden.

„Warum sprichst du das immer wieder an?", fragt Devlin.

SELENA

„Weil ihr offensichtlich für sein Verschwinden verantwortlich seid." Bei dem Gedanken verkrampft sich meine Brust und ich kann nicht weitermachen, obwohl ich noch so viel zu sagen habe.

Devlin schnaubt. „Anstatt bei jeder Gelegenheit sich bei der Polizei auszuheulen, warum fragst du nicht deinen lieben alten Papi, ob er jemandem Geld schuldet, bevor du hierherkommst und meine Familie für diese Scheiße beschuldigst?"

„Was willst du damit sagen?", frage ich und lehne mich nach vorn in meinem Sitz.

„Ich sage, es wäre wahrscheinlich nicht das erste Mal, dass dein Vater jemanden verschwinden lässt", sagt Devlin. „Du sagtest, er sei in der Mafia."

„Du weißt nichts über meine Familie", schnappe ich.

„Vielleicht hat er seinen eigenen Tod vorgetäuscht", sagt Colt.

Ich rolle mit den Augen. „Ich habe in meinem Leben viele dumme Dinge gehört, aber das ist echt das Sahnehäubchen."

VERRATE MICH

„Leute haben schon Schlimmeres getan, um von ihren Familien wegzukommen."

„Royal will nicht von seiner Familie weg", sage ich, obwohl ich mich gegen die Flut an Erinnerungen, die mit dieser Halbwahrheit kommen, nicht wehren kann. Royal hat sich nie in die ganze Dolce-Image-Sache eingekauft. Er kann Papa nicht ausstehen. Er ist immer mitgegangen wie ich, aber er hat das Ganze nie richtig akzeptiert und ist so geworden, wie es meine anderen Brüder getan haben. Wenn es eine Person gibt, die aus dieser Familie raus will, dann ist es Royal.

Scheiße. Jetzt lassen sie mich meinen eigenen Bruder hinterfragen anstatt sie. Sie lassen mich an dem zweifeln, was ich weiß, dass Preston derjenige gewesen ist, der in der Homecoming-Nacht mit ihm gesprochen hat. Royal mag es vielleicht nicht, diese Rolle zu spielen, aber er würde nie gehen, ohne sich zu verabschieden.

„Frag dich das", sagt Devlin und biegt in eine schmale Straße ein, die von kleinen, heruntergekommenen Backsteinhäusern gesäumt ist. „Warum hat dein Vater keine Vermisstenanzeige erstattet? Warum ist das FBI nicht beteiligt, wenn es sich wirklich um eine Entführung handelt?"

„Weil er nicht unter zwölf ist", gebe ich die Antwort, die mir Papa gegeben hat.

„Wenn er in Gefahr wäre, würden sie sich trotzdem einmischen", sagt Colt in einem beruhigenden Ton. „Er ist minderjährig."

„Na ja, das habt ihr wahrscheinlich vermasselt, indem ihr die örtliche Polizei bestochen habt oder so."

„Ich kann nicht sagen, ob du dumm bist, lügst oder in einer hübschen kleinen Blase der Verleugnung lebst", sagt Devlin. „Aber der einzige Grund, warum das FBI nicht involviert ist, ist, dass dein Vater der Polizei erzählt hat, dass dein Bruder weggelaufen ist. Daran kannst du bei einem schönen Spaziergang auf der armen Seite denken."

Er hält an einem rissigen Bordstein vor einem braunen Backsteinhaus, das untere Viertel der Wände wird von Schmutz verdunkelt.

„Das Haus, das wir gerade verlassen haben?", sagt Preston und dreht sich auf dem Vordersitz um, um mir einen scharfen Blick zuzuwerfen. „Dort hat unser Urgroßvater gelebt. Von dort kommt unsere Familie. Hier hat deine Familie gelebt, als sie nach Faulkner kam."

Ich schaue das Haus an, Angst blüht in meinem Bauch auf. Sicher, Nonna hat gesagt, sie hätten schwere Zeiten hinter sich, aber verdammt. Das Haus ist scheiße. Die ganze Straße ist deprimierend. In der nächsten Auffahrt parkt ein Auto mit einem Müllsack über einem fehlenden Fenster. Zwei Häuser weiter sitzt ein alter Mann in Pyjamahosen auf seiner Veranda, raucht eine Zigarette und ein billiges Bier ruht auf seinem hemdlosen, runden Bauch. Er mustert mich mit schleimigen Augen von oben bis unten.

„Hier kommst du her und hier gehörst du hin", sagt Devlin. „Jetzt steig aus dem Auto aus."

„Was? Auf keinen Fall."

„Es war keine Bitte."

„Warte, gib mir meine Jacke zurück", sagt Colt. „Und ... alles andere, was du bei dir hast. Handy, Schlüssel, der ganze Scheiß."

„Nein", sage ich, lehne mich zurück und verschränke die Arme.

Colt springt aus dem Cabrio, ohne sich die Mühe zu machen, die Tür zu öffnen, und zerrt mich über das Verdeck. Er lässt mich mit dem Rücken auf den Boden fallen und mein Kopf prallt auf den Beton. Schwärze schwimmt in meine Sicht. Ich kann Preston lachen hören.

„Flach auf dem Rücken, wie sie sich am wohlsten fühlt", sagt er, während Colt mir die Jacke wegreißt. „Ich wette, du kannst diese Fähigkeit nutzen, um hier rauszukommen, wenn du es so dringend willst. Aber am Ende landest du einfach wieder hier. Die Huren sind immer aus diesem Teil der Stadt."

Als Colt fertig ist, springt er zurück ins Auto und ich rappele mich hoch und stürze auf das Auto zu. Devlin beschleunigt und schießt nach vorn, gerade außerhalb meiner Reichweite.

„Es gibt ein paar Gangs auf dieser Seite der Stadt", sagt Preston, sein Arm hängt über der Tür und er grinst mich an. „Ich wette, sie würden sich ein paar Dutzend Mal an deinem heißen kleinen Körper vergehen, bevor sie dich satthaben. Du könntest schmutziges Geld verdienen – die einzige Art, die deine Familie kennt."

Devlin murmelt etwas und das Auto ruckelt auf die Straße und rast davon. Ich stehe in Jogginghose und T-Shirt da und fühle mich total entblößt, während der Mann auf der Veranda mich weiterhin anstarrt.

Dreizehn

Crystal

Wütend stampfe ich die Straße entlang. Ich habe keine Ahnung, wo ich bin, aber ich weiß, dass es ein schlechter Stadtteil ist. Ich habe nichts bei mir, kein Handy und kein Geld, nichts, was jemand stehlen könnte. Das einzige, was ich habe, ist mein Körper und Prestons Abschiedsworte kreisen in meinem Kopf und verstärken meine Panik jedes Mal, wenn ich sie wiederhole. Als ich hinter mir Stimmen höre, drehe ich mich um und sehe ein paar grob aussehende Typen neben einem auf Blöcken aufgestellten Auto stehen. Sie merke, dass ich zu ihnen sehe, und pfeifen, einer greift sich in seinen Schritt und sagt was

Obszönes. Ich strecke ihnen den Mittelfinger entgegen und gehe weiter, aber ein paar Minuten später schaue ich über meine Schulter.

Sie bleiben ungefähr eine Straße zurück und folgen mir zurückhaltend. Tja, Scheiße. Sie belästigen mich noch nicht direkt, aber ich habe keine Ahnung, wohin ich gehe, und ich wette, sie tun es. Sie wissen wahrscheinlich genau, wie sie ein so offensichtlich verlorenes und wehrloses Mädchen wie mich in die Enge treiben können. Echte Angst ersetzt die Wut, die sich in mir zusammengebraut hat, seit die Darlings mich hier zurückgelassen haben. Ich laufe schneller in der Hoffnung, ein schöneres Viertel zu erreichen, wo mir jemand helfen würde, anstatt mich mit ihnen auf den Boden zu zerren.

Und dann sehe ich eine alte weiße Kirche, die mein Herz vor Erleichterung höherschlagen lässt. Ich habe nicht die besten Beziehungen zu den höheren Mächten, aber diese Arschlöcher werden mich in einer Kirche sicherlich nicht stören. Ich renne fast, als ich den Schotterparkplatz erreiche, an dessen Rändern absterbendes Gras durch den Schotter ragt. Dann merke ich, dass ich schon einmal hier gewesen bin. Ich kenne diese Kirche, dieses Grundstück mit einem Auto darin, den Friedhof hinter dem niedrigen Maschendrahtzaun. Ich bin mit Dixie hierhergekommen, kurz vorm Homecoming.

Ich renne die Stufen hoch und rüttele an der Tür. Die verdammte Kirche ist verschlossen.

Ich höre das Knirschen von Füßen auf dem Kies, das triumphierende Grölen der Männer, die näher kommen. Ich hüpfe von der Treppe und renne um die andere Seite der Kirche herum. Es gibt nichts auf dieser Seite außer mehr Zäune und einigen riesigen Schatten spendenden Bäumen. Scheiße. Das ist schlimmer als der Parkplatz. Sie haben mich endlich an einen abgelegenen Ort gedrängt.

Ich fange an, über den Zaun zu klettern, als ich jemanden auf dem Friedhof sehe.

„Hey", schreie ich und winke wie verrückt, obwohl der Typ mir den Rücken zugekehrt hat. Er dreht sich zu mir um und ich winke stärker und lächle wie eine

VERRATE MICH

Wahnsinnige. Er starrt mich an. Ich kann es ihm nicht wirklich verdenken. Ich sitze halb über dem Zaun und versuche, mich nicht auf den spitzen kleinen Drahtdreiecken aufzuspießen, die sich über die Metallstange oben auf dem Zaun erstrecken. Ich versuche verzweifelt, auf den Friedhof zu gelangen, bevor die beiden Jungs nahe genug kommen, um mich zu packen. Anstatt jedoch verängstigt auszusehen, grinse und winke ich wie eine Wahnsinnige.

„O mein Gott, ich habe dich überall gesucht", schreie ich, um sicherzustellen, dass die Perversen mich hören, in der Hoffnung, dass sie glauben, dass ich diesen Kerl kenne, und sie sich verziehen.

Ich springe von der Seite des Zauns, stolpere, schaffe es aber, mich auf den Füßen zu halten. Ich renne zu dem Blonden und lege meine Arme um ihn. Das sollte die Arschlöcher überzeugen, dass ich diesen Typen kenne.

„Ich habe dich gefunden", krächze ich. Als ich mich zurückziehe, merke ich geschockt, dass ich diesen Typen kenne. Oder zumindest habe ich ihn schon mal getroffen. Er ist hier gewesen, als ich letztens hergekommen bin. Er hat Devlin begleitet. Dixie hat etwas über ihn gesagt ... Vielleicht ist er ein weiterer Darling? Jeder heiße Blonde in dieser Stadt scheint einer von ihnen zu sein.

„Ja, du hast mich definitiv gefunden", sagt der Typ, stützt seine Hände auf meine Hüften und hält mich auf Armeslänge. Er sieht mich an, als wollte er jeden Moment die Polizei oder eine Nervenheilanstalt rufen.

„Entschuldigung", murmele ich, zu verängstigt, um mich zu schämen. „Diese Typen sind mir gefolgt. Ich hatte gehofft, du könntest so tun, als würdest du mich kennen." Ich merke, während ich die Worte sage, wie verrückt ich klinge. Soweit ich weiß, ist dieser Typ genauso verrückt wie die anderen Darlings. Sie sind wahrscheinlich alle schlimmer als ein paar normale Perverse, die mir ins Gebüsch folgen. Was ist, wenn dieser Typ mit den Perversen befreundet ist? Was ist, wenn er einer von ihnen ist?

Aber seine Augen weiten sich, als er zu den Jungs zurückschaut und dann zu mir. „Scheiße", sagt er, legt mir schützend einen Arm um die Schultern und zieht mich näher. Er küsst meine Stirn und starrt die Jungs böse an. Als ich zurückblicke, schlendern sie langsam über den Parkplatz, als ob sie nichts Böses im Schilde geführt hätten.

„Du kennst sie nicht?", fragt mein Retter.

„Nein", sage ich. „Und ich habe kein Handy, um ein Taxi anzurufen, oder Geld, oder –" Ich halte inne, hyperventiliere fast und zu meinem Entsetzen treibt mir das Adrenalin, das aus mir strömt, Tränen in die Augen.

„Hey", sagt der Typ. „He, nicht weinen. Alles ist cool. Ich werde dich mitnehmen. Wo immer du hinmusst."

„Musst du nicht zur Schule oder so?", frage ich schniefend. Ich erinnere mich, dass Dixie gesagt hat, er gehe zur Faulkner High. Zumindest denke ich das.

Er grinst und schiebt sich die Haare aus den Augen. „Ja, aber ich denke, sie werden mir verzeihen, wenn ich dieses eine Mal zu spät komme."

„Du spielst Football", sage ich und blinzele ihn an und versuche, mich zu erinnern. Breite Schultern,

Killerlächeln, goldenes Haar, das er sich immer wieder aus den Augen streicht. Definitiv Darling-Kaliber.

Er zuckt mit den Schultern und grinst immer noch. „Ich könnte im Team sein."

„Nein", sage ich langsam. „Du *bist* das Team. Oder etwa nicht? Du bist der Quarterback, der uns während unseres letzten Spiels abgemurkst hat."

Sein Lächeln ist halb Stolz, halb Schuldgefühl. „Ich weiß nicht, ob ich den Begriff *abgemurkst* verwenden würde …"

„Nun, bereite dich darauf vor, dass meine Brüder die Starter in Willow Heights werden", sage ich. „Dann lernst du sicher, wie es aussieht, abgemurkst zu werden."

„Solltest du mir nicht ein bisschen mehr schmeicheln?", fragt er. „Ich bin schließlich dein Ritter in glänzender Rüstung. Ich habe erwartet, dass meine Jungfrau in Nöten etwas mehr … ehrfürchtig ist."

„Meine Ehrfurcht ist leider gerade ausgegangen", sage ich. „Ich glaube, ich habe alles für deine Cousins ausgegeben. Sie verlangen viel. Es ist eine Art Maut, wenn du jeden Morgen Willow Heights betrittst."

VERRATE MICH

Er lacht und schüttelt den Kopf. „Du meinst bestimmt die Darlings", sagt er. „Aber ich gehöre nicht dazu. Ich bin Chase London." Er streckt eine Hand aus und schüttelt meine.

Ich fühle mich seltsam verlegen, als ich meine Hand in seine gleiten lasse und bemerke, während er mich mit Grübchen und zusammengekniffenen blauen Augen anlächelt, dass ich kein Make-up trage. Mein Haar ist eine verrückte, feuchte, wilde Mähne, nachdem ich in einem Cabrio gefahren bin, und ich trage eine Jogginghose und ein T-Shirt über einem ungepolsterten BH, der nicht darüber hinwegtäuschen kann, dass meine Brustwarzen nicht davor zurückschrecken, die Welt daran zu erinnern, dass es verdammt kalt hier draußen ist. Auf der anderen Seite sieht er aus wie ein verdammter Gott. Arkansas weiß, wie man sie baut, wie Duke sagen würde.

Chases Blick fällt auf meinen Busen und er räuspert sich und entfernt seine Hand aus dem längsten Händeschütteln der Geschichte. Scheiße. Ich starre ihn an.

SELENA

„Meine Freundin hingegen schon", sagt er, kratzt sich im Nacken und wird möglicherweise rot. „Eine Darling, meine ich. Willst du, äh, meine Jacke?"

„Danke", sage ich und nehme seine Jacke entgegen. Ich fühle mich wie eine Verräterin, als ich meine Arme in die Wärme seiner Ärmel gleiten lasse. Ich trage eine Faulkner-High-Letter-Jacke. Wenn seine Freundin dem Rest der Darlings ähnelt, werde ich dafür bezahlen, aber im Moment bin ich zu dankbar, um mich darum zu kümmern. Er sieht ziemlich dankbar aus, dass ich bedeckt bin.

„Du brauchst eine Mitfahrgelegenheit irgendwo hin?", fragt er, als wir zum Tor aufbrechen und Seite an Seite eine Reihe von Grabsteinen entlanggehen.

„Ja", sage ich. „Danke. Du musst mein Schutzengel oder so sein. Ich hatte nicht erwartet, dass an einem Schultag um sieben Uhr morgens jemand hier ist. Ich dachte, ich würde in der Kirche Zuflucht suchen, aber sie ist verschlossen."

„Ja, sie haben nicht viel Personal", sagt er.

VERRATE MICH

Ich möchte wissen, warum er hier ist, aber es wäre unhöflich, neugierig zu sein. Offensichtlich liegt jemand auf diesem Friedhof, der ihm wichtig ist, sonst wäre er zu dieser Tageszeit nicht hier. Und wenn er nicht darüber reden will, ich kenne ihn nicht gut genug, um danach zu fragen. Außerdem fragt er mich nicht, warum ich ohne Handy, Portemonnaie oder Jacke allein hier aufgetaucht bin, also beschließe ich, dass wir uns gegenseitig unsere Würde lassen sollen und so tun, als ob hier nichts Seltsames vor sich geht.

„Also, Chase London", sage ich, als wir aus dem Tor treten. „Erzähl mir von deiner illustren Footballkarriere."

„Nur Chase geht klar", sagt er lächelnd und öffnet die Tür seines Autos für mich. „Und ich werde dir meine Geheimnisse nicht verraten, damit du sie deinen Brüdern geben kannst. Nicht dass sie uns in den Hintern treten könnten."

„Ist das so?"

„So ist das."

„Wir werden sehen", sage ich lächelnd, als ich mich zum Fenster drehe.

„Soll ich dich nach Hause bringen, um deine Sachen zu holen, oder was?", fragt er und dreht die Heizung auf, als wir den Parkplatz verlassen.

Aber ein anderer Gedanke ist mir in den Sinn gekommen, ein kleiner, böser Plan, den Veronica in ihren Momenten der List und gesellschaftlichen Dominanz ausgeheckt hätte.

„Kannst du mich zur Schule bringen?", frage ich.

„Nach Willow Heights?", fragt er und zieht die Brauen hoch. „Musst du nicht zuerst deine Sachen holen? Und dich umziehen? Nicht, dass an dem, was du trägst, etwas nicht stimmt. Mädchen an meiner Schule tragen so was die ganze Zeit. Nicht, dass es scheiße aussieht. Es sieht gut aus. Wirklich gut. Ich meine, Mädchen an meiner Schule sehen nicht *so* aus, wenn sie das tragen, was du trägst. Verdammt, das kam immer noch falsch rüber, oder?"

Ich unterbreche ihn mit einem Lachen und er lacht auch und es klingt erleichtert und nervös zugleich.

„Ich trage das normalerweise nicht in der Schule, weil es nicht gerade der Kleiderordnung entspricht", gebe ich zu. „Aber ich denke, dieses eine Mal werden sie es mir durchgehen lassen."

„Okay", sagt er und wirft mir einen zweifelnden Blick zu.

Ich möchte mich die ganze Fahrt zur Schule in der Bewunderung dieses Typen sonnen. Das ist genau das, was ich gewollt habe, als ich hierhergezogen bin, was ich mir vorgestellt habe. Flirten mit einem süßen Jungen ohne Versprechen. Gewollt zu werden, würde genügen.

Aber das kann ich jetzt nicht. Ich schulde es Royal, alles herauszufinden, was ihm helfen könnte. Also atme ich tief durch, verstecke mein Lächeln und wende mich vom Fenster ab.

„Also, du musst den Darlings ziemlich nahe stehen, oder?"

„Nur der einen", sagt er und lächelt auf eine beiläufige Weise, die keiner der Darlings hinbekommt. Colt täuscht vor, was dieser Kerl wirklich hat – und zwar in Tonnen. Verdammt. Vielleicht hätte ich auf eine

169

öffentliche Schule gehen sollen. Der Gedanke lässt mich jedoch erschaudern. Ich habe noch keinen Tag in meinem Leben eine öffentliche Schule besucht. Sie würden mich bei lebendigem Leib auffressen. Zumindest weiß ich, wie man das Spiel in Willow Heights spielt.

Irgendwie.

„Wie kommt es, dass sie zur öffentlichen Schule in Faulkner geht?", frage ich. „Deine Freundin."

Er wirft mir ein Grinsen zu, das halb Stolz und halb Verlegenheit ist. „Weil ich dorthin gehe."

„Ah", sage ich und nicke. „Ihr seid also schon eine Weile zusammen?"

„Ja", sagt er. „So ziemlich unser ganzes Leben lang."

Ich weiß nicht, was er davon hält, weil er wieder auf die Straße blickt. Und ich brauche Informationen über die Darlings von ihm, keine Sorge um seine Beziehung. „Oh", sage ich und zwinge mich zu einem Lachen. „Wie denkt ihre Familie darüber, dass sie sich mit einem Mann von dieser Seite der Stadt trifft?"

Diesmal lacht er. „Ich glaube, sie haben sich damit abgefunden."

Ich weiß, dass da noch etwas ist, dass er mich aus Unwissenheit auslacht, aber auch hier habe ich keine Zeit, mir Sorgen um ihn zu machen.

„Nun, das ist gut", sage ich. „Hat sie Brüder in Willow Heights? Vielleicht kenne ich sie."

„Oh, du kennst ihn sicher", sagt er. „Fragst du mich nicht deswegen? Stehst du auf einen von ihnen?"

Ich zucke mit den Achseln. „Jedes Mädchen in Willow Heights hat ein Faible für die Darling-Cousins."

Er sieht mich an und ich merke, dass er gerade entscheidet, ob er mir geben will, was ich will. Dann wendet er sich wieder der Straße zu und legt seine Handfläche über das Lenkrad. Ich bemerke die Muskeln, die über seinen braunen Unterarm laufen, die Wölbung seines Bizeps unter dem Ärmel seines schwarzen T-Shirts, die Art und Weise, wie sich seine Schultern mit Muskeln verkrampfen. Ich kann verstehen, warum er gut genug für eine Darling ist.

„Preston ist ihr Bruders", sagt er. „Und ich bin mir sicher, dass ich den ‚Bruder-Code' breche, indem ich dir das erzähle, aber wenn du etwas Ernstes von ihm willst, würde ich weitersuchen, weil du es bei ihm nicht finden wirst. Versteh mich nicht falsch, er ist kein schlechter Typ. Wenn du ihn nur willst, um damit anzugeben, macht er sicher mit, da bin ich mir sicher."

Er mustert mich aus den Augenwinkeln und versucht nicht, seine Anerkennung zu verbergen.

„Das bist du, oder?", frage ich in leichtem Tonfall. „Wieso bist du dir da so sicher?"

„Nun, er ist ein siebzehnjähriger Kerl", sagt Chase, rutscht auf seinem Sitz herum und schenkt mir ein Lächeln. „Und du bist eine hübsche, heiße Tussi von außerhalb."

„Wer hat gesagt, dass ich nicht aus der Stadt bin?"

„Das hast du gesagt", sagt er lachend. „Es war das Erste, was aus deinem Mund kam."

Ich kann nicht anders, als zu lachen. Die Tatsache, dass er immer noch interessiert ist, obwohl ich eine Jogginghose anhabe und kein Make-up trage, lässt eine Wärme in mir aufsteigen. Es ist schön, bewundert zu werden. Und nachdem ich in Devlins Nähe nicht einmal weiß, wo ich nach dem nächsten Satz stehen werde, macht dieser Typ alles so süß und einfach. Wenn er nur nicht mit einer Darling zusammen wäre. Wenn ich nur etwas für ihn empfinden würde, anstatt es nur nett zu finden, dass er mich für heiß hält.

„Ich bin nicht hinter einer Affäre her", versichere ich ihm. „Ich bin nur neugierig."

„Gut", sagt er. „Denn mit einem Darling zusammen zu sein, ist, als öffnet man die Büchse der Pandora, die mit Familiendrama und Traumata von Generationen gefüllt ist. Vertrau mir, es lohnt sich nicht."

„Sagt der Typ, der mit einer Darling zusammen ist", erinnere ich ihn und verdrehe die Augen.

„Genau", sagt er lachend. „Du weißt also, dass ich nicht nur Scheiße rede. Nicht alle Darlings sind wie die, die nach Willow Heights gehen, aber diese drei ..." Er stoppt und schüttelt den Kopf.

„Wie viele Darlings leben überhaupt in Faulkner?", frage ich. „Jedes Mal, wenn ich mich umdrehe, kommt ein anderer."

„Oh, ja, es gibt eine Menge", sagt er mit einem leichten Lachen. „Da ist Großvater Darling, der im Grunde die Show hinter den Kulissen leitet. Ich glaube, sie müssen sich jedes Mal, wenn sie sich den Arsch abwischen, bei ihm melden. Er leitet auch in Willow Heights irgendeinen Scheiß von Geheimgesellschaft, also kontrolliert er immer noch seine Enkel. Für seine eigenen Kinder war es wahrscheinlich schlimmer."

„Und dann sind da … wie viele Enkelkinder?"

„Nun, er hat sieben Söhne, und alle haben Kinder … Im Grunde kann man in dieser Stadt keinen Stock werfen, ohne einen Darling zu treffen. Und wenn du einen Darling triffst, dann hoff lieber, dass es nicht der Falsche ist."

Verdammt, ich brauche diesen Jungen in meinem Leben. Er hat mir in einem Atemzug mehr erzählt als alle anderen in mehr als einem Monat, seit ich hier lebe. Natürlich biegt er dann in die lange Straße ein, die an

Willow Heights vorbeiführt, und ich weiß, dass ich nur noch eine Minute habe.

„Hat er Favoriten?", frage ich und stelle mir sofort vor, wie unser Nachbar ihn am Betreten hindert, und die drei Cousins in Willow Heights, die in dieser Geheimgesellschaft sein müssen, die jetzt zweimal erwähnt worden ist, und das adrette Mädchen, das auf den Vorderstufen von Opa Darlings Elternhaus gestanden ist und sich eigentlich ganz zwielichtig benommen hat.

„Sicher", sagt Chase und reißt mich aus meinen Gedanken. „Ich schätze, damals hat er die Hälfte der Kinder verleugnet, weil sie ihm nicht gehorchen wollten. Nahm sie aus seinem Testament und alles. Ich denke, einige von ihnen stehen wieder in seiner Gunst, aber ich kann mit dem Erwachsenendrama hier nicht Schritt halten. Ich habe genug eigenes Drama."

Er schenkt mir wieder dieses Lächeln, als er das Lenkrad anfasst und auf den Parkplatz von Willow Heights einbiegt, wo ich Devlins Auto auf dem Primo-Parkplatz sehe, die drei Jungs sitzen darauf, als wäre es ihr

Thron. Ich frage mich, ob der Verlust seines Autos Devlin mehr geschadet hat, als er gezeigt hat. Hat es ihn wirklich getroffen? Nur wenige Tage später ist er mit einem neuen Cabrio aufgetaucht, als wäre nichts gewesen. Es hat sicherlich nicht die Wertschätzung der anderen Schüler sinken lassen. Er regiert immer noch souverän.

Bis jetzt.

Vierzehn

Crystal

„Was ist mit dir?", fragt Chase, sein Blick folgt meinem, bevor er auf einen Parkplatz rast. „Bist du in irgendwelche Dramas verwickelt?"

Ich lache darüber, ein echtes Lachen zum ersten Mal seit gefühlt Tagen. „Schätzchen, mit mir könntest du nicht umgehen", sage ich. „Jeder verdammte Tag meines Lebens ist wie eine Seifenoper."

Ich schwinge die Tür auf und klettere heraus, und wie ich gehofft habe, steigt er auch aus. Ich weiß, ich tue einem Jungen, der nur lieb zu mir war, etwas Beschissenes an, aber manchmal müssen Opfer gebracht werden. Ihn zu benutzen, um ein wenig Aufmerksamkeit zu erregen, ist bei Weitem nicht das Schlimmste, was ich je getan habe. Und ich glaube nicht, dass sie ihm wehtun werden. Er hat vielleicht kein Darling-Blut, aber er ist einer von ihnen.

„Warte", sagt Chase. „Ich kenne deinen Namen nicht mal."

„Crystal", sage ich und treffe ihn hinten an seinem Auto, wo die Darlings uns sicher sehen können. Ich habe nicht in ihre Richtung geschaut, aber ich weiß, dass sie zuschauen. Ich kann spüren, wie Devlins Blick über meine Haut knistert und sich die Haare in meinem Nacken aufrichten. Mein Bauch verkrampft und ein köstlicher Schauer der Vorfreude durchströmt mich und versinkt in einem Brunnen der Lust zwischen meinen Schenkeln.

Gott, ich bin so im Arsch.

Ich trete zwischen Chase und die Sichtlinie der Darlings und drehe ihnen den Rücken zu, damit Chase seinem Auto den Rücken zukehren muss. Er legt seine Hände wieder auf den Kofferraum und lächelt mich an. „Hey, Crystal", sagt er, seine Stimme sinkt um eine

Oktave, als er merkt, wie nah ich bin. Ich trete noch näher, so nahe, dass ich mich auf seinen Oberschenkel stützen müsste, um noch deutlicher zu werden.

„Hey, Chase." Ich lächle zu ihm hoch und ziehe langsam meine Arme aus seiner Jacke, als ob irgendjemand die marineblaue und weiße Jacke in einem Meer aus Schwarz und Gold vielleicht nicht bemerkt hätte.

„Die willst du wohl nicht behalten", sagt er und nimmt mir die Jacke ab. „Ich meine, du könntest sie wahrscheinlich gebrauchen, aber ich denke, das würde hier nicht so gut ankommen."

Sein Blick wandert zu etwas hinter mir und ich weiß, dass die Darlings auf dem Weg sind. Triumph schwillt in meiner Brust an. Es geht nicht nur darum, der Schule etwas zu beweisen. Es geht darum, mir selbst etwas zu beweisen.

„Nein", sage ich und strecke die Hand aus, um mit den Knöpfen seiner Jacke zu spielen, bevor ich ihn schüchtern ansehe. „Aber danke für die Fahrt."

Er räuspert sich. „Einem Mädchen in Not zu helfen, mache ich doch immer gern."

Ich stelle mich auf die Zehenspitzen, lege meine Handflächen auf seine Oberschenkel, um mich zu stabilisieren, und streiche mit meinen Lippen über seine Wange. „Vielleicht sehe ich dich irgendwann wieder."

Chase verkrampft und ich werde so hart nach hinten gezogen, dass ich meinen Halt verlieren würde, wenn ich nicht fest gegen eine steinharte Bauchmuskulatur gedrückt würde. „Was zum Teufel machst du mit unserem Mädchen?", fragt Devlin und lässt mich nicht los, selbst als ich mich in seinem Griff winde.

„Whoa", sagt Chase. „Ist das eine Art, eine Dame zu behandeln?"

Devlins Hand breitet sich über meinem Bauch aus, seine langen Finger sind gespreizt und drücken mich fester an sich. „Jetzt sagst du mir, wie ich mein Mädchen behandeln soll?", fragt er mit leiser und tödlicher Stimme. „Nachdem du sie mit den Händen angetatscht hast?"

Jackpot. Dieser Wichser kann so tun, als würde ich ihm nicht nahegehen, aber dieser Scheiß war zu einfach.

Chase hebt seine Hände von der Kante seines Kofferraums. „Hab sie nicht angetatscht", sagt er. Er klingt nicht verängstigt, obwohl er es sein sollte. Zumindest ist er kein Klugscheißer. Er klingt zurückhaltend und direkt, er nennt nur die Fakten. Ein paar andere Schüler sind herübergeschlichen, gespannt darauf, den Kampf zu sehen, da bin ich mir sicher. Gut. Je mehr Leute zusehen, desto mehr werden sie reden. Ausnahmsweise stört es mich nicht.

„Das ist sowieso keine Dame", sagt Colt gedehnt und deutet träge in meine Richtung. „Es ist unsere Hündin."

Preston tritt nach vorn, stellt sich direkt vor Chase. „Meine Schwester ist jedoch eine Dame. Deshalb fragen wir uns, was du hier machst, streichelst einfach unsere Hündin, obwohl du so ein Mädchen zu Hause hast."

SELENA

„Ich habe sie nur mitgenommen", sagt Chase und hält beide Hände hoch, als Preston in die Konversation einsteigt, als wollte er den armen Kerl zu Brei schlagen. Ich beginne zu bereuen, was ich getan habe, obwohl mein Herz in meiner Brust rast. Ich habe bekommen, was ich gewollt habe. Ich habe Devlin dazu gebracht, seine Hand zu zeigen.

Alles erlaubt in diesem Scheißspiel.

Preston packt Chase vorn an seiner Jacke und zerrt ihn von der Stelle, an der er immer noch ganz lässig am Auto gelehnt hat, nach vorn. „Worauf spielst du an, London?", fragt Preston und schüttelt den Kerl. Die Handvoll Schaulustiger hat sich in eine Menschenmenge verwandelt und sie drängen sich vorwärts, bereit, die Schlägerei zu sehen.

„Kein Spiel", sagt Chase und klingt ein bisschen genervt von der Belästigung.

„Und du wirst lange nicht mehr spielen, wenn du seine Schwester hintergehst", sagt Devlin gedehnt und nickt in Richtung seiner Hand.

VERRATE MICH

Preston packt Chases rechte Hand und dreht sein Handgelenk herum. Chases Augen werden groß und er dreht sich um, um den Druck von seinem Handgelenk zu nehmen. Scheiße. Ich kann nicht zulassen, dass jemand den Footballarm eines Kerls versaut. Auch nicht dafür.

„Lass ihn in Ruhe", schreie ich und zucke in Devlins Griff nach vorn. „Er hat nichts getan. Ich habe ihn um eine Mitfahrgelegenheit gebeten. Das war es auch schon. Er war nur ein Gentleman und hat mich abgesetzt."

„Warum hast du ihn dann geküsst?", knurrt Devlin mir ins Ohr.

„Um dich eifersüchtig zu machen", gebe ich zu, meine Stimme kaum mehr als ein Flüstern. Ich höre die Niederlage darin, aber ich bin mir nicht sicher, wer es sonst gehört hat. Vielleicht nur Devlin. Oder vielleicht haben sie es alle gehört und sie werden in der Schule herumlaufen und Gerüchte darüber verbreiten, was für eine erbärmliche Verliererin ich bin.

Als ob mich das verdammt noch mal interessiert.

SELENA

All der Triumph ist verflogen. Das hat ganze fünf Minuten angehalten. Er hat mich sein Mädchen genannt, aber nur seine Cousins haben es gehört. Und er hat mich gezwungen, meine Absichten offenzulegen, also habe ich zugeben müssen, dass ich nur eine intrigante Schlampe bin wie wahrscheinlich jedes andere Mädchen, das jemals versucht hat, einen Darling-Jungen abzubekommen.

Eine Minute lang bewegt sich niemand. Prestons Kiefer ist zusammengebissen, aber schließlich schiebt er Chase gegen das Auto zurück. „Muschi", sagt er und spuckt das Wort auf den Typen aus der öffentlichen Schule. Chase springt hoch, grinst die kleine Menge an, salutiert mit zwei Fingern und hüpft in sein Auto. In der nächsten Sekunde fährt er los und die Menge wird schlaff vor Enttäuschung. Chase steht unter der Fuchtel der Darlings. Er wird ihnen keinen guten Kampf liefern.

Sie wollen etwas anderes. Sie wollen, was meine Brüder ihnen geben. Als Dukes Hummer brüllend auf dem Parkplatz ankommt, erfasst ein kollektives Einatmen die Menge. Sie stehen kurz davor, zu bekommen, was sie wollen.

„Steig ins Auto", sagt Devlin, packt mich im Nacken und treibt mich über den Parkplatz. „Wir machen einen Ausflug."

Er schiebt mich auf den Beifahrersitz und gleitet über die Motorhaube wie ein Actionheld-Stuntman, öffnet seine Tür und fährt von seinem Parkplatz, bevor ich meine Tür überhaupt geschlossen habe. Ich schaffe es gerade noch, die Tür zuzuschlagen, um nicht herauszufallen, als er wegrast.

„Was zum Teufel sollte das?", schreit er und hämmert mit der Handfläche auf das Lenkrad.

Ich drehe mich um, um zu sehen, ob uns meine Brüder auf den Fersen sind. Sie sind es nicht. Die Menge hindert sie daran, uns zu folgen. Ich drehe mich zu Devlin um. „Bist du wahnsinnig? Ich hätte aus der Tür fallen können und du wärst einfach über mich gefahren, oder?"

Er sieht mich an, seine Nasenflügel sind geweitet und sein Kiefer ist immer noch zusammengepresst. Seine Augen brennen vor Wut. „Was versuchst du hier abzuziehen?", fragt er, seine Stimme jetzt kontrolliert.

„Mich neidisch machen? Was ist das für eine Scheißlüge?"

„Du denkst, ich habe gelogen?"

„Ja", sagt er. „Also, was wolltest du mit dieser kleinen Show erreichen? Worauf bist du aus, Crystal Dolce?"

Ich verschränke die Arme vor meiner Brust. „Verhandeln wir?"

„Nein", sagt er. „Scheiße nein. Darlings verhandeln nicht."

Ich habe schon ein oder zwei solcher Sätze gehört. Mir fällt auf, dass wir uns in dieser Hinsicht beide ähnlich sind. Gefangen im Netz unserer Familie, gebunden an die Erwartungen über das, was wir tun und sein sollten.

„Vielleicht solltest du das", sage ich. „Vielleicht bekommst *du* dann, was du willst."

Devlin grinst, das Arschloch denkt zweifellos, dass er wieder die Kontrolle hat. „Ich bekomme immer, was ich will."

VERRATE MICH

Und da ist es. Es gibt das eine Problem, das ich anscheinend nicht lösen kann. Devlin bekommt alles, was er will, anscheinend auch mich.

„Wo bringst du mich hin?", frage ich und schaue mich in den vertrauten Straßen um.

„Nach Hause."

„Mein Vater wird dich töten."

Er schnaubt. „Dein Vater ist ein Witz. Er ist schwach und er wird nachgeben."

Jetzt bin ich an der Reihe zu schnauben. „Vertrau mir, mein Vater ist nicht schwach."

„Jeder Mann, der sich von seinem Schritt kontrollieren lässt, ist leicht zu kontrollieren", sagt er.

„Erstens: Das ist eklig. Zweitens: Warum bringst du mich nach Hause?"

„So kannst du nicht zur Schule gehen."

„Meinst du das verdammt noch mal ernst?", frage ich. „Du hast mich ins Ghetto gefahren, mich ohne Handy und Waffen allein gelassen und jetzt machst du dir Sorgen, was die Leute ohne Make-up von mir halten werden?"

„Ich habe dich dorthin gebracht, um meinen Standpunkt klarzumachen", sagt er. „Da gehörst du hin. Sonst hättest du dich nicht so schnell zurechtgefunden."

„Na ja, wenn ich so ein Abschaum bin, warum demütigst du mich dann nicht einfach, indem du mich wie Abschaum in der Schule herumlaufen lässt?"

Er fährt unsere Auffahrt hoch, ganz hinten zur Garage. „Du siehst nicht wie Abschaum aus", sagt er und beugt sich vor, um eine Hand hinter meinen Kopf zu schieben. Er zieht mein Gesicht zu sich herum, sein Blick fällt auf meine Lippen. „Du siehst aus wie der feuchte Traum eines jeden Kerls."

„Was?", frage ich, mein Herz hämmert, während ich auf die Pointe warte.

„Du siehst aus, als wärst du gerade aus dem Bett gerollt", sagt er mit einem rauen Unterton in seiner Stimme. „Nur ich will dich so sehen."

Ich ziehe mich zurück und schiebe seine Hände von mir. „Jetzt versuchst du, mir zu sagen, was ich anziehen und wie ich mich schminken soll? Was zum Teufel, Devlin. Ich trage keine Hundeohren für dich."

VERRATE MICH

„Meine Schule, meine Regeln." Er grinst, als er seinen Sicherheitsgurt abschnallt und aus dem Auto springt, um zur Hintertür zu gehen.

„Glaubst du, du stürmst jetzt einfach durch die Tür herein?", frage ich. „Du hast entweder die größten Eier der Welt oder einen Todeswunsch. Ich kann noch nicht sagen, was davon."

„Niemand ist zu Hause", sagt Devlin, schiebt einen Schlüssel ins Schloss und drückt die Tür auf.

„Wieso zum Teufel hast du Schlüssel zu meinem Haus?"

„Ich bin hier aufgewachsen", sagt er. „Ich kenne dieses Haus genauso gut wie mein eigenes." Er legt leicht die Hand auf meinen Rücken und führt mich durch die Räume. Ich versuche, mich davon nicht beeinflussen zu lassen, versuche, nicht zu bemerken, dass ich es werde. Jede Berührung von ihm ist elektrisierend, selbst wenn mich die Dreistigkeit dieses Jungen verblüfft.

Um meinen rasenden Puls und meine zittrigen Nerven zu beruhigen, stampfe ich nach oben und in mein Zimmer. Ich mache mir nicht einmal die Mühe, ihm zu sagen, dass er gehen soll, während ich einen roten Bleistiftrock, eine cremefarbene Seidenbluse und ein Paar Pumps anziehe. Er sitzt da und beobachtet mich wie eine Art überheblicher gruseliger Macho, während ich mein Haar glätte, es zurückziehe und zu einem glatten, niedrigen Zopf straffe, der nach vorn über eine Schulter fällt. Er sagt kein Wort, während ich jedes einzelne falsch liegende Haar glätte. Er starrt mich im Spiegel an, während ich mich schminke, als würde er versuchen, sich meine Routine einzuprägen.

Ich ignoriere ihn die ganze Zeit.

Als ich endlich fertig bin, drehe ich mich um und knickse. „Alles den Standards entsprechend, Vater Darling?"

„Nenn mich nicht so", schnappt er.

Whoa. Alles klar.

„Soll ich dich stattdessen Daddy nennen?", necke ich ihn mit meiner zuckersüßesten Stimme.

„Das ist verdammt gruselig", sagt Devlin. „Jetzt aber los."

„Ich hätte gedacht, dass dir das gefällt", gebe ich zu, als wir die Treppe hinuntergehen. „Bei all deinem üblen Gerede über meine Brüder, das wir miteinander rummachen würden."

„Wenn du einen Opa wie unseren hast, auf den sich Mädchen mit diesem Spruch stürzen, zerstört das die Anziehungskraft aber verdammt schnell."

„Du magst deinen Opa nicht sehr, oder?", frage ich, als wir durch die Hintertür treten.

Devlin antwortet nicht.

„Bist du sicher, dass das deine Inspektion besteht?", frage ich, als wir beim Auto ankommen. Ich strecke meine Arme aus und gestikuliere auf mein Outfit.

Seine Augen wandern mit blanker Gleichgültigkeit über meinen Körper und wieder nach oben. „Ja."

„Wow", sage ich und rutsche auf den Vordersitz seines Autos. „Du hast keinen einzigen abfälligen Kommentar abgegeben. Warum habe ich das Gefühl, dass wir zur Schule gehen, nur damit du deine Meinung änderst und mich wieder hierher zurückschleppst?"

Ich erwarte halbwegs, dass Devlin mir sagt, ich solle hinten einsteigen, aber er klettert wortlos auf den Fahrersitz. Dann dreht er sich um und grinst mich diesmal mit echter Freude in den Augen an. „Willst du etwa Komplimente?"

„Nein", sage ich, lehne mich zurück und verschränke die Arme. „Okay, vielleicht. Mein Ego kommt an einem Tag nur begrenzt damit zurecht, Abschaum genannt zu werden."

„Ich hätte gedacht, dass dieses Arschloch, das fast in seiner Hose gekommen wäre, als du ihn geküsst hast, dein Ego genug geschmeichelt hätte", sagt Devlin. Er dreht sich um, um rückwärtszufahren, und legt seine Hand auf meine Sitzlehne. Und mein dummer Körper reagiert auf seine Nähe, Elektrizität knistert über meine Wirbelsäule, obwohl seine Hand Zentimeter davon entfernt ist, mich zu berühren.

Aber er fühlt es offensichtlich nicht, denn als das Auto gerade ist, nimmt er seine Hand weg, ohne mich zu berühren. Ich erinnere mich wieder an diesen Morgen, als er mich an meine Kommode gedrängt hat und ich bereit gewesen bin, alles für ihn zu tun. Er kann seine Gefühle wie einen Schalter umlegen, von mir weggehen, ohne einen Blick zurückzuwerfen.

Warum kann ich nicht dasselbe tun?

„Es ist mir egal, was irgendein Typ von mir hält", gebe ich zu, wende mein Gesicht ab und starre aus dem Fenster. Plötzlich habe ich keine Lust, mit ihm zu spielen und zu versuchen, etwas aus ihm herauszukitzeln. Wenn er mich mögen würde, würde er es mir zeigen, ohne dass ich betteln muss.

Sei keine dumme Schlampe, belehre ich mich selbst.

Devlin Darling mag mich nicht. Ich bin für ihn nichts anderes als ein Spielzeug, etwas, mit dem er so grob wie möglich umgehen muss, um zu sehen, wie lange es braucht, bis es zerbricht. Ich habe mir all die Mühe gemacht, in der Schule eine Szene zu machen, um zu beweisen, dass ich ihn eifersüchtig machen kann. Aber was hat es bewiesen? Dass ich nicht besser bin als jedes andere verzweifelte Mädchen, das versucht, die Aufmerksamkeit der Darlings auf sich zu ziehen, um ihnen klarzumachen, was sie verlieren würden. Nur weil es funktioniert hat, beweist das noch nichts. Er ist besitzergreifend, weil ich seine verdammte Hündin bin. Nicht, weil er etwas fühlt. Sein Herz ist zu hart, um etwas zu spüren, zu kalt, so wie es mir seine eisblauen Augen bei unserer ersten Begegnung verraten haben.

„Chase London ist nicht irgendein Typ", sagt Devlin. „Er ist der beste Typ in dieser Stadt außerhalb unserer Familie. Du könntest schlimmere abkriegen."

Ich könnte schlimmere abkriegen, denke ich.

„Vielleicht bin ich nicht bereit, mich mit dem Zweitbesten zufriedenzugeben", murmele ich.

Devlin antwortet nicht. Scheiße. Ich kann nicht glauben, dass ich das gerade gesagt habe. Als ob sein Ego nicht groß genug wäre. Ich bin sicher, Mädchen werfen sich ihm zu Füßen und sagen ihm Tag und Nacht, was für ein Gott er ist. Aber es ist nicht nur das. Ich habe ihm im Grunde nur gesagt, dass ich ihn mag. Dass ich ihn will.

Aber als wir vor der Schule ankommen, formt sich eine verrückte Idee. Was wäre, wenn ich eine bessere Partie abkriegen *könnte*? Was wäre, wenn ich einen Darling abkriegen könnte? Was wäre, wenn ich ihn dazu bringen könnte, mir genug zu vertrauen, um mir die Wahrheit über Royal zu sagen, was mit ihm passiert ist? Vielleicht lebt er noch. Vielleicht wissen sie, wo er ist.

Ich weiß, dass ich mit Devlin schon Mist gebaut habe. Ich habe zu früh aufgegeben, zugelassen, dass er mich für seinen Spielzug fickt. Er denkt wahrscheinlich, dass ich einfach bin. Und für ihn bin ich es. Ich würde diesen Kampf nie gewinnen. Er macht mich schwach, entzieht mir mit einer Berührung meine Abwehrkräfte und lässt mich nackt und sehnsüchtig nach ihm zurück. Ich will Devlin zu sehr, brauche ihn auf eine Weise, die zu roh und echt ist, er ist einfach zu mächtig.

Aber er hat zwei Cousins. Ich kenne Colt ein bisschen. Er hat mich ein paarmal verbrannt, gut genug, um zu wissen, dass ich ihm nicht trauen kann. Preston hingegen ist mir immer noch ein Rätsel.

Fünfzehn

Devlin

Ich sage ihr, sie soll hineingehen, und sie gehorcht. Ich sehe ihr zu, wie sie fortgeht, ihre schlanke Figur gekleidet in etwas, das eine Anwältin bei der Arbeit tragen würde, ihre Kurven nur angedeutet. Sie eilt oder hetzt sich nicht, obwohl sie zu spät kommt. Sie wackelt nicht mit ihren Hüften, um sicherzugehen, dass ich ihren Arsch anstarre. Und obwohl ich weiß, dass sie viel mit sich herumträgt, weil ihr Bruder weg ist und ihre Welt auf dem Kopf steht, ist ihr das nicht anzusehen. Ihre Wirbelsäule ist gerade und aufgerichtet, ihr Gang gemessen und selbstbewusst. Sie geht hinein, ohne zurückzublicken.

VERRATE MICH

Ich sitze im Auto und versuche, mich verdammt noch mal zusammenzureißen. Was zum Teufel passiert hier? Ich schließe meine Hände um das Lenkrad, bis es protestierend knarrt.

Ich habe getan, was ich tun soll. Ich habe sie aus meinem Kopf bekommen müssen, also habe ich sie gefickt. Bei meinen Cousins funktioniert das immer. Sobald sie ein Mädchen gefickt haben, ist sie danach so gut wie unsichtbar – sie ist aufgebraucht und abgelaufen. Aber ich laufe nicht herum und ficke irgendwelche Mädchen, also habe ich es nicht gewusst. Ich habe verdammt noch mal nicht gewusst, dass es nicht nur das Heißeste ist, was ich je gehört habe, als diese selbstbewusste und polierte Jungfrau mit ihren geraden Schnürsenkeln immer und immer wieder meinen Namen wie einen Gesang gerufen hat, als sie gekommen ist. Mein Name ist von ihrer Zunge gerollt ... Es reicht aus, nur daran zu denken, um einen Ständer zu bekommen. Ich habe nicht gewusst, dass sie mit diesem Gesang einen verdammten Fluch auf mich gelegt hat.

SELENA

Einen Fluch, den ich nie mehr aus meinem Kopf bekommen kann – der Klang ihrer Stimme, die leise meinen Namen keucht, der Anblick, wie sie hilflos unter mir liegt, ihre weichen Lippen sich in Ekstase öffnen, wie mein Name von ihnen fällt, als wäre es das einzige Wort, an das sie sich erinnern kann, das Einzige, was in ihrer Welt zählt, die einzige Person, die für sie existiert. Dieses ruhige und gefasste Mädchen, das sich weigert, zu gehorchen, sich einzureihen oder dem Status quo zu folgen, selbst nach dem, was ich ihr angetan habe, die so verdammt unzerbrechlich ist, dass es mich um den Verstand bringt ... Dieses Mädchen wird zu Wachs in meinen Händen, verliert völlig die Kontrolle, wenn ich sie auch nur berühre. Es ist höllisch süchtig machend.

Ich drücke meine Stirn ans Lenkrad und versuche, mich damit abzufinden. Fühlt sich Sucht so an? Wie das Verlangen nach mehr, nach der Weichheit ihres Körpers unter meinem, so verletzlich, völlig machtlos und mir doch irgendwie genug vertrauend, um sich ganz zu öffnen, sich mir ganz hinzugeben, um sich von mir zum Kommen bringen zu lassen. Das Gefühl, wie sich ihre

VERRATE MICH

Fotze um meinen Schwanz schließt, wie sie *mich* braucht, um sie über die Schwelle zu bringen, um sie zum Orgasmus zu treiben, während ich sie mit meinem Sperma fülle, als wäre es das Einzige, was ihren Durst löschen kann.

Und jetzt bin ich verdammt steif.

Ich seufze und lehne mich im Sitz zurück, versuche, nicht mehr daran zu denken, sie zu ficken, und denke an meinen Job – sie zu brechen. Mehr darf ich nicht wollen.

Ich bin daran gewöhnt, dass Mädchen über mich herfallen, wenn wir einen Raum betreten. Meine Cousins lieben es und unsere Väter vor uns und die Wahrheit ist, ich auch. Vor ihr. Jetzt … nervt mich das Getue. Es fängt an, mich zu langweilen. Was nützt es, wenn alle knien, wenn sie dir gezeigt hat, dass die ganze Sache nur eine Farce ist? Es ist mir egal, ob ich der König von allen bin. Ich möchte *ihr* König sein.

Und doch ist sie das einzige Mädchen, das nicht für mich kniet. Sie wird äußerlich gehorchen, wenn wir sie dazu zwingen, nur weil sie keine andere Wahl hat. Aber sie wartet nur ab und wartet darauf, mir zu entkommen, bevor sie zu dem zurückkehrt, was sie in Wahrheit ist. Denn genau das ist die Sache mit ihr, etwas, das Dolly auch hat, aber auf eine andere Art und Weise. Crystal wird einfach so bleiben, wie sie ist, und sie wird sich für niemanden ändern oder sich entschuldigen. Es ist ihr egal, dass ihre beste Freundin eine dicke Unterstuflerin ist, die Hundeohren zur Schule getragen hat. Es ist ihr egal, dass alle in der ganzen Schule sie eine Hündin nennen.

Sie benimmt sich auch nicht wie eine Zicke wie diese Mädchen, die herumstampfen und drohen, Leute zu erstechen, und Unhöflichkeit mit knallhart verwechseln. Sie muss nicht laut sein und fluchen und nuttige Klamotten tragen, um Aufmerksamkeit zu bekommen. Als diese Mädchen ihr Schließfach verwüstet haben, hat sie sich nicht rächen müssen, um zu beweisen, dass sie größer und böser ist. Ich weiß, das hat Lacey und ihre Crew genauso angepisst, wie ihren Status zu verlieren. Sie haben eine Fehde mit Crystal beginnen wollen, um relevant zu bleiben, um von allen unterstützt zu werden.

VERRATE MICH

Aber Crystal hat einfach weitergemacht, als wären sie die Mühe nicht wert. Sie steht über all dem. Und das macht die anderen Mädchen wahnsinnig, weil es ihnen nur zeigt, dass sie selbst nicht über die Kleinlichkeiten und dem Bullshit-Drama stehen. Sie hingegen tut das. Sie ist, was sie sein wollen, und sie gibt sich nicht einmal Mühe dabei. Sie tappt nicht in unsere Falle, wenn wir sie verspotten. Sie ist unverschämt cool.

Ich habe Ehrfurcht vor ihr. Und wenn ich ehrlich bin, kotzt mich das total an.

Sie hat keine Ehrfurcht vor uns. Es ist ihr egal, wer wir sind. Sie geht direkt an den Königen der Schule vorbei, als würde sie lieber mit unserer Hündin zusammen sitzen. Und es ist kein Akt. Sie lässt sich wirklich nicht beeindrucken und das macht alles kaputt, was wir aufgebaut haben. Und mehr noch, es macht kaputt, was wir in dieser Stadt erreicht haben, wie wir die Dinge zum Laufen gebracht haben. Wir sollen dafür sorgen, dass sich die Leute am Riemen reißen, dass sie sich daran erinnern, zu wem sie aufschauen, für wen ihre Familien arbeiten, wen sie verehren sollen.

SELENA

Und dann schneien die Dolces in die Stadt mit ihrer Tochter, die so zart wie eine verdammte Blume aussieht, die bereit ist, unter dem ersten Stiefel, der sie nur streift, zerquetscht zu werden. Aber nachdem alle Stiefel über sie getrampelt sind, steht sie immer noch da.

Warum kniet sie verdammt noch mal nicht?

Sechszehn

Crystal

Es gibt einen besonderen Platz in der Hölle für Leute, die ein Mädchen quälen, das gerade ihren Bruder verloren hat. Und dieser Ort wird mit Arschlöchern aus Willow Heights gefüllt sein.

Bellen folgt mir den Flur entlang, während ich vor dem Mittagessen zu meinem Schließfach gehe. Ich halte den Kopf erhoben und marschiere an allen vorbei, als würde ich sie nicht hören. Aber das tue ich. Ich höre sie verdammt noch mal laut und deutlich. Ich bin eine Hündin und sie wollen mich nicht hier haben.

Aber das liegt nicht an mir. Es liegt nicht daran, dass ich hässlich oder dumm oder gemein bin, nicht daran, wie ich aussehe. Es liegt daran, dass Devlin gesagt hat, ich sei eine Hündin, und sie müssen mitspielen. Das heißt, es ist eine Art von Test wie bei *Des Kaisers neue Kleidung*. Ich bin nicht kaputt. Ich bin gut genug, um einen Darling abzubekommen. Ich muss sie nur dazu bringen, auch so zu denken.

Ich komme an meinem Schließfach an und erwarte, dass er wieder mit Hundefutter gefüllt ist, da die Jagd auf mich offensichtlich ausgerufen worden ist. Aber es ist nicht einmal eine Dose Alpo drin.

Ich schiebe meine Bücher hinein und ignoriere das Kichern hinter mir. Sind sie wirklich so unreif, mir ein Schild auf den Rücken zu kleben? Nachdem ich mein Schließfach geschlossen habe, drehe ich mich um und sehe Lacey und all ihre zickigen, ehemaligen Darling Dolls, die mit verschränkten Armen dastehen und angewiderte Gesichter machen.

„Was ist euer Problem?", frage ich. „Hat es euch so gelangweilt, euch den Finger in den Hals zu stecken, dass ihr hergekommen seid, um zu gucken, ob ich noch mehr Hundefutter für euch habe?"

VERRATE MICH

„Schlampe", zischt Lacey und mustert mich von oben bis unten, als wäre ich genauso Abschaum, wie es die Darlings von mir denken. Ich frage mich, was die Bastarde jetzt in der Schule über mich verbreiten.

„Ich mag vieles sein, aber ich kann dir garantieren, dass du mehr Schwänze in dir hattest als ich", sage ich.

Ihre Freundin verdreht die Augen. „Das bezweifle ich."

„Es geht nicht darum, mit wie vielen Leuten du zusammen warst", sagt Lacey, streckt ihre Unterlippe vor und macht ein hässliches Gesicht, als könnte sie es nicht ertragen, mich anzusehen, ohne ihr Gesicht zu einem trollartigen Ausdruck zu verziehen. „Es geht darum, wie du dich benimmst."

„Da spricht die Richtige", sage ich, drehe mich um und gehe den Flur entlang.

Die Zicken folgen mir wie lästige kleine Mücken. „Du kannst nicht einfach herumlaufen und Typen im Klo einen blasen", knurrt Lacey mich an. „Ich weiß nicht, was du in New York gemacht hast, aber das ist nicht diese Art von Schule.“

Mir krampft der Magen zusammen und ich muss mich zurückhalten, um nicht zu kotzen. Das hat er ihnen also erzählt. Nichts davon, wie er mich im Elendsviertel der Stadt abgesetzt hat, sondern wie ich mich im Klo von ihm habe ficken lassen. Genau das, wovon ich möchte, dass es jeder in der Schule weiß. Nun, ich schätze, das war's mit der Chance, in dieser Stadt jemals etwas anderes als eine Hure zu sein.

„Es ist so unhygienisch“, sagt ihre Freundin und würgt beinahe laut. „Direkt neben den Toiletten. Gibt dem Wort *schmutzige Hure* eine ganz neue Bedeutung.“

„Das sind eigentlich zwei Worte“, sage ich mit meinem süßesten Lächeln. „Und ich habe niemandem im Badezimmer einen geblasen. Ich habe ihn gefickt.“

Ich werfe meinen Pferdeschwanz zurück über meine Schulter und schlendere in die Cafeteria, als ob mir das verdammte Lokal gehört. Scheiß auf diese Mädchen und ihren kleinlichen Klatsch und Tratsch. Wenn Veronica mir etwas beigebracht hat, dann, wie man eine

VERRATE MICH

Geschichte so dreht, dass sie zu der gewünschten Erzählung passt. Und wenn Devlin Gerüchte über mich verbreitet, kann ich es genauso gut tun. So, jetzt bin ich also eine Schlampe, die im Klo Blowjobs gibt. Ich frage mich, was ich daraus machen kann, bevor alle herausfinden, dass es nicht wahr ist. Bei einem so saftigen Gerücht vermute ich, dass es eine Weile dauern wird, bis es widerlegt wird. Das heißt, ich muss so viel wie möglich dafür bekommen.

Ich marschiere rüber zum Tisch der Darlings, bevor ich es mir ausreden kann, während ich immer noch von Adrenalin und Wut angetrieben werde. Preston ist der Einzige, der mit seinen Fangirls und Arschküssern Hof hält. Er sieht mich kommen und lehnt sich in seinem Stuhl zurück, mit dieser Schau-auf-meinen-Schwanz-Pose, die er so mag.

Ich gehe direkt auf ihn zu und schlage meine Handfläche auf den Tisch vor ihm, lehne mich nah an sein Gesicht, damit er weiß, dass ich keine Angst habe. „Was hast du mit meinem Bruder gemacht?", frage ich, meine Worte langsam und gut bedacht.

„Aww, da ist mein kleiner Schoßhund", sagt Preston gedehnt und Belustigung tropft von seinen Worten. „Komm her und setz dich auf meinen Schoß, kleines Hündchen."

„Verarsch mich nicht", sage ich. „Wenn du auch nur einen Hauch von Anstand hast, sagst du mir, wo er ist."

„Oh, Liebling, ich habe kein bisschen Anstand", sagt er. „Aber wenn du dich genau hier auf meinen Schwanz setzt, erzähle ich dir ganz genau, was ich der Polizei erzählt habe."

Ich starre ihn an, der Hass in meinem Herzen verbrennt ihn, während ich dort stehe. Dieser Junge wird mir nicht helfen. Er ist der Schlimmste von allen.

„Ich will nicht hören, was du der Polizei erzählt hast", sage ich mit zusammengebissenen Zähnen. „Ich will die Wahrheit. Was ist in dieser Nacht mit Royal passiert, Preston? Ich weiß, dass du es weißt."

Er tätschelt seinen Oberschenkel in einem langsamen, unerbittlichen Rhythmus, bis ich auf seinen

Schoß schaue. „In Ordnung", sagt er. „Setz dich auf meinen Schoß und ich sage dir die Wahrheit."

„Sag es mir einfach."

Er steckt sich eine Kirschtomate in den Mund und kaut langsam. „Das ist meine Bedingung", sagt er. „Du kannst sie annehmen oder gehen."

„Na gut", sage ich. „Ich werde mich wie eine gute Hündin hinsetzen. Aber lass die Finger von mir."

„Schmeichel dir nicht selbst", sagt er. „Ich habe kein Interesse daran, dich wie ein geiler Dreizehnjähriger zu betatschen. Es gibt nur einen Teil von dir, für den ich irgendeine Verwendung habe, und du musst warten, bis ich richtig Bock darauf habe. Aber keine Sorge, hübscher Welpe. Wenn die Zeit gekommen ist, werde ich diese Muschi richtig bürsten."

„Verlass dich da nicht darauf."

Preston stößt ein leises, langsames Lachen aus. Seine Augen sind kalt und scharf, ein Raubtier, bereit für den tödlichen Schlag. Er beugt sich vor, bis sein Gesicht nur wenige Zentimeter von meinem entfernt ist, lässt seinen Blick über mein Gesicht streichen und über meine

Lippen gleiten, bevor er zu meinem zurückkehrt. „Wenn ich wollte, könnte ich dich jetzt über diesen Tisch beugen und ihn dir in den Arsch rammen und niemand in diesem Raum würde mich aufhalten. Nein, Baby. Sie würden mich anfeuern. Ich bin ein Darling. Unterschätze nicht, was das in dieser Stadt bedeutet."

Mein Herz hämmert in meiner Brust, als ich zurück in diese durchdringenden blauen Augen starre. Darin flackert eine Warnung, die mich nicht nur abschrecken soll. Preston möchte, dass ich weiß, womit ich es zu tun habe. Er tut nicht nur so. Ich fange an, mich auf seinen Schoß abzusenken, aber er schwingt seine Beine herum, schiebt beide Füße zwischen meine und zieht mich nach vorn auf seine Knie. Die Menge um uns herum bricht in aufgeregtes Gemurmel aus, als ich mich über seine Knie spreize. Preston bringt sie mit einem Blick zum Schweigen.

Ich schaue nicht von ihm weg. „Du denkst vielleicht, du bist unantastbar", sage ich, meine Stimme kaum mehr als ein Flüstern, obwohl sie ruhig bleibt, während ich spreche. „Aber selbst ein Darling kommt mit einem Mord nicht davon."

„Das ist bereits passiert", sagt Preston und seine Hände landen auf meinen nackten Knien. Er drückt sie nicht. Er tut mir nicht weh. Aber ihre Anwesenheit ist eine Bedrohung, ein Versprechen. „Pass besser in Geschichte auf, Dolce. Diese Stadt lebt und stirbt durch sie."

Seine Augen flackern zu etwas hinter mir und seine Hände wandern höher auf meinen Oberschenkeln und schieben meinen Rock weiter nach oben.

Ich muss mich zurückhalten, nicht nach seinen Händen zu greifen, sie nicht wegzuschlagen, ihm nicht zu zeigen, wie unwohl ich mich gerade fühle. Stattdessen starre ich ihm direkt in die Augen. „Was hast du mit meinem Royal gemacht?"

„Du willst wissen, was passiert ist?", sagt Preston. „Ich war bei Devlin und habe die Limousine vorfahren sehen und dachte, ihr wärt alle da drin. Royal stieg allein aus. Er verspottete mich, weil ich wie ein kleiner Schoßhund auf Devlin warten würde. Er sagte, ich sollte der Darling Dog sein und dass er wisse, wo Devlin sei. Ich wusste auch, wo er war. Ich weiß immer, wo meine Jungs sind."

Ich warte, da ich weiß, dass er mir das nicht sagen muss. Dass er vor all seinen Kumpels so tun kann, als ob nie jemand seine Herrschaft in Frage gestellt hätte.

„Er hat geplappert wie eine Tussi, also habe ich ihm eine aufs Maul gegeben."

Die Menge um uns herum atmet tief ein. Sie wissen, dass Royal vermisst wird. Sie wissen, dass Preston sich mir gegenüber selbst belastet. Sie wissen nur nicht warum. Und ich auch nicht, was mir mehr als alles andere Angst macht.

„Du hast ihn geschlagen?"

„Ja", sagt er. „Ich habe ihn geschlagen. Und er schlug zurück. Ich wollte nicht noch einmal verhaftet werden und ich wusste, dass dieses kleine Weichei zu den Bullen rennen würde, wenn ich Schaden anrichten würde. Ich wollte zurück ins Team, also würde ich ihm nicht geben, was er wollte. Also habe ich ihn dort zurückgelassen."

VERRATE MICH

Er lässt seine Hände weiter meine Oberschenkel hinaufgleiten und stoppt kurz bevor er meine Unterwäsche der Menge zeigen würde.

„Das war's?", frage ich.

„Nein", sagt er. „Ein paar Minuten später war ich draußen auf der Veranda und sah einen beschissenen alten Pick-up zu deinem Haus fahren. Royal stieg ein und sie fuhren weg."

„Was?", frage ich, mein Herz schlägt so heftig, dass ich glaube, ich werde ohnmächtig. „Wer war es?"

„Ich weiß nicht", sagt er achselzuckend, als ob es egal wäre. „Niemand von dieser Schule."

„Woher willst du das wissen?", fordere ich ihn heraus.

Preston grinst. „Ich weiß, was jeder hier fährt."

Bevor ich hundert Löcher in seine Scheißgeschichte bohren kann, packt jemand meinen Pferdeschwanz mit festem Griff. „Kann ich bei diesem Lapdance mitmachen?", fragt Colt, seine Stimme ist ein seidig-langsames Schnurren in meinem Ohr, was einen Schauer durch mich schickt. In der nächsten Sekunde ergießt sich etwas Kaltes und Nasses über meinen Kopf und lässt mich aus einem ganz anderen Grund frösteln. Ich keuche und halte gerade so einen schockierten Schrei zurück.

Um mich herum brechen alle in Gelächter aus. Kalte weiße Flüssigkeit läuft über meine Kopfhaut und rinnt über mein Gesicht. Und dann umzingeln sie mich, während Colt meinen Pferdeschwanz greift und meinen Kopf hält. Preston packt meine Hände und drückt sie hinter meinen Rücken, was meinen Körper dazu zwingt, sich vor ihm zu verbeugen.

„Hure", sagt Lacey und wirft mir ein Glas Milch ins Gesicht.

„Macht sie fertig", schreit ein Typ, hält sein Glas hoch und lässt die Milch wie einen Wasserfall über meine Titten fließen. Alle drängeln sich, um näher zu kommen, um mich weiter zu durchnässen. Ich blinzele und pruste, mir wird bewusst, dass meine Kleidung an meiner nassen Haut klebt, der süße Gestank von Milch durchnässt mich und um mich herum sind verschwommene lachende Gesichter, die mir ihre Milch ins Gesicht schütten. Milch strömt über mich, rauscht über meinen Rücken, meine Brust, mein Gesicht hinunter. Die Hälfte der Menge bellt und die andere Hälfte johlt und schreit, während mein Seidenhemd durchnässt wird, an meinem Körper klebt und meine Brustwarzen vor Kälte steif werden.

Plötzlich ertönt ein wütender Schrei und die Leute krachen gegen Tische um uns herum. Colt lässt mich im selben Moment los, in dem mich jemand von hinten packt und mich von Preston zerrt. King schlägt Preston mit der Faust ins Gesicht und er stürzt neben seinem Stuhl zu Boden. Duke greift Colt an und Barons Arme legen sich um mich und drücken mich fest an seine Brust.

„Diese Fotzen werden bezahlen", sagt er, seine Stimme klingt flach und rau in meinem Ohr. „Niemand fickt mit unserer Schwester."

Ich drücke mein Gesicht an sein Hemd und versuche, die Milch und die Wimperntusche aus meinen Augen zu blinzeln. Hat Devlin deshalb gewollt, dass ich mich schminke? Um mich vor der ganzen Schule noch weiter zu demütigen?

SELENA

Plötzlich schießt Preston unter meinen Brüdern hervor, sein Gesicht rot vor Wut, presst seinen Arm an seinen Bauch. „Du hast mir meinen verdammten Arm gebrochen", schreit er, seine Augen sind blind vor Wut. Ich schmiege mich enger an Baron und jeder einzelne im Publikum schreckt vor dem Wahnsinn zurück, der ihm in die Augen, ins Gesicht, in seine Stimme geschrieben steht, und vor jedem rauen Atemzug, den er durch den Schmerz einatmet.

King ist in Sekunden auf den Beinen, die Fäuste geballt, bereit für einen weiteren Schwung. Er ist die einzige Person im Raum, die Prestons rauer Schmerz unberührt lässt. King spricht, seine Worte wie ein Erlass in der Stille um uns herum. „Berührst du meine Schwester noch einmal, wird es dein Hals sein."

„Ich werde dich verdammt noch mal umbringen", knurrt Preston mit angestrengter Atmung, während er seinen rechten Arm mit dem linken stützt. Aber ausnahmsweise tragen seine Worte nicht das Gewicht des Königshauses. Seine Drohung klingt neben der von King

VERRATE MICH

leer und schwach. Denn endlich haben wir eine Schlacht gewonnen. Endlich haben wir einen Darling gebrochen.

Siebzehn

Crystal

Ich vermisse mein Zuhause, mein altes Zuhause. Ich vermisse den tauben Schmerz der Schuld. Ich vermisse den Gedanken, dass meine Worte, mein Mangel an Taten ein Mädchen dazu gebracht haben, ihr Leben so sehr zu hassen, dass sie es wegwerfen will. Ich vermisse es, die in Ungnade gefallene Königin zu sein, das Mädchen, das im Bett sitzt, Eis isst und shoppen geht wie die erbärmliche Person, die sie ist. Ich würde alles geben, um wieder an ihrer Stelle zu sein. Dieses Leben scheint jetzt ein Märchen zu sein. Und ich bin zu alt, um an Märchen zu glauben.

Ich kann nicht schlafen. Ich liege im Bett und starre in die Dunkelheit, eine Dunkelheit, die tiefer und dichter ist als alles, was Manhattan zu bieten hat. Eine Dunkelheit, die so zähflüssig ist, dass sie mich zu ertränken droht, mich zu verschlucken, wie sie meinen Bruder verschluckt hat, und nichts als meinen Umriss zurücklässt, der in meine Matratze versinkt.

Ich schlage meine Decken zurück und setze mich schwer atmend auf. Wo ist mein Zwilling? Sollte ich nicht in der Lage sein, ihn durch meine psychische Zwillingsverbindung zu spüren? Ich drücke meine Fäuste auf die Augen und versuche zu denken. Preston behauptet, zu wissen, was jeder Student in Willow Heights fährt, aber er hat den Truck, mit dem Royal weggefahren ist, als „einen beschissenen Pick-up". Kein Modell oder gar eine Marke. Und was hat er auf Devlins Veranda gemacht, wo er einfach allein herumgehangen hat, als dieser Pick-up angeblich vorbeigefahren ist? Würde so ein Typ wirklich einen Kampf aufgeben, nur weil er zurück ins Team will?

Das Aufblitzen von Prestons glasigen, wahnsinnigen Augen in meiner Erinnerung beantwortet diese Frage. Football ist vielleicht das Einzige, was ihm so wichtig ist wie seine Familie. Und jetzt spielt er vielleicht nie wieder. Das sollte mich nicht schockieren. Das hier ist schon weit über Streiche und Spiele hinausgegangen, als meine Brüder Devlins Bel Air komplett zerstört haben.

O Gott. Mein Herz verkrampft sich vor Schock. Wenn sie Royal irgendwo haben ... O mein Gott. Was wird Preston meinem Bruder antun, um ihn für das zu bestrafen, was King ihm angetan hat?

Der Gedanke lässt mich durchdrehen, ich renne ins Badezimmer, weil mir übel wird. Ich sinke an die Wand und zittere so stark, dass ich es nicht ertragen kann. Ich weiß, dass ich nicht schwanger bin, weil ich letzte Nacht meine Periode bekommen habe und seit ein paar Tagen die Anzeichen gespürt habe, dass sie kommt. Aber inmitten meiner Angst schließe ich meine Augen und mache einen Handel mit Gott. Ich würde lieber von einem Darling schwanger werden, als Royal zu verlieren. Falls er irgendwie noch am Leben ist, werde ich von jetzt an so vorsichtig sein. Und wenn ich nicht vorsichtig bin, bezahle ich es. Ich werde nicht einmal um Gnade beten. Falls er irgendwie noch lebt ...

VERRATE MICH

Ich lehne meinen Kopf gegen die Wand, nur um das Geräusch von mädchenhaftem Kichern im Zimmer neben meinem zu hören. Ihh. Als wir heute von der Schule nach Hause gekommen sind, haben wir meine drei Onkel angetroffen, die bei der Suche helfen wollen, zusammen mit allen männlichen Cousins in der Familie, aber keiner von ihnen hat Frauen mitgebracht. So krank es auch ist, ich kenne die Sexgeräusche meiner Eltern und das sind sie nicht. Wenn es etwas Schlimmeres gibt, als meinen Eltern zuzuhören, dann ist es, meinen Großeltern zuzuhören.

Ich stemme mich vom Boden hoch und rutsche zurück ins Bett. Aber ich kann keinen Frieden finden.

Draußen höre ich das vertraute Aufschlagen von Devlins Football. Ich seufze und ziehe mir das Kissen über den Kopf, aber ich kann es immer noch hören. Es geht immer weiter, dieses Geräusch, das mich nicht schlafen lässt, das mich daran erinnert, dass er wieder da draußen ist, dass er wieder im Team ist. Er ist im Team, weil mein Bruder weg ist.

SELENA

Ich lasse mich auf den Rücken fallen, zu frustriert, um zu schlafen. Zu sauer auf ihn, weil er so tut, als wäre im Moment alles in Ordnung. Zu irritiert von der unaufhörlichen Erinnerung daran, dass er verdammt noch mal direkt auf der anderen Seite des Rasens ist. Zu durcheinander, um zuzugeben, das er heute vielleicht die Wahrheit gesagt hat, dass Papa den Bullen erzählt haben muss, dass Royal weggelaufen ist, oder das FBI würde involviert sein. Zu verängstigt, um darüber nachzudenken, was mich wach hält, was Royal durchmacht, falls er noch lebt. Ich werde nicht über die Alternative nachdenken.

Vier Tage sind vergangen.

Zu guter Letzt kann ich es nicht mehr aushalten. Ich schlüpfe aus den Decken und klettere aus dem Bett, ziehe eine Yogahose und einen Hoodie an, schnappe mir ein Paar Uggs und klettere aus meinem Fenster. Ich schleiche auf Zehenspitzen den Balkon entlang, mein Herz pocht in meinen Ohren, als ich an Dukes Zimmer vorbeigehe. Als ich Kings Fenster erreiche, sehe ich ein sanftes Leuchten hinter seinen Vorhängen.

VERRATE MICH

Scheiße.

Er ist wach. Ich frage mich, was er da drin tut, wofür er glaubt, Buße tun zu müssen. Ich kenne meinen Bruder. Ich mag Royals Zwilling sein, aber King ist unser Beschützer. Ja, ich sehne mich nach Royal, dem Jungen, der mich erdet und beruhigt, den Jungen, dessen stumme Blicke meine Seele verstehen. Aber King ... King gibt sich selbst die Schuld. Und das ist noch viel schlimmer. King hasst sich selbst dafür, dass er nicht da gewesen ist, dass er suspendiert worden ist, dass er mich mit Colt zum Homecoming hat gehen lassen. Er gibt sich die Schuld, dass ich mit Devlin geschlafen habe, für den Scheiß, den ich in der Schule durchmache, für das Verschwinden von Royal.

Er gibt sich selbst die Schuld, obwohl er an nichts daran Schuld trägt, und das lässt einen Schmerz tief in meiner Brust aufblühen, einen Schmerz für ihn, der genauso schmerzt wie der Schmerz meines eigenen Herzens, das Royal vermisst. Meine Seele schmerzt für meinen ältesten Bruder, für die Art und Weise, wie er sich verändert hat. Für die jetzige Härte in seinen Augen, für seine Fähigkeit, Prestons Arm ohne Reue zu brechen. King wird kämpfen, um jeden von uns zu beschützen, aber er ist nicht von Natur aus gewalttätig. Dieser Ort verändert uns alle.

Dieser Gedanke verwandelt meine Verärgerung und Frustration in Wut und ich eile an Kings Fenstern vorbei, schleiche auf Zehenspitzen die Treppe hinunter und halte inne. Ich schlüpfe in meine Stiefel und renne über den Rasen. Tau spritzt auf meine Stiefelspitzen, und als ich zurückblicke, habe ich eine Spur hinterlassen, die für jeden, der aus einem Fenster unseres Hauses gucken könnte, deutlich zu sehen ist.

Gut.

Wenn ich verschwinde, wissen sie, wer schuld ist.

Als ich an der Reihe von Fliederbüschen vorbeikomme, fällt mir auf, dass ich das Grundstück der Darlings noch nie zuvor betreten habe. Nie absichtlich. Im Schatten eines der riesigen Büsche verharre ich. Auf der feuchten Rasenfläche wird Devlins maskuline Gestalt von einer einzigen Glühbirne beleuchtet, die an einem großen Schattenbaum hängt. Er trägt ein weißes

VERRATE MICH

Unterhemd und eine Jogginghose, die tief auf seinen Hüften hängt. Als er sich zurücklehnt, um den Football zu werfen, schimmert das Licht um die Umrisse seines Körpers herum und beleuchtet die Muskeln seiner tätowierten Arme, seiner Schultern, seines Hinterns. Ich muss den Puls herunterschlucken, der in meiner Kehle flattert. Warum muss er so verdammt gut aussehen?

Ich schüttle den Kopf und laufe über den Rasen. Es spielt keine Rolle, wie er aussieht, ob die Silhouette, die sich gegen die Nacht abhebt, meine Brust schmerzen lässt, oder die Wölbung seines Rückens und das V unter seiner Hüfte Hitze in meiner Kehle pulsieren lässt.

Er wirft den Football und der segelt in einem langen Bogen durch die Luft und findet endlich sein Ziel. Er fällt durch einen Reifen, der an einer breiten Eiche hängt, und prallt mit dem vertrauten *Knall* gegen den Stamm.

Devlin joggt heran, um den Ball zu holen, der ein paar Meter zu ihm zurückgerollt ist. Ich schlucke schwer, als ich mir sein Spielfeld ansehe. Es ist so schlicht, so unprätentiös, als wäre er nicht mehr als ein kleines

Landei. Ich bin sicher, er könnte sich etwas Ausgefallenes leisten, etwas, um ihm den Ball entgegenzuwerfen, wie es bei einem Baseball in Schlagkäfigen der Fall ist. Er könnte sich ein Ziel leisten, das keine alte Reifenschaukel ist. Etwas an der einfachen Schaukel, der Glühbirne, die darüber im Baum hängt, zaubert mir ein trauriges Lächeln ins Gesicht.

Ich weiß nicht, welche Art von Footballgeräten es für einsame Jungs gibt. Meine Brüder brauchen keine Reifenschaukel oder gar ein schickes Gerät. Wenn sie einen Ball herumwerfen oder üben wollen, haben sie genug Spieler, um es zu tun, haben praktisch ein ganzes Team. Devlin ist jede Nacht allein hier draußen.

Als er sich umdreht, entdeckt er mich und hält inne. Ich trete aus dem Schatten des Flieders hervor und strecke die Hände aus.

„Was?", fragt er und klingt vorsichtig. Wir sind mindestens fünfzehn Meter voneinander entfernt, aber seine Stimme ist leise. Die Nachbarschaft um uns herum ist still, selbst die Insektengeräusche sind in dieser Jahreszeit verstummt.

„Wirf ihn", sage ich.

Devlin bewegt seinen Kiefer einmal vor und zurück, dann bewegt er sich nach hinten und wirft. Es ist ein weicher Wurf, als hätte er Angst, mich mit einem richtigen Wurf zu verletzen, aber er ist perfekt, landet direkt in meinen Händen.

„Schöner Fang", sagt er, ohne sich zu bewegen.

„Den hätte ich nur dann nicht fangen können, wenn ich meine Hände über den Kopf geworfen und mich versteckt hätte, weil ich einen Ball auf mich zukommen sah."

Er zuckt mit den Schultern. „Was willst du?"

„Etwas Schlaf, ohne hören zu müssen, wie du hier draußen die ganze Nacht allein einen Football werfen musst." Ich ziele und werfe ihm den Ball zu. Er dreht sich hoch und lang und er muss ein wenig zurückweichen, um ihn zu fangen.

„Verdammt", sagt er und joggt auf mich zu. „Was für ein Schwung!"

„Kling nicht so überrascht", sage ich. „Ich habe vier Brüder."

Drei.

Der Gedanke zerreißt mir das Herz und beinahe hätte ich laut aufgeschluchzt. Ich bin erleichtert, dass Devlin den Ball zurückwirft und ich etwas habe, das mich von dem unglaublichen Schmerz ablenkt. Nachts, wenn mich nichts davon ablenkt, kann ich kaum noch atmen.

Ich nehme den Ball aus der Luft und werfe ihn in Devlins Richtung, aber bringe ihn dazu, ihm entgegenzurennen. „Ja", sagt er und wirft einen Blick hinter mich auf das Haus, bevor er den Pass zurückwirft. „Ist einer von denen hier draußen bei dir?"

Ich starre ihn finster an. „Nein. Nur ich."

„Weißt du, dass das wirklich eine verdammt dumme Sache war?"

„Was?", frage ich mit Hohn in meiner Stimme. „Hier alleine rauskommen? Was wirst du jetzt mit mir machen, Devlin?"

„Worauf auch immer ich Lust habe", sagt er mit einem Schmunzeln.

VERRATE MICH

Ich werfe den Ball ohne Vorwarnung, aber er holt ihn aus der Luft, als wäre es nichts. Dann grinst er mich an, als wüsste er genau, wie sehr mich das nervt.

„Drohst du mir?", frage ich. „Weil ich habe ein Haus voller Typen, mit denen du dich jetzt wirklich nicht anlegen willst."

„Na ja, ihr wollt euch nicht wirklich mit uns anlegen", sagt Devlin, klemmt sich den Football unter den Arm und kommt auf mich zu. „Siehst du, das ist die Sache, die ihr bei den Darlings nicht versteht. Ihr könnt gegen meine Familie nicht gewinnen, Sugar. Egal, was ihr tut, wir schlagen doppelt so hart zurück."

Seine Worte jagen einen Schauder der Begierde direkt in mein Innerstes und ich muss mich zurückhalten, um meine Knie nicht direkt vor ihm zusammenpressen. Denn wenn ich ehrlich bin, bin ich nicht dafür hierhergekommen? Ich möchte, dass er mich will. Dass er so unfähig ist, mir zu widerstehen, wie ich es bin. Ich bin hierhergekommen, um ihn dazu zu bringen, keinen Lärm mehr zu machen, aber auch, damit er mir mehr von dem zeigen kann, was er gestern gemacht hat, als er mich sein

Mädchen genannt hat. Ich möchte, dass er mich verzehrt, mir die Gedanken und den Schmerz nimmt, wenn auch nur für ein paar Minuten.

„Aber du magst es hart, nicht wahr, Sugar?", schnurrt er und hebt mein Kinn mit sanften Fingern. „Du magst es, schön und tief genagelt zu werden."

„So tief", flüstere ich. Ich schlucke, unfähig, mein Keuchen aufzuhalten. Verdammt. Er tut das jedes Mal mit mir, aber ich kann mich nicht davon abhalten, mehr zu wollen. Ich bin gerade dabei, um mehr zu betteln.

Seine Lider fallen halb zu und sein verschleierter Blick fällt auf meine Lippen. Seine Hand bewegt sich tiefer, von meinem Kinn zu meiner Kehle, seine langen Finger legen sich sanft um meinen Hals wie eine Liebkosung.

„Du bist ein krankes kleines Mädchen, weißt du das, Dolce?"

Wir starren uns einen langen Moment an, dann lässt Devlin seine Hand fallen. Und mein dummes Herz sehnt sich danach, dass sie wieder meine Kehle berührt. Ich kann die Enttäuschung, dass er diesmal nicht zugedrückt hat, nicht ganz verdrängen. Er hat recht. Ich bin krank.

„Wer ist bei dir zu Hause?", fragt er und wendet sich ab.

Er hebt den Arm und wirft den Football, einen lockeren Wurf, den er nicht in einem Spiel werfen würde. Ich beobachte, wie die Muskeln sich in seiner Schulter unter seiner goldenen, tätowierten Haut anspannen, und meine Finger zucken, wollen sie berühren, seine Hüftknochen packen und die Anspannung dieser Muskeln zu spüren, wenn er in mich hineinstößt. Ich bin so am Arsch.

„Familie", sage ich achselzuckend.

„Also habt ihr eure ganze Mafia-Familie hierhergebracht, um euch auf meine Familie zu stürzen", sagt er. „Weil ihr denkt, wir hätten etwas mit dem Verschwinden deines Bruders zu tun."

„Ich weiß, dass ihr es getan habt", knurre ich und all die lustvollen Gefühle verschwinden mit einem einzigen Gedanken. Schuld und Kummer kämpfen in meiner Brust, aber ich werde Devlin es nicht sehen lassen. Ich werde so herzlos sein wie er und noch mehr.

„Und du hast keine Sekunde innegehalten, um darüber nachzudenken, dass wir es vielleicht nicht getan haben", sagt er und schüttelt angewidert den Kopf. „Weil wir die bösen, bösen Darlings sind, also müssen wir es gewesen sein."

Bevor ich antworten kann, dreht er sich um und joggt zu seinem Baum, um den Football zu holen.

„Niemand anderes hier will meinem Bruder wehtun", sage ich und weiß, dass er mich hören kann, auch wenn er nicht reagiert. Diesmal nimmt er richtig Anlauf, mit dem Rücken zu mir, während er den Ball vorbereitet und ihn dann in Richtung Reifenschaukel schleudert.

„Mir scheint, dass dein Vater, als er hierherkam, in irgendwelchen Schwierigkeiten mit der Mafia steckte, vielleicht wollten sie deinem Bruder wehtun."

„Du liegst falsch", sage ich zu seinem Rücken.

Er dreht sich herum, um mich anzusehen. „Warum bist du hier draußen, Crystal?"

VERRATE MICH

Ich trete einen Schritt zurück, als ich die pure Wut in seinen Augen sehe. Er hat mich vielleicht ein bisschen verwöhnt, mich ein bisschen geärgert, aber er will mich nicht hier draußen haben. Er will nicht in meiner Nähe sein. Die Erkenntnis krampft sich schmerzlich in mich. Devlin hasst mich immer noch. Vielleicht empfinde ich jetzt etwas anderes für ihn, aber er tut es nicht.

„Ich weiß nicht", murmele ich kopfschüttelnd und gehe einen weiteren Schritt zurück.

„Ich glaube, das weißt du", sagt er, schreitet auf mich zu und packt mein Kinn. „Sei jetzt nicht schüchtern. Sag es mir. Sag mir, dass ich dich auf den Boden werfe und dich so hart würgen soll, bis du ohnmächtig wirst, während ich in diese enge kleine Muschi spritze. Wenn du das willst, hör auf herumzualbern und sag es einfach."

„Das ist nicht das, was ich will", sage ich und schlage seine Hand weg. Denn sosehr ich das will, ich will mehr. Ich will etwas, von dem ich jetzt erkenne, dass er es mir nie geben wird. Etwas, das er mir nicht geben kann. Ich bin so verdammt dumm.

Er starrt mich an, sein Atem geht schwer. „Warum zum Teufel bist du dann hier draußen? Du brauchst keine Kohle. Du interessiert dich für nichts außer deiner Familie. Ich kann nichts anderes für dich tun."

Ich starre ihn an, mein Herz schlägt in meinen Ohren. Ist das … Frustration in seiner Stimme? Er starrt mich erwartungsvoll an. Als ob ich dazu etwas sagen sollte.

Aber das tue ich nicht.

Devlin bückt sich und hebt den Ball mit einer Hand auf, dreht sich im Stehen weg. „Du hast meinem Cousin den Arm gebrochen", sagt er. „Du solltest wissen, dass es dafür Vergeltungsmaßnahmen geben wird."

„Ich?", frage ich, Wut strömt aus den wirbelnden Emotionen in mir hoch. „Ich habe ihm nicht den Arm gebrochen, Devlin. Ich habe ihn nicht berührt. Das ist etwas zwischen euch drei und meinen Brüdern. Du bist derjenige, der mich da mit reingezogen hat. Damit wollte ich nie etwas zu tun haben."

VERRATE MICH

Er hält inne, den Rücken zu mir, die Hand hängt an seiner Seite, den Football immer noch darin umklammert. Frustriert, dass ich seine Reaktion nicht sehen kann, beobachte ich seine Silhouette, die vom bleichen Schein des Lichts im Baum umrandet wird. „Na ja, wie gesagt, da bist du aber", sagt er schließlich. „Genau mittendrin."

„Warum?", fordere ich. „Warum kannst du mich nicht da rauslassen? Warum könnt ihr mich nicht alle in Ruhe lassen?"

Devlin dreht sich langsam um, seine Augen glänzen wie Stahl, als sie meine fesseln. „Glaubst du nicht, dass ich mir diese Frage nicht schon hundertmal gestellt habe?"

Ich starre ihn an und weiß nicht, was ich dazu sagen soll. Sagt er, dass er versucht hat, mich in Ruhe zu lassen? Dass er genauso oft an mich denkt wie ich an ihn? Liegt er nebenan im Bett und denkt an mich, unantastbar, unerreichbar, völlig tabu?

„Also ... was?", frage ich. „Was werdet ihr jetzt mit uns machen?"

„Ich weiß es nicht", gibt er zu. „Das ist nicht meine Entscheidung."

Interessant. Ich dachte, er würde alle Entscheidungen treffen. Aber er kann mir natürlich nichts Nützliches sagen. Gerade genug, um mich an seinem letzten Wort hängenzulassen und um mehr zu betteln.

„Warum erzählst du es mir dann?", frage ich frustriert und knirsche mit den Zähnen.

„Ich tue dir einen Gefallen", sagt er, seine Augen dunkel im Schatten der Nacht. „Ich sage dir, du sollst auf dich aufpassen, Crystal. Es ist zu spät, um dir zu sagen, dass du uns in Ruhe lassen sollst. Du hast bleibenden Schaden angerichtet. Sie werden es dir in ähnlicher Form zurückzahlen."

Sie.

Er hat nicht *wir* gesagt. Vielleicht ist er nicht derjenige, der die Show leitet. Ich erinnere mich, dass Chase mir etwas darüber erzählt hat, dass der Opa alles gewusst hat. Und Nonna hat im Grunde dasselbe getan.

„Tu dein Schlimmstes", fordere ich ihn heraus und strecke meine Arme aus. „Du hast mich schon gebrochen. Ich bin jetzt deine kleine Hündin, oder? Hier bin ich und bettel um Reste."

„Das hat nichts mit der *Darling Dog* zu tun", sagt er. „Das hast du dir selbst eingebrockt."

„Oh, richtig. Indem ich für eine arme Unterstuflerin eingetreten bin, die du erniedrigt hast."

Devlin grinst. „Ganz genau."

„Warum erniedrigt ihr mich dann weiter?", frage ich. „Wenn es damit nichts zu tun hat, warum ziehst du mich dann mit meinen Brüdern in diese Scheiße? Weil ich ein Mädchen bin? Hast du mich deshalb in etwas hineingezogen, das nichts mit mir zu tun hat, nur um es meinen Brüdern zu zeigen?"

Er antwortet nicht.

„Das ist Blödsinn." Ich spucke die Worte aus, zu frustriert, um mich darum zu kümmern, ob ich wie eine Zimtzicke klinge.

„Ja", sagt er und überrascht mich noch mehr. „Die Verwundbarste wird zuerst erledigt. So ist es halt."

„Das ist nicht fair", weise ich ihn darauf hin. „Ich habe nicht darum gebeten, an diesem Scheißkrieg zwischen unseren Familien teilzunehmen."

Devlin atmet tief aus und zuckt mit den Schultern. „Wie gesagt, das ist Krieg. Alles ist fair."

Es ist nicht fair, und das kotzt mich unbeschreiblich an. Ich möchte schreien über die Ungerechtigkeit. Nicht nur, dass er mich benutzt hat, sondern dass wir nicht zusammen sein können, selbst wenn wir wollten. Wir sind jetzt zu weit gegangen – unsere beiden Familien haben es übertrieben. Ich spüre den Schmerz unvergossener Tränen hinter meinen Augen, in meiner Kehle. Scheiße. Ich bin gerade zu verletzlich, um in der Nähe eines Darlings zu sein.

„Und was jetzt?", flüstere ich und zwinge die Tränen zurück. „Du hast mich gefickt und weggeworfen. Bei meiner Familie hast du deinen Standpunkt klargemacht. Du hast mich gebrochen, Devlin. Und ihr habt Royal. Das ist schlimmer als alles, was wir es jemals tun könnten. Warum uns also weiter zerstören? Ihr habt schon gewonnen."

„So einfach ist das nicht", sagt er. „Nicht bei meiner Familie. Sie werden nicht aufhören, bis diese Stadt jeden von euch und das schmutzige Geld, das ihr mitgebracht habt, losgeworden ist."

„Ihr wollt uns aus der Stadt vertreiben", murmele ich halb zu mir. „Wie beim letzten Mal."

Aber letztes Mal ist niemand verschwunden.

Oder?

Devlin zögert, dann sagt er leise: „Preston hat Royal nicht weggebracht. Ich weiß nicht, wer es getan hat, aber ...""

„Was?", frage ich, mein Herz schlägt so stark, dass ich mein eigenes geflüstertes Wort nicht hören kann.

Devlin fährt mit der Handfläche über seinen Hinterkopf. „Ich werde mich umhören", sagt er und meidet meinen Blick.

Tränen stehen mir in den Augen und ich möchte ihm glauben. Ich möchte es so sehr glauben, dass es wehtut. Aber ich bin zu oft von einem Darling getäuscht worden. Ich bin nicht das zutrauliche Mädchen, das vor einer Woche mit Colt in die Limousine gestiegen ist.

Heute Abend werde ich nicht feiern. Ich gehe nach Hause und ich werde jedes Wort dieser Nacht bis zum Morgen wiederholen. Ich werde zwischen den Zeilen lesen und jedes Wort nach versteckten Hinweisen entziffern. Ich werde, verdammt noch mal, die beste Detektivin sein, die diese beschissene kleine Stadt je gesehen hat. Denn ich werde meinen Bruder finden. Und wenn ich das tue, werden sie verdammt noch mal bezahlen.

Ich blinzele und lasse eine einzelne Träne über meine Wange laufen. Ich bin froh, dass Devlin mir nicht in die Augen schaut, denn er würde in meinen die brennende Wut von tausend Sonnen sehen anstatt das sanftmütige kleine Mädchen, für das er mich hält, als ich „Danke" flüstere.

Achtzehn

Devlin

Crystal dreht sich um, aber ich erwische sie am Ellbogen, bevor sie weggehen kann. Ich bin noch nicht bereit, sie gehen zu lassen. Ich möchte mit meinem Welpen spielen, zuerst ein bisschen Spaß mit ihr haben.

„Ich werde nicht finden, was du willst", sage ich. Und dann, weil ich nicht anders kann, als ein Arschloch zu sein, füge ich hinzu: „Aber wenn du mir danken willst, kannst du es auf den Knien tun."

„Warum sollte ich dir danken, wenn du meinen Bruder nicht finden kannst?"

„Sag du es mir", sage ich und trete näher. Sogar in einem Hoodie und pelzigen Stiefeln ist sie verdammt süß. Sie ist so klein, dass ich sie hochheben und über meine Schulter werfen könnte … Und sie wegtragen könnte, um ihr schlimme Dinge anzutun. „Du warst gestern Morgen bereit, mir in deinem Zimmer zu danken."

„Ich habe dir gedankt", sagte sie.

„Wie wäre es mit einem anständigen Dankeschön", sage ich und lasse meine Finger leicht über die Außenseite ihres Oberschenkels gleiten. Ihre Lippen öffnen sich und ihre Augen weiten sich nur ein kleines Stück. Es reicht aus, um einen Schwall dieser Sucht durch mich zu schicken – und das Blut in meinen Schwanz strömen zu lassen. Dieses Mädchen ist verdammt gefährlich.

„Danke schön", sagt sie. „Dafür, dass du mir genau gezeigt hast, wie viel ich dir bedeute."

Ich ziehe mich zurück und ziehe eine Augenbraue hoch.

„Siehst du, du hättest mich einfach so ficken können, wie du andere Mädchen fickst", sagt sie.

„Du hast mir zugesehen, wie ich andere Mädchen ficke?", frage ich und grinse sie an. „Du bist wirklich pervers."

Sie grinst mich direkt zurück an. „Als wäre ich nichts. Zuerst dachte ich, dass ich das bin. Nur eine weitere Kerbe an deinem Bettpfosten."

„Wer sagt, dass du das nicht bist?"

„Du hast das", sagt sie, beugt sich zu mir vor und legt eine Hand auf meine Brust. Ich weiß, dass sie mit mir spielt, aber ich kann mich nicht aus den Spinnweben befreien, die sie webt. „Du sagtest, es sei nicht persönlich. Dass ich nur ein Bauer in deinem Spiel war, um dich an meinen Brüdern zu rächen. Meine Brüder haben deinen Parkplatz gestohlen. Du hast also Royals Auto zerstört. Er hat deines zerstört. Also hast du mich zerstört."

Ich starre sie finster an. „Und?"

Ich warte und hasse es, dass ich an jedem Wort von ihr hänge, als wäre ich der verdammte Hund hier.

Sie benetzt ihre Lippen, ihre kleine rosa Zunge schnellt hervor und ich frage mich, wie sie sich auf meinem Schwanz anfühlen würde. Vielleicht muss ich sie einfach weiter ficken, bis ich sie aus meinem Kopf bekomme, denn es ist verdammt noch mal nicht besser geworden, seit ich sie ein zweites Mal gefickt habe. Und diesmal weiß ich, dass sie es absichtlich tut, dass sie in diesem Moment genauso berechnend ist wie jedes andere Mädchen, das versucht hat, mir oder einem meiner Familienmitglieder eine Falle zu stellen. Aber scheiße, wenn ich sie tun lasse, was sonst noch niemand geschafft hat.

„Also, jeder in dieser Stadt weiß, wie sehr du dieses Auto geliebt hast", murmelt sie. „Es war dein wertvollster Besitz. Wenn meine Jungfräulichkeit dein Auto wert war, dann musst du denken, dass ich ein Vermögen wert bin, Devlin Darling."

Ich reiße meine Hand von ihrem Arm weg. Ich hasse dieses Mädchen, die kleine Schlange, die Pläne schmiedet. Das hier ist ein Mädchen, bei dem ich kein Problem habe, es zu zerstören. Ich will sie zerstören, sie auslöschen, sie in das Mädchen zurückverwandeln, das sie ist, wenn ich in ihr bin, das Mädchen, das hilflos vor Geilheit wimmert. Da gehört sie hin – auf dem Rücken bettelnd, dass mein Schwanz sie zerreißt. Dieses Mädchen ... Dieses Mädchen muss gebrochen und zurück an in ihren Platz verwiesen werden.

„Du bist nichts wert", sage ich. „Du konntest nicht einmal jemanden dazu bringen, dich für eine Fahrt zurück zur Schule zu ficken."

„Musste ich nicht", sagt sie, dieses hinterhältige Grinsen über ihre Lippen. „Ich bin keine Hure, trotz deiner Bemühungen, alle das Gegenteil glauben zu lassen, indem du allen erzählst, was zwischen uns passiert. Sie wollen mich Abschaum nennen, aber du bist derjenige, der herumläuft und darüber redet, was wir hinter verschlossenen Türen tun. Alles Geld der Welt kann das nicht in etwas anderes verwandeln als das, was es ist – unterstes Niveau."

„Sagt das Mädchen, das sich von mir in einer öffentlichen Toilette ficken ließ."

„Sagt der Junge, der mich zum Ficken da reingeschleppt hat", schießt sie zurück.

„Ich habe dich nicht zum Ficken da reingeschleppt", sage ich. „Ich wollte mit dir reden."

SELENA

„Leugne so viel, wie du willst, aber es gab zwei Leute in diesem Klo, die es wollten", sagt sie. „Ich habe nicht gehört, wie du mir gesagt hast, ich soll mich verpissen."

Sie geht wirklich über meine Grenzen und ich komme damit nicht gut zurecht. Vielleicht habe ich Wutprobleme, aber sie weiß das und sie provoziert mich. Sie wird gleich erfahren, was passiert, wenn sie das Biest weckt. Ich trete vor und packe sie im Nacken, ziehe sie so nah an mich, dass sich unsere Nasen fast berühren. „Ich habe dir gesagt, du sollst dich verpissen, aber du kommst einfach immer wieder zurück wie eine verdammte Kakerlake", sage ich. „Also lass es mich noch einmal klarstellen. Du bist hier nicht willkommen. Deine Familie ist nicht willkommen. Wir wollen dich hier nicht. Und ich will dich nicht, basta."

Crystals Hand legt sich um meinen Schwanz und ich atme ein. „Fast hättest du mich getäuscht", flüstert sie.

„Ja, ich bin ein Kerl und du bist ein Loch", sage ich und streiche mit meiner Nase über ihre. „Das heißt nicht, dass ich dich will. Ich habe dich nur gefickt, weil mein Opa an diesem Tag beschäftigt war."

Sie versucht, sich zurückzuziehen, aber ich klammere meine Hand fester um ihren Nacken, um sie an Ort und Stelle zu halten. „Was bedeutet das?", will sie wissen, ihre Verspieltheit ist verschwunden.

Gut. Ich wusste, dass sie zuerst zerbrechen würde.

„Er hätte dich selbst gefickt, aber er hatte in dieser Nacht etwas Besseres zu tun", sage ich ihr. „Also habe ich ihm einen Gefallen getan."

Sie windet sich und eine Minute lang ringen wir um die Kontrolle. Sie krümmt ihren Rücken, sodass ihre Titten direkt gegen meine Brust drücken und ich meine Konzentration verliere. Dann dreht sie sich seitwärts und duckt sich unter meine Hand, dreht sich dabei von mir weg. „Was zum Teufel, Devlin", sagt sie, ihr Haar von ihrer Flucht ganz zerzaust, ihre Augen wild und ihr Atem kommt in der frühen Novembernacht in schnellen kleinen Zügen. „Glaubst du, ich würde mit deinem *Opa schlafen?*"

Ich zucke mit den Achseln. „Wenn er dich will."

SELENA

„Du bist ekelhaft", sagt sie und spuckt die Worte auf mich wie Eisbrocken von einem Winterhimmel.

„Ich habe dir doch gesagt, dass es nichts persönlich war", sage ich und stecke meine Hände in meine Taschen, als ob ich nicht die Hand ausstrecken und ihr gerötetes Gesicht berühren möchte, meine Finger nicht durch ihre Schokoladenmähne streichen und ihren eleganten Mund mit meinem ersticken möchte. „Ich habe dich nicht einmal ausgewählt. Es war nur ein Job. Das solltest du doch wissen, wenn du die Mafia-Prinzessin bist, die du scheinst vorzugeben. Nenne es einen Auftragsjob. Und glaub mir, Sugar, das hat mir vielleicht Spaß gemacht, aber es war nie die Bezahlung für mein Auto. Mit deinem Arsch könnte ich mir nicht mal einen Tank für mein Auto leisten."

Neunzehn

Crystal

Ich bin so wütend, dass ich nicht klar denken kann. Ich kann überhaupt nicht denken. Ich drehe mich einfach um und renne los, weil ich weiß, wenn ich es nicht tue, werde ich explodieren. Devlins Stimme schneidet durch die Nacht, ein scharfer Befehl, aber ich halte nicht inne. In der nächsten Sekunde höre ich seine Schritte hinter mir, schnell und leicht, während er hinter mir herrennt, als hätte ich den Ball abgefangen. Aber das ist kein Spiel. Nicht mehr. Es steht zu viel auf dem Spiel.

Devlins Hand schließt sich um meinen Oberarm und bringt mich so schnell zum Stehen, dass ich herumwirbele und ihm, ohne nachzudenken, eine pfeffere. Meine Handfläche klatscht auf seine Wange und Devlins Kopf schnappt nach hinten. Seine Augen weiten sich und ich zucke zurück, erwarte einen Gegenschlag. Stattdessen packt er mich und zerrt mich an sich, sein Mund knallt auf meinen. Für eine Sekunde gönne ich mir das, was ich mir so sehr wünsche, mehr als alles andere auf der Welt.

Und dann überkommt mich die Realität. Was er mir angetan hat, was er mir gesagt hat, brennt durch den Nebel in meinem Kopf, brennt wie Säure durch meine Adern.

Ich reiße mich von ihm los und werfe meine Haare zurück, versuche, mich zu sammeln. „Nein, Devlin", sage ich und schleudere die Worte wie Raketen auf ihn. „Du kannst mich nicht einfach küssen und denken, das würde alles auslöschen, was du gerade gesagt hast. Du kannst nicht einfach –"

Ich kann den Satz nicht beenden, denn er packt mich und küsst mich erneut, sein Mund nimmt meinen mit der Kraft eines hungrigen Tigers in Anspruch. Seine

VERRATE MICH

Zähne kollidieren mit meinen und ich schmecke Blut und es ist mir egal, ob es seines oder meines ist. Ich möchte, dass dieser Kuss, sein Kuss, für immer anhält. Das ist die einzige Sache, in der wir gut sind, und ich möchte es nicht ruinieren. Mein Körper begrüßt den Kuss, fällt vor Erleichterung in ihn, mein Durst wird endlich gestillt.

„Nein", sage ich noch einmal, aber diesmal hält Devlin ich fest, als ich versuche, mich zu befreien. Ich wehre mich, reiße an meinen Armen, aber er hält sich fest. Ich verliere meinen Halt auf dem glitschigen Tau und falle zu Boden und Devlin stürzt mit mir, rollt sich auf mich und hält meine Hände fest. Mein Körper erwacht bei der Berührung und ich winde mich wie ein unter Strom stehender Draht und sehne mich nach der Lust und dem Schmerz seiner Brutalität. Ich kann nicht sagen, ob ich versuche, mich zu befreien oder mich an ihm zu reiben, bis er derjenige ist, der zerbricht, bis er der Versuchung meines Körpers unter seinem nicht mehr widerstehen kann, so wie ich ihm nicht widerstehen kann.

„Crystal, würdest du –"

SELENA

Dieses Mal unterbreche ich ihn. „Lass mich gehen", belle ich und reiße meine Hände los. Ich bocke unter ihm und rolle uns seitwärts. Er packt meine Hüften und dreht uns um, bis ich auf ihm bin. Ich setze mich aufrecht, grätsche über seinen Hüften und ziehe mich zurück. Meine Hand schnellt wie ein Blitz über seine andere Wange und ich genieße das Brennen auf meiner Handfläche, die Wut, die in seine Augen stürmt und sie übernimmt.

„Du verdammte Schlampe", sagt er und schnappt sich meine Hand, bevor ich ihn wieder schlagen kann. Er dreht uns wieder um und drängt mich gegen den Boden, während seine Hüften meine festnageln.

„Du verdammter Bastard", schnappe ich zurück, mein Atem geht schnell, als ich die Vorderseite seines Hemdes packe und daran reiße, so stark, dass der Stoff in der Mitte zerreißt. „Ich hasse dich!"

„Dito", knurrt Devlin, zieht mein Knie wieder um seine Hüften und reibt seine Härte an mir. Ich keuche, Hitze pulsiert zwischen meinen Schenkeln, als er mich mit seinen Schultern festhält und nach meiner Hose greift. Meine Füße finden seine Hüften, schieben seine Jogginghose nach unten, während meine Hände sich an seine Schultern stützen, um ihn wegzustoßen. Sein Atem ist heiß an meinem Hals, ein köstlicher Schauer der Schwäche durchströmt mich und der Geruch von frischem Schweiß auf seiner Haut lässt das Blut zwischen meinen Schenkeln pochen.

„Warte." Ich erstarre, als die kalte Luft auf meine erhitzte Haut trifft, mein Keuchen ist schwer in der feuchten Nacht. „Ich – ich kann nicht."

„Was meinst du mit, du kannst nicht?", fragt Devlin.

„Scheiße", murmele ich. „Ich … habe meine Periode."

Als Antwort zieht Devlin mein Höschen und Binde beiseite und treibt seinen heißen, nackten Schwanz in mich. Ich habe immer noch Schmerzen vom letzten Mal, und obwohl ich feucht bin und blute, ist er so groß, dass es fast genauso wehtut wie beim ersten Mal, als er sich auf die Handflächen stemmt und sich bis zum Anschlag in mir vergräbt. Es ist mir egal, ob es schmerzt.

Das hier will ich. Ich reiße die Vorderseite seines Hemdes weiter auf, meine Nägel kratzen über seine nackte Brust und seine Waschbrettbauchmuskeln. Ich möchte ihm ebenso wehtun.

„Du bist so verdammt nass, dass ich jetzt wie eine Jungfrau abspritzen möchte", knurrt er, zieht sich zurück und knallt ein zweites Mal in mich hinein.

„Wage es nicht", zische ich.

Devlin stöhnt als Antwort, reißt mein Knie hoch und rammt mich mit schnellen, wütenden Stößen. Ich kratze ihn wieder und er packt meine Hände und drückt sie zu Boden, stößt in mich, während ich mit meinen Hüften bocke. Er nutzt die Position, um noch tiefer einzudringen, und reibt seinen Beckenknochen gegen mich, bis ich nach mehr lechze. Er besorgt es mir, schmettert immer und immer wieder in mich rein, fickt mich in den Boden.

Ich löse meine Hände von seinen und wickele sie um seinen eisernen Bizeps, bohre meine Fingernägel in seine Haut, bis das Blut fließt. Devlin grunzt, als ich bei jedem strafenden Stoß einen leisen Schrei ausstöße, aber ich lasse nicht los und er gibt nicht nach. Er schiebt seine Hände unter mich, greift meinen Arsch mit beiden Händen, um mich stillzuhalten, während er noch härter in mich fährt, und seine Brust presst sich gegen meine. Ich versuche zu atmen und fahre protestierend mit den Fingernägeln über seinen Rücken.

Alles in mir ist von innen nach außen verdreht. Ich hasse Devlin, aber mein Körper will das, will ihn. Ich bin fasziniert von ihm, habe Angst vor ihm und bin entsetzt, aber mein Herz rast wie seines, während unsere Körper aufeinanderprallen. Das Vergnügen treibt mich hoch, höher, als ich dachte, dass ich jemals gehen könnte. Ich versuche, mich zurückzuhalten, aber ich kann nicht anders und sein Name dringt mir von den Lippen, als ich komme. Devlins wortloses Knurren trifft auf meinen Schrei, als er sich ein letztes Mal in mich treibt, seine Hitze in mir ausströmt und seine Finger mit blutender Kraft gegen meinen Oberschenkel drücken, während er seine andere Handfläche auf dem Boden abstützt.

Wir fallen zusammen in einen verschwitzten, keuchenden Haufen. Eine kühle Brise weht über uns hinweg, kühlt die Nässe auf meinem Bauch, meinen Oberschenkeln, jeder Zentimeter von mir ist mit feuchtem Glanz bedeckt. Mein Herz hämmert in meiner Brust und ich kann spüren, wie es im gleichen Rhythmus wie seines schlägt, als wären wir aus dem gleichen Ganzen gemacht, von einem unsichtbaren, grausamen Gott zu zwei Teilen eines Wesens geformt.

Endlich kehren meine Sinne zurück und mir wird klar, was wir gerade getan haben. Was ich einfach geschehen lassen habe. Schon wieder. Auch nachdem er diese Dinge zu mir gesagt hat.

„Runter von mir", knurre ich, schubse ihn und kämpfe darum, mich unter ihm zu befreien. Als er sich nicht bewegt, schlage ich ihm auf die Schultern, bis er sich leise fluchend wegrollt.

„Was zum Teufel ist mit dir los?", will er wissen, setzt sich aufrecht hin und reißt sich die Reste seines Hemdes von seinem muskulösen Körper.

Ich springe auf, zerre meine Hose hoch und spüre, wie die Kälte meiner nassen Unterwäsche auf die Hitze zwischen meinen Schenkeln trifft. Tränen verwischen meine Sicht und ich kann diesem Jungen meine Frustration, die Wut, meinen Schmerz und meine Zerbrochenheit nicht erklären. Es kommt nur ein Wort, also platze ich damit heraus und schleudere es wie eine Axt auf ihn. „Du", spucke ich aus. „Du bist mein verdammtes Problem, Devlin Darling."

Ohne ein weiteres Wort drehe ich mich auf den Fersen um und renne los. Ich renne über den Rasen, vorbei an den Fliederbüschen mit ihren sattgrünen Blättern, die mich verstecken, sobald ich sie hinter mir gelassen habe. Scham brennt durch mich und Wut und so viele Emotionen, die ich nicht zurückhalten kann. Sie sickern aus meinen Augen, über meine Wangen, spritzen auf meine Hände, die ich über meinen Mund klemme, um zu verhindern, dass das Schluchzen durch den Raum zwischen unseren Häusern hallt. Früher sind sie mir so nah beieinander erschienen, aber jetzt erweitert sich der Raum, während ich renne, und jeder Schritt scheint mein Haus weiter von mir zu entfernen.

Endlich erreiche ich die Stufen. Dann mache ich den Fehler. Und zwar drehe ich mich um, und bevor ich überhaupt bemerke, dass ich das tue, erwarte ich, dass Devlin da ist. Zwischen den Büschen steht. Oder mir folgt. Oder mir nachruft.

Aber er ist nicht da.

Der Rasen ist leer bis auf meine Fußabdrücke im taufrischen Gras.

Ein Schluchzen bleibt mir im Hals stecken und es tut weh, es herunterzuschlucken, aber ich tue es. Ich zwinge meine Füße, sich zu bewegen, die Treppe hinaufzusteigen, einen schweren Schritt nach dem anderen. Ich zwinge mich, nicht nach seiner Stimme zu lauschen, nach seinen Schritten, die nicht kommen. Ich zwinge mich, leise an Kings Fenster vorbei, dann an Dukes Fenster zu meinem eigenen zu schleichen. Zwinge mich, hineinzuklettern, das Fenster zu schließen, zu verriegeln und den Vorhang zuzuziehen.

Und dann lasse ich mich zerbrechen. Lasse mich in Stücke zerfallen. Ich lasse mich auf das Bett fallen, ziehe die Knie an meine Brust und unterdrücke mein unkontrolliertes Schluchzen in einem Rüschenkissen, das zu dem Mädchen, das es gekauft hat, nicht mehr passt.

VERRATE MICH

Ich weine, bis meine Brust eine leere Höhle ist, bis sich mein Körper anfühlt, als würde er sich von innen nach außen drehen, um sich von dem unerträglichen Schmerz zu reinigen. Ich weine, bis ich leer bin und nichts mehr in mir ist.

Ich weine nicht, weil er mich verletzt hat oder weil die blauen Flecken an meinen Oberschenkeln, wo er mich festgehalten hat, schon auf meiner Haut erblühen. Sie tun weh, aber ich genieße den Schmerz. Ich drücke meine eigenen Fingerspitzen darauf und sehne mich nach dem Schmerz. Der Schmerz seiner Berührung, der Beweis, dass er dort gewesen ist. Der Beweis, dass Devlin Darling in mir gewesen ist, dass er mich für einen Moment geliebt hat, dass er sich mir genauso hingegeben hat, wie ich mich ihm hingegeben habe.

Ich weine, weil ich schwach bin. Weil ich mich nicht nach seiner Berührung sehnen möchte, aber es tue. Weil ich nicht nachgeben will, aber es getan habe. Weil ich mir nicht helfen kann. Wenn er mich berührt, bin ich schwach, hilflos und gebrochen, all das, was eine Dolce nicht sein sollte.

SELENA

Ich sollte den Feind nicht wollen. Ich sollte nicht zittern bei dem Gedanken an seinen hungrigen Mund auf meinem, an seine Zunge, die mich auf eine Weise schmeckt, die zu intim ist, um darüber nachzudenken, ohne rot zu werden, an seine dicke, harte Länge, die meine Unterwerfung verlangt.

Ich weine, weil das, was ich gesagt habe, wahr ist. Denn er hätte mich ohne meine Erlaubnis gegen etwas Klischeehaftes wie eine Halskette eintauschen oder sich nehmen können, was er will. Aber er hat es nicht getan. Er hat mich dazu gebracht, es zu wollen, und das ist viel schlimmer, als wenn er mich mit Gewalt genommen hätte. Er hat mir gezeigt, dass er mich schätzt, und das ist schlimmer, als wenn er mich wie eine billige Hure behandelt, eine weitere *Darling Doll*, die er ficken und wegwerfen kann. Er will es vielleicht nicht zugeben, aber er respektiert mich.

Ich setze mich hin und drücke das durchnässte Kissen an meine Brust.

VERRATE MICH

Devlin Darling respektiert mich. Und das Gefährliche ist, der Teil, der ihn zerstören kann, ist, dass er es noch nicht einmal bemerkt.

Das ist es.

Das ist mein Vorteil.

Ich muss zuschlagen, bevor er es bemerkt, bevor er seine Gefühle für mich erkennt.

Zwanzig

Crystal

Tag 5. Wie kann man jemanden bezahlen lassen, wenn man nichts hat, was er will?

Wir sitzen am nächsten Tag beim Mittagessen in der Cafeteria, als ich mit der Frage herausplatze, die mich den ganzen Morgen frustriert hat, während ich darüber nachgedacht habe. „Wie bringt man einen Mann dazu, sich in dich zu verlieben?"

„Anal", sagt Duke und stopft sich ein Sandwich in den Mund. Meine Brüder brechen alle zusammen in Gelächter aus, aber ich starre sie nur an.

VERRATE MICH

„Dreier", sagt Baron. „Nichts unterstreicht die Liebe zwischen zwei Menschen wie das Hinzufügen einer dritten Person. Es ist die geheime Zutat für alle glücklichen Paare."

Er und Duke geben sich ein High Five.

Es gibt Momente wie diese, in denen alles so normal ist, dass ich vergesse, dass mein Zwilling nicht an meiner Seite ist. Und dann winden sich die Schuldgefühle um mein Herz wie eine Würgeranke und ersticken die Freude, bevor sie wirklich beginnt.

Dolly sieht mich mit großen, traurigen Augen an, die sagen, dass sie genau weiß, wovon ich rede, auch wenn meine Brüder es zu sehr leugnen, um meine Worte ernst zu nehmen.

„Wenn wir das wüssten, glaubst du nicht, dass wir alle Freunde hätten?", fragt Dixie, ihr sehnsüchtiger Blick wandert zum Tisch der Darlings, der mit ihren Puppen und ihrer Posse gefüllt ist. Kein Darling-Junge in Sicht. Es macht mich nervös, als könnten sie unter unserem Tisch hervorkommen und mir sagen, dass sie wissen, was ich vorhabe.

„Sing ihm ‚Happy Birthday, Mr. President' und backe ihm einen Kuchen", sagt King. „Oh, und sei Marilyn Monroe."

„Ich rede nicht von deinen verrückten Fantasien", sage ich. „Ich meine es ernst."

„Oh, das ist keine Fantasie", sagt Duke, rückt unter den Tisch und legt einen Arm um Dollys Stuhllehne. „Anal ist die Antwort."

„Warum bist du dann nicht verliebt?", fordere ich ihn heraus.

„Das werde ich sein, wenn Dolly diesen süßen Arsch spreizt und die Anakonda hereinlässt."

Dolly stößt ihm mit dem Ellbogen in die Rippen und er krümmt sich lachend, zieht sie an sich, während sie ihn wegstößt und kichert.

„Ich habe mir gerade in den Mund gekotzt", sage ich. „Aber danke für den Rat."

„Warte", sagt King mit verengten Augen. „Warum fragst du?"

Er sieht Royal so ähnlich, wenn er diesen Gesichtsausdruck trägt, dass mein Herz zerbricht. Die

VERRATE MICH

Zwillinge verstummen und starren mich mit offenen Mündern an.

„Du bist doch nicht ..." King bricht ab und schüttelt den Kopf, seine Fäuste ballen sich auf dem Tisch. „Du kannst nicht meinen, was ich denke."

„Hör mal", sage ich. „Royal ist seit fünf Tagen weg. Ich kann nicht einfach herumsitzen und darauf warten, dass die Bullen ihre Arbeit erledigen. Sie werden ihn nicht finden, okay?"

Ich halte inne, meine Kehle ist zu dick zum Sprechen, ein Schmerz umhüllt sie wie die wilde Faust des Schicksals.

„Wir werden ihn finden", sagt King. „Unsere Familie wird ihn finden. Und du wirst nichts Dummes tun, um es noch schlimmer zu machen." Er legt einen Arm um mich und drückt so fest zu, damit ich wieder zu Atem komme. Er will nicht, dass ich vor den Leuten zusammenbreche, selbst wenn sie nicht hinsehen. Er hat mir letztes Jahr durch das Schlimmste geholfen, mir gesagt, ich solle in der Schule hart sein und mich nicht von dem Podest stürzen lassen, das sie für mich gebaut haben. Royal ist derjenige, der mich gehalten hat, wenn ich geweint habe, und Royal ist nicht mehr hier.

Stattdessen greift Dolly nach meiner Hand und drückt sie und King hält mich mit seinem eisernen Griff und Dixie tätschelt mein Knie und die Zwillinge sind da, die durch die Kraft von Kings Überzeugung größer werden und ihre Stärke auf mich reflektieren. Weil sie an King glauben, an unsere Familie, auch wenn ich langsam anfange zu bezweifeln, dass selbst sie dies grade richten können.

„Lass uns eine Pause auf der Toilette machen und unsere Gesichter in Ordnung bringen", sagt Dolly in ihrem süßen Südstaatenakzent. „Wir sind schneller zurück, als ein Schäfchen dreimal mit dem Stummelschwanz wackeln kann. Ihr Jungs haltet unsere Plätze warm."

Kings Hand schließt sich um ihren Arm und er sieht sie hart an. „Lass unsere Schwester nicht auf dumme Ideen kommen. Verstanden?"

„Aber ich habe keine Idee in meinem hübschen kleinen Kopf", sagt Dolly und löst geschickt seine Hand. „Wie könnte ich da deiner Schwester eine geben?"

Sie läuft davon und lässt meine Brüder hinter ihr zurück, obwohl ich nicht sagen kann, ob es an dem liegt, was sie gesagt hat oder daran, dass sie wie Sex auf Beinen aussieht. Sie dreht sich um, um über ihre Schulter zu spähen, und schnippt mit den Fingern zu mir und Dixie, als sie sieht, dass selbst wir zu fasziniert davon sind, ihr beim Weggehen zuzusehen, um uns selbst zu bewegen.

„Oh, okay", stammelt Dixie und springt so schnell auf, dass sie fast ihren Stuhl umwirft. Baron lacht und packt ihn, bevor er auf den Boden krachen kann, schlägt ihr auf den Hintern und bringt sie zum Aufschreien, während sie Dolly nacheilt. Ich folge, mein Herz schlägt in meiner Brust, als ich mich den Mädchen anschließe. Ich weiß nicht, ob ich hören möchte, was Dolly mir zu sagen hat. Sie und die Darling-Jungs haben eine Beziehung, die ich nicht ansatzweise begreife. Sie kennt sie ihr ganzes Leben lang. Sie könnte sein erster Kuss gewesen sein. Sein erstes Mal. Seine erste Liebe.

SELENA

Was bedeutet, dass sie vielleicht weiß, wie man ihn dazu bringt, sich zu verlieben, und ich muss einfach runterschlucken, dass es mich zum Kotzen bringt, wenn ich an sie zusammen denke, daran, dass ich das Gegenteil von seinem Typ bin, daran, dass er, wenn er mich nackt sieht, denken muss, dass ich im Vergleich zu ihren halsbrecherischen Kurven wie ein kleines Mädchen aussehe, oder zumindest heimelig und schlicht. Niemand könnte sie nackt sehen und dann mit mir zufrieden sein. Aber ich brauche diese Informationen, und wenn ich ihre Geschichte ertragen muss, um daran zu kommen, werde ich es tun.

Als ich im Badezimmer ankomme, zittere ich vor Angst vor dem, was vor mir liegt. Dolly beugt sich bereits über die Spüle und trägt eine weitere Schicht babyrosa Lippenstift auf ihre prallen Lippen auf, als ich direkt hinter Dixie eintrete.

„Und?", quietscht Dixie so aufgeregt wie damals vor der Nacht unserer Schande. „Erzähl uns alles. Wie bringen wir einen Darling dazu, sich zu verlieben?"

VERRATE MICH

„Tut ihr nicht", sagt Dolly und steckt ihren Lippenstift zurück in ihre Handtasche – die heute ein winziges rosafarbenes Ding ist, in das nicht viel mehr als ein Handy passt.

„Warte", sage ich und wende mich an Dixie. „Du willst, dass Colt sich in dich verliebt?"

„Nun ja", sagt sie und sieht mich mit großen Augen an, als wäre ich ahnungslos.

Ich fange an zu sagen, dass er eine Schlange ist, aber dann höre ich auf, denn das würde jeder auch über Devlin sagen. Und tatsächlich, ich kenne Colt überhaupt nicht, oder? Ich vermute Dinge über ihn, genau wie alle anderen auch. Ich kenne ihn nicht mehr als irgendein anderes Mädchen. Er zeigt mir, was er mir zeigen soll, genau wie alle Jungs. Ich bin nichts Besonderes. Ich bekomme das Gleiche wie jedes andere Mädchen in der Schule, obwohl ich ihre Hündin bin.

Ich drehe mich wieder zu Dolly um, meine Augen werden schmal. „Er hat sich in dich verliebt", erinnere ich sie. „Und wenn ich raten müsste, hat Preston es vielleicht auch?"

„Du hast so viel Glück", sagt Dixie seufzend.

Dollys Augen weiten sich, ihr Blick fliegt zur Tür hinter mir. „Preston liebt mich nicht", zischt sie, ihr Ton ist grimmiger, als ich es je gehört habe. „Und lauft bloß nicht herum und sagt solche Sachen. Sie werden jemanden umbringen."

Ich lege eine Hand auf meine Hüfte und hebe eine Augenbraue. „Warum sollte es jemanden interessieren, falls du und Preston etwas miteinander hatten? Es sei denn, Devlin liebt dich immer noch …"

Mein Herz hämmert, während ich auf ihre Antwort warte, ich bin sicher, dass ich sterben werde, wenn sie sagt, dass er es tut. Warum sonst sollte Devlin seinen Cousin töten, weil er mit ihr zusammen war?

„Halt die Klappe", zischt sie und drückt sich an mir vorbei, um sich mit dem Rücken gegen die Tür zu lehnen, damit niemand eintreten kann. „Lasst uns das klarstellen. Ich hatte *nichts* mit Preston, okay? Hatte es nie, werde es nie."

VERRATE MICH

„Okay", sage ich und hebe beide Hände. „Es ist nichts zwischen euch passiert. Ich wollte dich nicht in Schwierigkeiten bringen."

„Okay", sagt sie und beäugt mich misstrauisch. „Nun zu deiner Frage. Devlin verliebt sich nicht. Colt auch nicht. Keiner der Darlings verliebt sich. Opa Darling arrangiert immer noch alle ihre Ehen im Voraus."

„Und du bist Devlins zukünftige Frau?", schätze ich.

Das erklärt, warum sie nicht möchte, dass jemand erfährt, dass sie alle paar Tage mit Preston „den Unterricht schwänzt".

„O mein Gott, bist du das wirklich?", fragt Dixie und ihre Augen werden so groß wie Untertassen in ihrem blassen Gesicht.

„Wisst ihr, die Darlings sind nicht wie andere Jungs", sagt Dolly. „Sie lieben nichts außer einander. Diese Jungs ... Sie würden füreinander sterben. Wenn ihr also denkt, ich stehe zwischen ihnen, liegt ihr falsch. Und das wirst du auch nicht."

„Ich versuche nicht, zwischen sie zu kommen",
sage ich. Ich würde lügen, wenn ich sagen würde, dass
mich ihre Hingabe zueinander nicht beeindruckt. Ich
habe das Gleiche in meiner eigenen Familie gesehen.
Meine Brüder sind ständig füreinander da. Das einzige
Mal, dass ein Mädchen zwischen sie kommt, ist, wenn sie
mitten in einem Dreier stecken. Ich kann Typen
respektieren, die einander und ihrer Familie gegenüber so
loyal sind, auch wenn diese Familie meine zerstören will.
Es ist eine bewundernswerte Qualität.

„Colt würde sich nie ein Mädchen wie mich
aussuchen", sagt Dixie seufzend, wird wieder das
niedergeschlagene Mädchen, das sie die ganze Woche
lang gewesen ist.

„Also, ihr müsst sie einfach vergessen", sagt Dolly
und wendet sich an mich und Dixie. „Sie verlieben sich
nicht. Ich war mit Devlin zusammen, aber er hat mich nie
geliebt. Ich glaube nicht, dass er dazu in der Lage ist.
Wenn es eine Möglichkeit gäbe, ihn dazu zu bringen, sich
zu verlieben, denkst du nicht, dass es inzwischen jemand
getan hätte? Du kannst nicht glauben, dass du das erste

VERRATE MICH

Mädchen bist, das die Darlings dazu bringen will, sich zu verlieben."

„Du hast recht", sage ich. „Gott, ich bin so dumm. Natürlich wird er sich nicht verlieben. Ich bin wie jedes andere erbärmliche Mädchen, das sie sich schnappen will."

„Du bist nicht erbärmlich", sagt Dolly mit sanfter Miene. „Vertrau mir, ich verstehe es. Ich kann es *so* gut verstehen, Mädchen. Aber für diese Jungs … Sie haben Football und sie haben ihre Familie. Das ist alles, was ihnen erlaubt ist. Das ist ihr Leben. Sex ist für sie nichts anderes als eine Ware. Wie Essen. Sie machen es, weil sie es brauchen. Sie fressen dich, scheißen dich aus, spülen dich die Toilette hinunter und denken nie wieder an dich. Ich erzähle euch das nicht, weil ich sie für mich haben will oder weil ich euch verletzen möchte. Ich sage es euch, weil ihr beide knallharte Damen seid, die etwas Besseres verdienen."

Dixie schnaubt.

„Das bist du", beharrt Dolly. „Es ist dir egal, was jemand von dir hält. Ich weiß, wie viel Scheiße du dafür erträgst. Der Bürgermeister ist mein Vater. Glaub mir, ich weiß, wie viel Druck das erzeugt, das zu tun, was sie wollen. Und du." Sie dreht sich zu mir um. „Du hast mir gezeigt, dass es nicht besser ist, eine *Darling Doll* zu sein als eine *Darling Dog*. Es ist alles nur Quatsch, um ihr Ego zu füttern, ihren Geboten zu folgen und die Hierarchie zu unterstützen. Das verdanke ich dir, Crystal. Ich war so tief drin, ich glaube, ich hätte das nie gesehen, wenn du nicht nach dieser Party betrunken auf Devlins Balkon gestolpert wärst."

„Du liebst ihn", sage ich leise und erinnere mich daran, was sie in dieser Nacht zu mir gesagt hat.

„Ich weiß nicht mehr, wie ich mich fühle", sagt sie. „Es ist kompliziert. Deine Brüder ... Es ist, als wäre ich in diesem winzigen Schrank einer Welt gefangen und habe so lange dieselbe Luft geatmet, dass ich nicht wusste, dass der Sauerstoff aus dem Raum verschwunden war. Ich war am Ersticken, bis sie die Tür öffneten. Es gibt so viel mehr da draußen als Willow Heights. So viel mehr als Faulkner, Arkansas. Vielleicht möchte ich nicht mein ganzes Leben lang die Tochter des Bürgermeisters und eine Schachfigur im Spiel des alten Darlings sein."

„Was wirst du tun?", fragt Dixie mit großen Augen. „Wo wirst du hingehen?"

„Ich weiß es nicht", sagt Dolly. „Irgendwo anders hin. Niemand in dieser Stadt ist frei. Nicht, wenn du auf Papa Darlings Radar auftauchst."

„Du läufst weg?"

„Nein", sagt sie kopfschüttelnd. „Ich bin nicht dumm. Ich werde zuerst meinen Abschluss machen. Aber dann bin ich hier weg."

Ich denke daran, wie sie allein loszieht, wie die Leute außerhalb dieser Stadt sie sehen werden. Verdammt, wie ich sie gesehen habe, bis ich mit ihr gesprochen habe. Jetzt, wo ich sie kenne … habe ich keinen Zweifel, dass sie gut damit klarkommen wird.

„Du bist in der Oberstufe?", frage ich.

„Yup", sagt sie. „Wie Devlin."

Richtig. Devlin wird die nächsten zwei Jahre nicht hier auf der High School sein. Der Gedanke fühlt sich seltsam verloren an, als würde man an ein Footballfeld denken, nachdem die Lichter ausgegangen sind und die Tribünen leer sind. Wie ein leerer Thron in einem verlassenen Schloss.

Meine Brüder können diesen Thron nächstes Jahr besteigen. Es wird einfach, wenn der Anführer der Darling-Jungs weg ist.

Aber dieser Traum ist jetzt hohl. Es gibt keine vier Dolce-Brüder mehr. Was bringt ein metaphorischer Thron, wenn die Person, die darauf gehört, ein Geist ist?

Einundzwanzig

Crystal

Jemand stößt gegen die Badezimmertür und das erschreckt mich genug, um die Tränen zu vertreiben, bevor sie herunterlaufen. Dolly tritt von der Tür weg und eine Gruppe Mädchen, die ich als *Darling Dolls* erkenne, betreten das Badezimmer in einer Parfümwolke und kichern. Sobald sie uns sehen, sinkt die Temperatur um uns herum. Ihr Lächeln wird zu einem finsteren Blick und sie starren uns mit offener Feindseligkeit an.

„Erst die Königin der *Darling Dolls*, jetzt schläfst du bei den Hunden", sagt Carmen, verschränkt die Arme und grinst Dolly an. „Oder bist du auch eine Hündin?"

„Man kann nicht von einer Puppe zur Hündin werden", sagt ein Mädchen namens Becca. Sie wirft mir und Dixie einen verächtlichen Blick zu. „Oder anders rum."

„Kein Interesse", sage ich und drehe mich zum Spiegel, um mein Make-up zu überprüfen, als ob ich mich nicht weniger um sie kümmern könnte.

Carmen schnaubt. „Oh, bitte. Wir alle wissen, dass du dich neulich von den Darlings gleichzeitig im Badezimmer hast vögeln lassen. Aber wenn du denkst, nur weil du alle drei auf einmal hattest, dass dich das zu etwas Besonderem macht, dann denk lieber noch einmal darüber nach."

Dixies Gesicht wird rot und sie senkt ihren Blick, als ich versuche, ihren Blick im Spiegel einzufangen. Nun, dieses Gerücht ist schnell eskaliert.

„Gut zu wissen", sage ich. „Nun, ich schätze, ihr sprecht da aus eigener Erfahrung."

„Wir können sie haben, wann immer wir wollen", sagt ein blondes Mädchen, deren Contouring zu verbergen versucht, dass sie ein Pferdegesicht hat. „Wir sind die Puppen und ich bin die führende Cheerleaderin."

„Also habt ihr alle die Darlings gevögelt, aber ich bin die Schlampe", sage ich und verdrehe die Augen.

„Nein, du bist eine *Hündin*", sagt Becca. „Vergiss deinen Platz in dieser Schule nicht."

„Ja", sagt die Anführer-Zicke. „Wenn sie dich auf einmal nehmen, bedeutet das nur, dass sie es schneller hinter sich bringen, damit sie dich wieder wie die Hündin behandeln können, die du bist. Sie geben dir nur einen Geschmack, damit du den Rest des Jahres wie eine Hündin betteln wirst. Wie erbärmlich bist du? Du musst überhaupt kein Niveau haben, damit du dich so behandeln lässt."

Ich zucke mit den Achseln. „Sagt ein Haufen Mädchen, die sich eine Halskette umhängen lassen und ihren Befehlen sowie ihren Geboten folgen. Ich sehe immer noch keinen Unterschied zwischen Puppen und dem Hund. Denkt mal darüber nach. Dolly hat es. Ich werde euch das nicht übelnehmen, wenn ihr auf die andere Seite kommen wollt."

„Der Unterschied ist, dass du ein schmutziges Tier bist", sagt Carmen und ihre Augen blitzen vor Wut auf. „Für sie bist du ein Schoßhund und wir sind ihre Königinnen. Sie respektieren uns, wir sind auf einer Augenhöhe. Du bist wertloser als der Dreck auf der Unterseite ihrer Schuhe."

Ich schnaube und schaue mich in ihrer Gruppe um, als würde ich nach jemandem suchen. „Hattet ihr nicht mal eine Freundin namens Lacey? Wo ist sie jetzt? Mir ist aufgefallen, dass sie nicht bei euch sitzt, seit sie Hundefutter vom Boden gefressen hat. Ihr denkt, das Gleiche kann euch nicht passieren? Sie können euch alles mit einem Fingerschnippen nehmen. Und wisst ihr warum? Weil ihr es zulasst. Ihr spielt diese Scharade mit."

Carmen tritt vor, bis sie Gesicht an Gesicht vor mir steht. „Das ist keine Scharade. Wir sind Königinnen in dieser Schule. Die Spitze der sozialen Leiter. Du kläffst und rennst um die Basis herum, weil du nicht einmal die erste Sprosse erklimmen kannst."

„Wisst ihr, ihr tut mir echt leid", sage ich. „Ich war dort, wo ihr seid, und ich möchte nicht mehr dort sein. Wenn ihr das versteht, sprecht mit uns. Wir werden für euch da sein. Wenn ihr mich jetzt entschuldigen würdet, ich muss meinen Intimbereich auffrischen. Muss ja sicherstellen, dass der Bahnhof frisch und sauber ist, wenn der Zug bald durchkommt."

„Ihhh, du bist wirklich ein Tier", sagt Becca höhnisch.

Ich wende mich dem Spiegel zu und ziehe mein schlankes Pony über eine Schulter nach vorn, während ich das Kleid mit Gürtel begutachte, das über meine Hüften reicht und bis zu den Knien reicht. Ich sehe so ordentlich und anständig aus wie ein Mädchen auf der WHA-Broschüre. Ich schenke den Puppen ein zuckersüßes Lächeln. „Muss daran liegen, dass mich alle eure drei Boyfriends wie Tiere ficken."

Als sie verärgert gehen, starrt Dixie mich ehrfürchtig an. „Du warst wirklich mal ein gemeines Mädchen, oder?"

„Ja. Das war ich." Ich streiche meinen Rock glatt, um den Schweiß von meinen Handflächen zu wischen. Ich hasse es, andere Mädchen niederzumachen. Das will ich nie wieder machen. Aber ich werde mich nicht hinlegen und auf den Bauch drehen, wenn sie mich wie eine Hündin behandeln.

„Hast du die Darlings wirklich … du weißt schon." Dixies Gesicht wird rot und sie senkt wieder ihren Blick.

„Natürlich nicht", sage ich, versuche, mein rasendes Herz und die zitternden Hände zu beruhigen.

„Warum hast du das gesagt?", fragt Dixie. „Du machst es nur noch schlimmer für dich."

Ich schnaube. „Ich glaube, das haben wir hinter uns. Wie kann es schlimmer werden? Gerüchte zu leugnen, lässt sie nicht verschwinden. Die Leute werden sie glauben, egal was ich sage. Also kann ich die Tatsache genauso gut akzeptieren, dass ich jetzt die Schulschlampe bin. Vielleicht kann ich etwas daraus machen."

„Sie hat recht", sagt Dolly in ihrem süßen, gedehnten Tonfall. „Du kannst den Gerüchtezug nicht aufhalten. Du kannst nur mitfahren, bis jemand Interessanteres einsteigt."

VERRATE MICH

„Ich bin vom Zug geworfen worden", sagt Dixie leise.

„Du vermisst es, nicht wahr?", frage ich, lege den Kopf schief und betrachte meine komplizierte Freundin.

„Ja", gibt sie achselzuckend zu. „Aber ich wusste, dass es nicht von Dauer sein würde. Eine dicke Unterstuflerin ist ein langweiliges Ziel. Es ist vorhersehbar. Offensichtlich bin ich *wirklich* eine Hündin."

„Scheiße", stöhne ich. „Niemand hier ist eine Hündin. Wehe, du sagst das noch einmal."

„Na gut", sagt sie. „Aber du musst zugeben, dass es sowohl für die Zuschauer als auch für die Darlings selbst interessanter ist, wenn sie auf jemandem ihrer eigenen Größe herumhacken."

„Vielleicht trifft das zu, wenn du von meinen Brüdern sprichst, aber ich habe kaum ihre Größe."

„Du bist eine Herausforderung", sagt Dixie. „Dich zu ruinieren ist schwieriger. In ihren Augen war ich ruiniert, bevor ich hierherkam. Sie habe nur ihre Zeit mit mir abgesessen, weil sie eine Hündin brauchten. Sie wollten immer jemanden, der Biss hatte."

„Devlin liebt Herausforderungen", sagt Dolly und betrachtet mich kritisch.

„Wer wählt die *Darling Dog* aus?", frage ich. „Du hast gesagt, es gibt immer nur eine. Halten sie nur ein Jahr durch?"

Ein Jahr dieser Scheiße könnte mich mehr als ruinieren. Es würde mich vielleicht umbringen.

„Die Jungs suchen sich die Hündin aus", sagt Dolly. „Aber nach dem, was ich gehört habe, sind sie nicht allein verantwortlich."

„Was meinst du?", frage ich und mein Herz schlägt schneller.

„Opa Darling hat seine Finger überall, wenn es um seine Familie geht", sagt sie. „Er weiß auch, was mit seinen fünf Söhnen und all ihren Kindern los ist. Zumindest die legitimen. Ich wette, es gibt auch ein Dutzend oder mehr Darling-Bastarde, die in der ganzen Stadt verstreut sind."

„Hat er nicht sieben Söhne?", frage ich.

VERRATE MICH

Dolly wirft einen Blick zur Tür und senkt die Stimme. „Ja, aber er hat ein paar von ihnen nicht anerkannt. Wir reden nicht über sie. Sie nutzen nicht einmal seinen Nachnamen."

„Verdammt."

„Yup", sagt sie. „Die Enkel, die hierherkommen, sind aber offensichtlich seine Lieblinge. Ich meine, ihre Familie hat geholfen, diese Schule zu gründen. Ich habe gehört, Opa Darling und ein paar der Söhne sind immer noch in den Midnight Swans. Man sieht sie manchmal zu ungewöhnlichen Zeiten in der Schule."

„Die Midnight Swans?", frage ich, meine eigene Stimme wird trotz meiner Aufregung leiser.

„Der Geheimbund?", flüstert Dixie mit großen Augen.

„Ja", sagt Dolly. „Ich glaube nicht, dass ich davon wissen sollte, aber als ich ein Kind war, hörte ich meinen Vater einmal darüber reden. Sie sind superexklusiv und du musst eine richtige Zeremonie durchmachen, um hineinzukommen. Aber wenn du erst einmal drin bist … bist du dein Leben lang verpflichtet."

Klingt sehr nach Mafia, finde ich. Das behalte ich aber für mich.

„Wow", haucht Dixie. „Ich frage mich, ob mein Vater dabei ist."

„So ziemlich jeder, der Mitglied ist, besucht eine Ivy-League-Schule und jeder große Macker hier in Faulkner war Mitglied", sagt Dolly. „Zu den Treffen kommen alle Ehemaligen aus der Umgebung und natürlich die Neuankömmlinge."

„Welche die drei Darlings sind, die hier zur Schule gehen", schätze ich.

„Yup", sagt sie. „Sie treffen sich nachts hier. Ich bin mir ziemlich sicher, dass Opa Darling das Oberhaupt der Swans ist, aber das wissen sicher nur die Mitglieder."

Die Erkenntnis durchzuckt mich. Letzte Nacht hat mir Devlin versprochen, er würde wegen Royal „herumfragen". Er muss wohl seinen Großvater fragen, den Typen, der anscheinend alles weiß, was in dieser Stadt vor sich geht. Ich kann den Adrenalinstoß nicht aufhalten, der durch mich rast, als mir klar wird, dass er dieses Risiko für mich eingehen wird. Für meinen Bruder, den er hasst.

Vielleicht kann ich ihn doch dazu bringen, sich in mich zu verlieben. Vielleicht hat er es schon getan.

Mein Puls flattert bei dem Gedanken, aber ich verdränge diese Gefühle und wende mich an meine Freunde. „Weißt du, wann und wo sie sich treffen?"

„Nein", sagt Dolly. „Crystal, was immer du gerade vorhast, du kannst das nicht tun. Wenn du ihr Treffen ausspionierst, würden sie … Ich weiß nicht, was sie tun würden. Aber das willst du nicht."

„Vielleicht doch", sage ich.

Bevor sie widersprechen kann, läutet die Glocke. Eine Gruppe Mädchen betritt das Badezimmer und wir gehen hinaus.

Beide Cousins von Devlin stehen keine zwei Meter vor dem Badezimmer wie Perverse. Als Preston uns sieht, leuchten seine Augen vor Wut auf. Sein Handgelenk und Unterarm sind eingegipst. Ich zucke zusammen und schlucke schwer. Ich habe nicht gewollt, dass er so verletzt wird. Eine Milchdusche ist eine Footballkarriere kaum wert.

„Du hängst mit *ihr* ab?", fragt er und sein Blick brennt in mich.

„Ich habe dir doch gesagt, ich habe es satt, eure Puppe zu sein", sagt Dolly. „Ihr dürft euch meine Freunde nicht aussuchen. Fahr zur Hölle, Preston Darling."

Sie schiebt sich an ihm vorbei und marschiert davon, ihre winzige rosa Handtasche schwingt von ihrem Handgelenk.

„Verschwinde, Winn-Dixie", sagt Colt, wirft sich die Haare aus der Stirn und deutet mit dem Kinn auf meine andere Freundin.

„Entschuldigung", flüstert sie mir zu, bevor sie davoneilt.

Ich schaue von einem Jungen zum nächsten, mein Herz schlägt bis in meine Kehle, während ich wiederhole, was Carmen gesagt hat. Ist das ein eskaliertes Gerücht gewesen oder eine Warnung vor ihren Plänen?

VERRATE MICH

„Du", sagt Preston zu mir, seine braunen Wangen werden vor Wut dunkler. Alles an ihm ist scharf wie eine Klinge – seine Augen, sein Kinn, sein Kiefer, die Stacheln in seinem Haar. Er besteht nur aus harten Winkeln und kalte Wut. Er macht einen Schritt vorwärts, seine breiten Schultern drohen mir, als er mich gegen die Wand drückt. „Warum zum Teufel bist du noch hier?"

Ein Schauder durchfährt mich und ich schlucke schwer, bevor ich spreche. „Es tut mir leid", sage ich wahrheitsgemäß. „Diese Verletzung würde ich niemandem wünschen, Preston. Nicht einmal dir."

Seine blauen Augen brennen sich in mich und er drängt sich vorwärts, bis er mich fast berührt, nur einen Zentimeter Abstand zwischen uns lässt. Er spricht langsam und knirscht die Worte hervor. „Du verlässt besser diese Schule und verschwindest wie dein Bruder."

„Wage es nicht, mit mir über Royal zu reden", zische ich zurück. „Es sei denn, du sagst mir, wo er ist."

„Das Einzige, was ich dir sage, ist: Verschwinde", sagt er. „Wenn du bis Ende des Tages nicht weg bist, wirst du es bereuen, jemals einen Fuß in diese Schule gesetzt zu haben."

Er dreht sich um und geht weg und lässt mich zitternd mit Colt zurück. Er wirft sich mit dieser beiläufigen Geste die Haare aus den Augen, als ob das, was gerade passiert ist, ihn nichts anginge. „Wenn ich du wäre, würde ich zuhören", sagt er. „Warum gehst du nicht zurück nach New York, wo du hingehörst? Wäre das nicht schöner, als wenn dich alle verachten? Das kann doch kein Spaß machen, oder, Sweetie Pie?"

„Verpiss dich und stirb", sage ich und stoße mich von der Wand weg. „Weißt du, jedes Mal, wenn ich mit einem von euch rede, denke ich, dass einer schlimmer als der andere sein muss."

„Nun, sei nicht so", sagt er mit einem leichten Grinsen und schließt zu mir auf. „Du weißt, dass unsere Warnung in deinem besten Interesse ist. Preston wird dich vergewaltigen, in den Arsch ficken, wenn du nicht zuhörst."

Mitten im Flur bleibe ich stehen und alle anderen müssen um mich herumlaufen, obwohl die Hälfte langsamer wird und ihre Hälse sich recken, um zu sehen, was ihr Prinz mit mir, der Schulhündin, macht.

„Im Ernst, was ist los, Colt?", fordere ich. „Führt ihr jeden Tag einen Wettbewerb aus, um zu sehen, wer von euch am psychotischsten sein kann?"

Colt tritt näher, senkt seine Stimme und berührt meinen Ellbogen. Unsere Blicke treffen sich und für einen Moment sehe ich echte Besorgnis. Das ist der Junge, der mein Freund gewesen ist, der Junge, der mit mir im Unterricht gescherzt hat, der Junge, der mich beim Homecoming geküsst hat.

Und dann erinnere ich mich, dass es derselbe Junge gewesen ist, der einen Waffenstillstand organisiert und mich zu Homecoming mitgenommen hat, damit seine Familie meinen Bruder hat überfallen können, während wir nicht da gewesen sind.

Er beugt sich näher und beugt sich vor, um in mein Ohr zu sprechen. „Pass auf dich auf."

In der nächsten Sekunde verschwindet er im Flur, seine Drohung lässt mich lange schaudern.

Zweiundzwanzig

Devlin

Andere Mädchen könnten mir hinterhersteigen, aber sie würden mich nie erwischen. Für Preston ist das vermutlich der Nervenkitzel. Das ist sein Spiel. Gib ihnen gerade genug, um Hoffnung zu bekommen. Bring sie dazu, dir hinterherzulaufen, lass sie sich selbst erniedrigen. Sieh zu, wie sehr sie sich erniedrigen würden, um sein Spielzeug, seine *Darling Doll*, zu werden. Die Hälfte der Zeit hat er ihnen nicht das gegeben, was sie gewollt haben. Das ist es, was sie wirklich kaputt gemacht hat.

VERRATE MICH

Mich haben sie aus einem anderen Grund nie erwischt. Ich habe kein Interesse daran gehabt, erwischt zu werden. Ich habe kein Interesse daran gehabt, verfolgt zu werden. Ich habe kein Interesse gehabt, Punkt, Ende, aus.

Und dann ist sie gekommen. Ein Mädchen, das mir nie hinterhersteigen würde. Ein Mädchen, das nicht einmal in meiner Nähe herumhängt und so getan hat, als würde sie nicht auf ein Stichwort warten, ein Zeichen dafür, dass ich interessiert sein könnte. Das haben sie mit Preston gemacht. Sogar die Mädchen, die behauptet haben, ihn nicht zu wollen, die schwer zu bekommen sind, haben nur darauf gewartet, dass er sie anlächelt, um ihnen den Samen der Hoffnung zu schenken. Und sobald er es getan haben, haben sie ihn wie Ameisen Honig umschwärmt.

Crystal hat nicht in meiner Nähe aufgehalten, mir Seitenblicke zugeworfen und gehofft, dass ich hinschauen würde. Sie ist klug gewesen. Sie ist mir aus dem Weg gegangen. Sie hat sich verdammt noch mal von mir ferngehalten.

SELENA

Selbst nach dem, was zwischen uns passiert ist, ist sie nicht anhänglich oder bedürftig wie Dolly geworden. Sie kann nicht dazu gebracht werden, mir auf Schritt und Tritt zu folgen. Dafür respektiert sie sich selbst zu sehr. Und das hat mich dazu gebracht, sie zu respektieren. Das macht sie zum ersten Mädchen, das mich jemals dazu gebracht hat, sie fangen zu wollen.

Dreiundzwanzig

Crystal

Mein Herz schmerzt wegen der Menschen, die allein durchs Leben gehen. Die Leute, die keine ganze Familienarmee haben, um sie aufrechtzuhalten. Die keine tollen Freunde haben, auf die sie zurückgreifen kann. Vor allem wegen des Mädchens, dessen Leben ich zerstört habe. Jetzt verstehe ich es. Ich weiß, wie es sich anfühlt, einfach so zu sein. Verdammt noch mal. Zerbrochen.

„Wir werden Royal finden und die Darlings ein für alle Mal ausschalten", sagt Papa. Er steht im Wohnzimmer vor dem aufgestellten Tisch, Papiere und Landkarten sind darauf verstreut. „Wir alle haben eine Rolle zu spielen. Wer seine Rolle kennt, weil wir sie heute bereits besprochen haben, kann gleich loslegen."

SELENA

Onkel Benny und Onkel Donny nehmen eine Karte und setzen sich auf die Couch, die Köpfe zusammengebeugt, während sie besprechen, was sie tun werden. King und Onkel Vinny schließen sich einer anderen Gruppe an, zu der ein paar Cousins, unser Großvater, ein Großonkel und ein Typ gehören, den ich Onkel nenne, obwohl er nicht blutsverwandt mit uns ist. Unsere Familie ist kompliziert.

Um ehrlich zu sein, bin ich mir nicht sicher, ob ich wissen möchte, was sie vorhaben. Es ist mir egal. Wenn dadurch Royal zurückkommt und es ihm gut geht, ist es alles wert.

„Der ganze Landkreis sucht", fährt Papa fort. „Der Bürgermeister hatte heute eine Pressekonferenz. Die Polizei ist an Bord, dank Vinny, der sie ein wenig bearbeitet hat." Er hebt ein Glas und spricht einen Toast auf den Anwalt in der Familie aus und ein nüchterner Chor von „Hipp, hipp, hurra" erklingt, bevor sich alle wieder ihren Aufgaben zuwenden.

„Eure Schule führt ihre eigenen Ermittlungen gegen jeden durch, der etwas wissen könnte. Denkt daran, dass wir ihren Fokus auf die Darlings lenken und dort halten möchten. Sprecht mit der Schulleitung. Ich werde dasselbe machen. Vergesst nicht, zu erwähnen, wie sehr euch diese Jungs gequält haben."

Etwas Merkwürdiges verknotet sich in meinem Bauch. Es stimmt, dass die Darlings seit unserer Ankunft nichts anderes getan haben, als uns anzugreifen und zu bekämpfen. Aber ihnen so nachzugehen, fühlt sich irgendwie falsch an.

Ich schiebe den Gedanken weg. Alles, was Royal nach Hause bringt, ist richtig. Wenn wir dazu auf ein paar Zehen treten müssen, ist das eben so. Sie würden uns dasselbe antun.

„Wo ist Mama?", frage ich und schaue mich um.

Es herrscht Stille, bevor Nonna meine Hand nimmt und sie drückt. „Deine Mutter ruht sich aus", sagt sie.

„Du meinst, sie ist betrunken?", frage ich und weiche zurück.

Niemand antwortet.

„Aber das stimmt doch", sage ich. „Ich bin es leid, so zu tun, als ob. Ihr müsst mich nicht abschirmen und beschützen. Ich bin kein Kind. Ich weiß, dass Mama eine Lusche ist. Und ich möchte helfen, Royal zu finden. Also, das werde ich tun: Ich werde Devlin Darling dazu bringen, sich in mich zu verlieben, und er wird mir alles erzählen, was er über Royal, die Midnight Swans und den Darling-Patriarchen weiß. Und dann werde ich ihn verlassen, wie er mich verlassen hat."

Die Onkel bewegen sich und ckecken Papas Reaktion.

„Crystal, wir werden nicht zulassen, dass er dich so benutzt", sagt King. „Du weißt, Royal würde nicht wollen, dass du das für ihn tust."

„Nein", sagt Papa und hält eine Hand hoch, um seinen ältesten Sohn zum Schweigen zu bringen. Seine Augen bleiben jedoch auf mich gerichtet. „Ich denke, das ist ein guter Plan, Crystal. Halte uns auf dem Laufenden, wie es sich entwickelt."

Ungläubig stehe ich da. Der Großteil in mir ist erleichtert, dass es so gut gelaufen ist, glücklich, dass er so bereitwillig zugestimmt hat, aber ein Teil von mir ist auch verletzt. Ich muss in Papas Augen wirklich ruiniert sein, damit er mich meinen Körper so benutzen lässt.

„Wirklich?", frage ich.

„Sie haben den Bau meines neuen Bürogebäudes eingestellt", sagt er. „Dadurch verliere ich jeden Tag Geld. Das Fundament sollte vor einer Woche gegossen werden. Wir müssen ihren Fokus von der geschäftlichen Seite der Dinge lenken und persönlicher werden."

„Ich sage, gieß das Fundament", sagt Onkel Donny. „Wann hat Tony Dolce sich jemals von ein wenig Bürokratie aufhalten lassen?"

Donny ist so ziemlich die erwachsene Version von Duke – laut, grob und verdammt stolz auf unseren Familiennamen.

„Du hast recht", sagt Papa. Dann wendet er sich an meine Zwillingsbrüder. „In der Zwischenzeit muss einer von euch die Tochter des Bürgermeisters bei Laune halten. Kauft ihr, was immer sie will."

„Bin dran", sagt Duke und hebt eine Hand.

„Gut", sagt Papa. „Baron, ich möchte, dass du deine Reize an der Lieblingsenkelin des alten Bastards ausübst. Zeig ihnen, dass wir das Spiel auch spielen können, wenn sie persönlich werden wollen."

„Warte, was?", frage ich. Niemand achtet auf mich. Sie sind zum nächsten Darling übergegangen, den sie ruinieren müssen. Nun, ich wollte ein bisschen aus meiner Komfortzone, um zu sehen, was jenseits der kleinen Blase ist, die meine Familie so sorgfältig für mich pflegt. Das ist die Chance, dies zu tun. Gleichgestellt oder zumindest wie etwas in der Art behandelt zu werden. Ich bin nicht naiv genug zu glauben, dass meine Brüder Mädchen mit Liebe und Respekt behandeln, aber ich möchte nicht, dass sie irgendjemandem das antun, was Devlin mir angetan hat.

„Mabel?", fragt Baron und verzieht das Gesicht.

„Ja, Mabel", sagt Papa. „Glaubst du, du kannst das?"

Baron wirft Duke einen unheilvollen Blick zu und nickt dann. „Ich werde es versuchen. Aber ich bin mir ziemlich sicher, dass sie ein Roboter ist."

VERRATE MICH

„Und, King", sagt Papa und wendet sich an meinen ältesten Bruder. „Wenn du nicht mit deinen Onkeln arbeitest, kannst du nebenan Mrs. Darling bearbeiten."

„Was?", flüstere ich und starre meinen Vater an, als hätte ich ihn noch nie gesehen. Geflüster über die Mafia sind eine Sache. Mamas Paranoia, dass Papa sie wegen einer jüngeren Frau verlässt, ist eine andere Sache. Aber das? Das ist etwas ganz anderes.

„Du wolltest am Tisch der Erwachsenen sitzen", sagt Duke grinsend, lehnt sich in seinem Stuhl zurück und verschränkt die Hände hinter dem Kopf. „Willkommen bei der Erwachsenenversion der Dolces."

„Ist jeder im Klaren über seine Aufgabe?", fragt Papa.

„Kristallklar", murmele ich. „Wenn ich es schaffe."

„Du bist eine Dolce", sagt Nonna und lächelt mich mit einem Augenzwinkern an. „Wir Frauen wissen, wie man Männer dazu bringt, sich in uns zu verlieben."

„Das tun wir?", frage ich. „Ich bin mir ziemlich sicher, dass ich diese Eigenschaft nicht geerbt habe."

„Lass uns einen kleinen Spaziergang machen", sagt Nonna und zwinkert mir zu. „Ich könnte frische Luft gebrauchen."

„Jetzt?", frage ich und strecke die Arme über meinen Kopf. Es ist kurz vor Mitternacht und ich weiß, dass sie nur rauchen will. In Wahrheit möchte ich jedoch nicht riskieren, auf dem Rasen einem bestimmten schlaflosen Footballgott zu begegnen.

„Wir werden uns etwas Zeit lassen, um von Frau zu Frau zu reden", sagt Nonna und legt meine Hand in ihre Ellbogenbeuge. Ihr Griff ist stärker, als man erwarten würde, wenn man nicht wüsste, dass meine Großmutter seit Jahren Kampfkunstunterricht nimmt, um sich in Form zu halten.

Sie zerrt mich zur Tür und bleibt nur stehen, um meinen Großvater vor uns zu lassen. Er zupft ihren Mantel von der Kleiderstange und hält ihn ihr hin, während sie mit den Armen hineinschlüpft. Er beugt sich hinunter, um ihr einen Kuss auf die Lippen zu geben, dann öffnet er uns die Tür. Sie gibt ihm auf dem Weg zur Tür einen Klaps auf den Po. Gott, kein Wunder, dass ich so notgeil bin. Ich habe diese Eigenschaft definitiv von der Dolce-Seite geerbt.

Sobald wir jedoch auf dem Rasen stehen, bin ich froh, draußen zu sein. Die Luft ist kühl und frisch und ein silbriger Halbmond erhellt das Gras, das heute Nacht von einem frischen Wind getrocknet wird. Blätter fallen und wirbeln über das Gras, werden von der riesigen Eiche gerissen, wo Devlins Reifenschaukel hängt, und den Fliederbüschen zwischen unseren Grundstücken. Ich ziehe meine leichte Jacke enger um mich und hake mich bei Nonna ein. An der Ecke des Hauses hält sie an, um die Flamme zu schützen, während sie sich ihre Zigarette anzündet. Dann gehen wir über das Gras.

„Also wirst du mir sagen, wie man einen Mann dazu bringt, sich zu verlieben?", frage ich.

Nonna muss die Skepsis in meiner Stimme hören, denn sie lacht und stößt mit ihrer Hüfte gegen meine. „Kling nicht so überrascht. Dein Großvater und ich führen immer noch ein sehr aktives Liebesleben."

„Ihh", sage ich. „Vergiss es. Es tut mir leid, dass ich gefragt habe."

„Muss es nicht", sagt sie. „Ich bin froh, dass du alt genug bist, um meine Weisheit zu teilen. Weißt du, ich habe einmal versucht, mit deiner Mutter zu sprechen, bevor sie meinen Tony heiratete. Aber sie wollte keine der alten Methoden wissen. Wenn du mich fragst, wäre es ihr viel besser ergangen, wenn sie zugehört hätte."

„Nicht, dass es dich etwas angeht und ich wünschte, sie würden es nicht zu meinem Problem machen, aber meine Eltern haben immer noch sehr viel *Liebesleben*, wie du es so sanft formuliert hast."

Nonna lacht wieder, dann zieht sie an ihrer Zigarette. Blätter wehen vorbei, kratzen mit einem unheimlichen, papierartigen Rascheln aneinander. „Nun, in meiner Jugend bekam ich einen Rat von meiner Großmutter. Ich habe versprochen, ihn weiterzugeben. Deine Mutter fand ihn sehr skandalös, aber er hat mich noch nicht enttäuscht."

VERRATE MICH

Mama mag vieles sein, aber sie ist nicht verklemmt. Wenn sie etwas skandalös gefunden hat, werde ich es wahrscheinlich auch nicht mögen.

„Wobei hat er dich noch nicht im Stich gelassen?", frage ich. „Dein Sexualleben verbessern?"

„Oh, nein", sagt Nonna. „Das braucht keine Unterstützung. Wenn du eine fuchsige Dame wie mich und einen besessenen Mann wie deinen Großvater hast, ist das ganz natürlich."

„Okay", sage ich langsam. „Was ist dann dieser magische Liebestrank?"

„Genau das", sagt sie. „Dadurch verliebt sich ein Mann in dich. Er kann nicht anders, als sich zu verlieben, sobald du ihm eine Kostprobe gegeben hast."

„Wovon?", frage ich.

„Deinem Blut", sagt sie. „Du musst einen Tropfen Blut in sein Essen geben."

„Na ja", sage ich. „Das ist ein bisschen ... verrückt."

„Nicht irgendein Blut", sagt Nonna und lächelt mich verschwörerisch an. „Dein *besonderes* Blut."

„Mein was?", frage ich und wünschte dann, ich hätte es nicht getan. Ich ziehe meinen Arm weg. „Oh, ekelhaft! Du kannst nicht meinen, was ich denke."

Nonna wirft ihren Kopf zurück und lacht. „Ich befürchte, genau das meine ich."

„Ich erzähle das Opa." Ich verschränke die Arme und versuche, böse zu gucken, anstatt zu lachen, denn was kann ich sonst noch tun?

„Das würdest du nicht tun", schimpft sie.

„Nonna, bitte sag mir, dass du Opa nicht wirklich einen Tropfen deines Menstruationsblutes gegeben hast."

„Das habe ich allerdings getan", sagt sie. „Und es tut mir nicht leid. Es hat unsere Ehe all die Jahre stark sein lassen. Dein Großvater hat sich unsterblich in mich verliebt und er würde bis heute alles für mich tun. Wenn du möchtest, dass dein Kerl dasselbe für dich tut und dir die gewünschten Informationen gibt, musst du meinem Beispiel folgen."

Ich kneife die Augen zusammen und versuche, mir vorzustellen, Devlin so etwas anzutun. „Vielleicht haben die Leute das in den Siebzigern getan", sage ich. „Heutzutage? Eher nicht."

„Versuch es einfach", sagt Nonna. „Was ist das Schlimmste, was passieren könnte?"

„Ich weiß nicht", sage ich. „Er könnte es herausfinden und ich könnte vor Scham sterben?"

„Oh, schäme dich nicht", sagt sie und winkt ab. „Frauen machen das schon seit Tausenden von Jahren. Wenn du keine bessere Idee hast, solltest du es zumindest versuchen. Es wird ihm nicht schaden. Ich verspreche es. Dein Großvater ist gesund wie ein Ochse."

„Ich weiß nicht …"

Ich denke an letzte Nacht. Devlin ist nicht schreiend weggerannt, als ich ihm gesagt habe, dass ich meine Periode habe. Es hat ihn nicht einmal wirklich interessiert. Nichts an unserer Beziehung ist normal, gesund oder konventionell. Nichts daran ist ehrlich oder offen. Wenn ich ihm ein bisschen mehr Geschmack in seinen Kaffee geben möchte, was macht er dann? Nichts, das ist es. Selbst wenn es nicht funktioniert, was es natürlich nicht wird, wird es mir die Genugtuung geben zu wissen, dass ich ihn mit etwas Ekelhaftem gefüttert habe.

„Gut", sage ich schließlich. „Aber sei nicht enttäuscht, wenn wir nicht für immer glücklich miteinander leben. Ich bringe ihn nur dazu, sich in mich zu verlieben, damit ich Informationen aus ihm herausholen kann."

Und breche sein grausames steinernes Herz in eine Million Stücke. Falls er überhaupt ein Herz hat. An diesem Punkt würde ich ihn mit Zauberbohnen füttern, wenn ich denken würde, dass er sich dadurch verlieben würde. Verzweifelte Zeiten erfordern verzweifelte Maßnahmen.

Vierundzwanzig

Crystal

Früher haben wir über Leute gelacht, die Hellseher und Wahrsager besucht haben. Wir haben von unseren Thronen aus die Bauern, die Götzen aus Schmuck herstellen und ihre Hasenfüße und vierblättrigen Kleeblätter umklammern, gespottet. Wie verzweifelt müssen die sein, haben wir gesagt.

Verzweifelt, in der Tat.

„Hier", sage ich und setze mich in der Biostunde mit zwei Kaffeetassen hin. Ich schiebe Devlin eine zu, bevor ich auf den Stuhl rutsche, um meine Hände in meinem Schoß zu verstecken, damit er sie nicht zittern sieht.

SELENA

„Jetzt bringst du mir Kaffee?", fragt Devlin, seine Augen verengen sich misstrauisch. „Ich dachte nicht, dass du eines dieser Mädchen bist."

„Bin ich nicht", sage ich. „Damit kannst du vielleicht den ganzen Morgen wach bleiben und heute Nacht verdammt noch mal schlafen gehen, anstatt mich mit deinem Mitternachts-Footballtraining wachzuhalten."

„Es ist ein Spieltag", sagt er. „Ich werde um Mitternacht nicht zu Hause sein."

Ich versuche, nicht darüber nachzudenken, was das bedeutet. An das Mädchen, mit dem er nach dem Spiel nach Hause gehen wird, welche Cheerleaderin sich an ihn klammern wird und Komplimente über seine erstaunliche Leistung säuselt, mit den Wimpern klimpert und nach seinen Tattoos fragt.

„Dann gib ihn zurück", sage ich und schnappe mir seine Tasse. Ich habe das Thema Football vergessen, das, was heute Abend in der Stadt passieren würde, wie jeden Freitag. Royal interessiert sie nicht wirklich. Sicher, es ist in den Nachrichten gekommen, als er verschwunden ist. Der Bürgermeister hat gesagt, falls jemand „den Ausreißer" sehen würde, sollen sie die Behörden anrufen. Aber niemand denkt, dass er hier ist.

Ich habe vergessen, dass das Leben für den Rest der Welt normal weitergeht. Alles, was ich gedacht habe, ist, dass es der letzte Tag der längsten Woche meines Lebens ist. Wenn ich nichts tue, um mich davon abzulenken, dass Royal seit einer Woche verschwunden ist, werde ich vielleicht implodieren und mein Herz zu einem schwarzen Loch werden lassen, das den Rest von mir verschlingt.

„Woher weißt du, wie ich meinen Kaffee mag?", fragt Devlin und nimmt den Drink zurück. Ein Lächeln zuckt um seine Mundwinkel, während er mich weiterhin misstrauisch ansieht.

„Weiß ich nicht", sage ich. „Also trink ihn schwarz wie ein Mann."

Devlin tauscht meine Tasse geschickt mit seiner aus. „Du hast meinen wahrscheinlich vergiftet."

„Dann trink halt den Glitziditzi-Kaffee", sage ich achselzuckend. Wenn ich das schaffen will, muss ich so tun, als hätte ich seinen Kaffee nicht manipuliert. Ich zwinge mein Gesicht, gleichgültig zu bleiben, während ich einen Schluck von seinem schlichten schwarzen Kaffee trinke. Ich zwinge mich, nicht zu würgen, während ich daran denke, was ich hineingemischt habe. Ich zwinge mich, nicht nach einem Hauch von Salz oder Eisen zu suchen.

Gott sei Dank schmeckt er wie normaler schwarzer Kaffee.

Devlin sieht mir zu, wie ich noch einen Schluck von seinem Kaffee trinke, als würde er darauf warten, dass ich zu Boden falle und sich vor meinem Mund Blasen bilden. Er nimmt einen Schluck von meinem und verschluckt sich. Für eine Sekunde denke ich, er wird das Zeug wieder auf den Tisch spucken. Dann schiebt er ihn zu mir zurück und schnappt sich den schwarzen Kaffee, nimmt einen so großen Schluck, dass er sich verdammt noch mal den Mund und Rachen verbrennen muss. Der Typ zuckt nicht einmal zusammen. Entweder hat er geübt, kochendes Wasser zu schlucken, oder er kann eine Menge Schmerzen ertragen.

„Was zum Teufel trinkst du da?", fragt er.

VERRATE MICH

„Einen Cappuccino mit Keksen und Sahne", sage ich. „Er ist köstlich, falls du das noch nicht bemerkt hast. Das perfekte Verhältnis von Zucker, Koffein und Schokolade."

„Natürlich trinkt die Tochter des Süßwarenherstellers Zucker wie Wasser." Er schüttelt den Kopf und runzelt die Stirn, während er noch einen Schluck von seinem Kaffee trinkt. Ich versuche, nicht hinzustarren. Mich nicht komisch zu verhalten, als der Unterricht beginnt. Aber ich beobachte ihn weiter aus dem Augenwinkel und warte darauf, dass er mich in seinem Kaffee schmeckt. Ein bösartiger kleiner Teil von mir ist jedes Mal begeistert, wenn er etwas trinkt, denn ich weiß, dass ich in der Tasse mit dem Kaffee bin, und ihn mit meiner weiblichen Essenz verzaubere. Ein kranker Teil von mir wünscht sich, er würde es bemerken, dass er wüsste, dass er mich trinkt.

Er nimmt einen Schluck und leckt sich die Lippen und eine andere Art von Nervenkitzel durchströmt mich. Ich drücke die Knie zusammen, ein atemloser Schmerz wächst zwischen ihnen, während ich sein grübelndes, maskulines Profil beobachte. Ich stelle mir seine Zunge vor, seine Lippen wieder auf meinen, seine starken Hände drücken meine Oberschenkel auf, die Stoppeln an seinem Kinn kratzen über meine zarte Haut. Langsam schaut er mich aus dem Augenwinkel an. Und grinst.

Ich reiße meinen Blick von ihm weg und ziehe den Kopf ein. Scheiße. Er hat mich beim Starren erwischt. Er ist so verdammt sexy, dass ich mich nicht aufhalten kann. Keine zwei Minuten später schaue ich noch einmal hin. Diesmal ist er derjenige, der schnell wegschaut.

Ich sehe ihm zu, wie er aus einem Becher trinkt, der einen einzigen Tropfen Blut enthält, wie den Tropfen, den ich am Morgen nach Royals Verschwinden auf der Auffahrt gefunden habe.

Das ist für ihn. Nicht für mich.

Ich ertränke meine widersprüchlichen Gefühle im Zucker und Koffein meines Cappuccinos, atme jeden Tropfen ein und wünsche mir, ich hätte mehr. Es gibt nicht genug Zucker auf der Welt, um mich Devlin Darling vergessen zu lassen.

Fünfundzwanzig

Crystal

Es ist Tag 6. Hat Hoffnung einen Sinn?

Mitten in der letzten Stunde bekomme ich eine Nachricht aus dem Sekretariat, in der mir gesagt wird, dass ich nach der Schule ins Fitnessstudio gehen soll, um Coach Snow zu treffen. Ich weiß nicht einmal, wer das ist, also werde ich aufmerksam. Am Ende des Unterrichts gehe ich zu meinem Schließfach. Keine zwei Schritte vor der Klassenzimmertür wartet King auf mich.

„Schon wieder?", frage ich und kneife die Augen zusammen. King verfolgt mich den ganzen Tag wie ein Schatten.

„Wenn diese Arschlöcher echte Männer wären, würden sie uns gleichberechtigt bekämpfen", sagt er. „Sie sind zu dritt jetzt so stark wie wir. Aber das sind Fotzen, die hinter unserer kleinen Schwester her sind. Bis ich weiß, dass du an dieser Schule sicher bist, bekommst du eine Eskorte."

„Okay", sage ich. „Aber hast du heute kein Footballtraining?"

„Ja", sagt er. „Du kannst kommen und zuschauen."

„Eigentlich muss ich dahin", sage ich und überreiche ihm den Zettel. „Weißt du etwas davon?"

Er scannt ihn und gibt ihn lächelnd zurück. „Ja. Das ist der Coach für die Cheerleader. Papa muss mit ihr gesprochen haben."

„Na super", murmele ich. Ich habe gerade nicht die Energie, Papa zu bekämpfen. Wenn er möchte, dass ich cheerleade, wäre das nicht das Schlimmste auf der

Welt. Ich vermisse es manchmal irgendwie. Es wird mich zumindest von Royal ablenken. Etwas Körperliches zu tun, das Konzentration erfordert, wird mich für eine Weile aus meinen Gedanken befreien. Und nachdem mich alle Schlampen in der Truppe fertiggemacht haben, hätte ich nichts dagegen, aufzutauchen und ihre kleinen Köpfe wegzusprengen.

„Ich werde dich dorthin begleiten", sagt King. „Komm raus aufs Feld, wenn du fertig bist."

Unterwegs treffen wir keine Darlings, aber ich sehe Baron, der sich an die Schließfächer lehnt, seine Bücher in einer Hand haltend. Er spricht mit dem Mädchen, das wir vor dem Anwesen des Darlings gesehen haben. Sie ignoriert ihn fleißig, während sie in ihrem Spind wühlt.

„Moment mal", sage ich, als mir unser Gespräch vom Tag zuvor in den Sinn kommt. „*Das* ist Mabel Darling?"

„Ja", sagt King, als ob ich das wissen sollte. „Devlins Schwester."

SELENA

„Was?", frage ich fassungslos. Devlin hat eine *Schwester?* Es ergibt keinen Sinn. Ich habe kein einziges Mal gesehen, wie sie Devlins Haus verlassen oder betreten hat, und ich beobachte es öfter, als ich zugeben möchte. Ganz zu schweigen davon, dass sie sich so gut in die Menge einfügt, dass sie praktisch unsichtbar ist. Das erwarte ich nicht von einer Darling. Ich habe gedacht, ich könnte unsichtbar sein, aber das habe ich an dieser Schule keinen einzigen Tag lang geschafft, obwohl mich damals niemand gekannt hat. Sie kommt aus einer Familie, die jeder auf ein Podest stellt, aber ich habe noch nie jemanden in der Schule auch nur ihren Namen sagen hören. Und sie fährt verdammt noch mal einen Prius. Wieso ist sie der Liebling von Opa Darling?

Aber das stört mich nicht. Was mich stört, ist der dümmste Grund von allen. Devlin hat eine Schwester nie erwähnt.

Reiß dich zusammen, Bitch, schimpfe ich mich streng. Devlin gegenüber darf ich nicht wie ein Weichei auftreten. Ich habe einen Plan. Einen Plan, ihn zu zerstören. Ich muss mich daran erinnern, dass ich ihn hasse, dass das alles nur Show ist. Und warum zum Teufel sollte mir Devlin von seiner Schwester erzählen? Es ist nicht so, als ob wir daten würden.

Und selbst wenn wir es täten, wenn er meine Füße küsst, ist mir seine Schwester egal. Mir ist nur wichtig, dass er mich so sehr liebt, dass ich ihn und seine Familie ein für alle Mal brechen kann. Es ist mir egal, dass sie in diesem Krieg ein Opfer sein könnte.

Alles ist fair.

„Sie ist nichts Besonderes", sagt King und reißt mich aus meinen Gedanken. „Nein, nicht wie du."

„Ich habe sie vor ihrem Haus gesehen", sage ich. „Ich dachte, sie wäre die Putzfrau."

King lacht. „Ich habe gehört, sie ist der akademische Typ. Sie ist aber heiß. Besser als ihre Mutter."

„Wirst du das wirklich tun?", frage ich und schaue zu meinem Bruder auf, während wir weiter den Flur entlanggehen.

Er zuckt mit den Schultern. „Du musst tun, was du tun musst. Ich habe nichts gegen ältere Frauen."

„Ja, aber …"

Wir kommen im Fitnessstudio an, bevor ich meine Meinung zu dieser Situation ausdrücken kann. King hält mir die Tür auf, dann tritt er ein und geht zu einem Büro neben dem Fitnessstudio. Eine Trainerin, die ich auf dem Campus gesehen habe, steht auf und kommt uns auf halbem Weg durch die Turnhalle entgegen. King erinnert mich daran, ihn beim Training aufzusuchen, wenn ich fertig bin, und entschuldigt sich dann, nachdem er Coach Snow die Hand geschüttelt hat. Als er weg ist, wendet sich die Trainerin an mich. Sie ist klein und muskulös, braun gebräunt und unter den aufgerollten Ärmeln ihres schwarzen Poloshirts tätowiert. Ihr kurzes blondes Haar hat sie in einem Schwung aus der Stirn gekämmt, sie kann nicht viel älter sein als die meisten Studenten hier.

„Danke fürs Vorbeischauen", sagt sie und bedeutet mir, ihr in ihr Büro zu folgen. „Ich bin auf dem Weg zum Training mit meinen Mädchen, aber ich wollte Sie erwischen, bevor Sie doe Schule verlassen."

„Danke?"

„Wie Sie wahrscheinlich wissen, habe ich mitten in der Saison vier meiner Mädchen verloren und ich habe gerüchteweise gehört, dass Sie an einer Position in der Truppe interessiert sein könnten." Die Trainerin setzt sich hin, zieht ihre Tennisschuhe aus und greift nach einem Paar Leinenschuhen.

Ich bin sicher, sie hat einen Anruf von Papa bekommen. Ich bezweifle ernsthaft, dass die Darlings mich ins Cheerleader-Team lassen werden, wenn Lacey und die anderen in Ungnade gefallenen Puppen von ihnen rausgeschmissen worden sind, aber ich kann ihm zumindest sagen, dass ich es versucht habe.

„Okay", sage ich langsam.

„Ich habe mich über Sie erkundigt und bin beeindruckt", fährt Coach Snow fort. „Die Truppe Ihrer letzten Schule war wirklich etwas Besonderes und Sie sind eindeutig talentiert. Haben Sie Lust, es zu probieren?"

Sie richtet sich vom Schuhebinden auf und wirft den Pony aus ihrer Stirn, stützt ihre Hand auf ein Knie und sieht mich erwartungsvoll an, während sie darauf wartet, dass ich ihr Angebot annehme. Ihre Stimme ist geschäftlich und ihre Augen sind scharfsinnig. Ich habe keinen Zweifel, dass sie eine harte Trainerin sein wird – die beste Art.

„Ja", sage ich, werfe meinen Pferdeschwanz über die Schulter, damit er meinen Rücken herunterhängt, und strecke die Schultern. „Ich werde bis nächsten Freitag eine originelle Routine choreografiert haben."

„Das ist nicht nötig", sagt die Trainerin, steht auf, sammelt einen Haufen Pompons ein und wirft sie in eine Kiste, während sie spricht. Ihr Ärmel rutscht hoch und enthüllt ein Pride-Tattoo, das bestätigt, was ich bereits vermutet habe.

„Das macht mir nichts", sage ich. „Ich möchte es probieren und mir meinen Platz verdienen, genau wie jede andere im Team. Ich möchte nicht, dass irgendjemand denkt, dass Sie mich besonders behandeln."

Coach Snow schnaubt und steht auf und klemmt sich die Kiste mit Pompons unter den Arm. „War das an deiner letzten Schule so?"

„Ich will nur nicht, dass die anderen Mädchen es mir übelnehmen", sage ich. „Wir nehmen bereits die

Plätze ihrer Freundinnen ein. Wenn sie uns hassen, wird es keine sehr geschlossene Truppe sein."

Sie zieht eine Augenbraue hoch. „Uns?"

„Ach ja", sage ich. „Ich habe zwei Freundinnen, die es mit mir versuchen werden."

Sie reibt sich die Schläfe, für eine Minute denke ich, sie wird nein sagen. Ich werde nicht heulen, wenn sie es tut, aber ich möchte nicht mit einem Haufen Bitches in der Truppe sein, die mich hassen. Wenn ich die soziale Leiter aufsteige, bringe ich meine Freundinnen mit nach oben.

„Okay", sagt sie, hebt den Kopf und nickt. „Nächsten Freitag."

Sie will sich der Tür zuwenden, aber ich halte sie auf. „Warten Sie", sage ich. „Sind Sie … von hier?"

„Hier geboren und aufgewachsen", sagt sie, ihr Kinn steht ein wenig vor.

„Sind Sie eine Darling?", frage ich.

Sie lacht. „Sie fragen sich, wie eine ausgeflippte Lesbe einen Job an einer schicken Schule in einer Kleinstadt wie Faulkner bekommen hat?"

„Nun …"

„So, wie ich es sehe, kann man, wenn man es hier schaffen will, entweder so sein, wie sie es wollen, oder tun, was sie von einem wollen", sagt sie. „An den meisten Tagen denke ich, ich habe die richtige Wahl getroffen."

Sie schwingt sich herum und geht und lässt mich einfach da stehen, wo ich ihre Worte zu verdauen versuche.

Ich gehe zur Tür, die zum Footballplatz führt, aber gerade als ich sie erreiche, schwingt sie auf und ich stehe Preston gegenüber. Mein Herz macht einen kleinen Salto in meiner Brust, und das nicht aus einem angenehmen Grund. Ich erstarre und er hält inne, als er mich sieht, und starrt mich nur einen langen Moment an.

Schließlich tritt er ein und zwingt mich einen Schritt zurück, wenn ich nicht mit seiner breiten, festen Brust kollidieren will. Er lässt die Tür los und sie schließt sich mit einem endgültigen Klick hinter ihm, das Schloss rastet ein. Seine Augen verlassen meine nicht. „Ich dachte, ich hätte dir gesagt, du sollst verschwinden und nicht zurückkommen", sagt er, seine Stimme ist eine pure Drohung, die mir einen Schauer über die Haut jagt.

„Ich dachte, ich hätte dir gesagt, dass ich mich deinen Forderungen nicht beugen werde", schieße ich zurück und zwinge meinen Tonfall, ruhig zu bleiben, obwohl mein Herz in meiner Brust hämmert.

„Du bist nicht sehr schlau, oder?", fragt Preston und macht einen einzigen Schritt auf mich zu.

„Verwechsele mangelnden Gehorsam nicht mit mangelnder Intelligenz", antworte ich. „Ich weiß, was ich tue."

Ich verfluche mich selbst, sobald die Worte aus meinem Mund kommen. Ich kann sehen, wie Preston sich an ihnen festklammert und seine scharfen Augen mit mehr Interesse auf mich gerichtet sind, als mir lieb sind.

„Das wette ich", sagt Preston und legt den Kopf schief. „Ich glaube, du bist hinterhältiger, als meine Jungs dir zutrauen."

„Ich weiß nicht, wovon du redest", sage ich und mache einen Schritt zurück, in der Hoffnung, Distanz zwischen uns zu bringen, ohne dass er es bemerkt.

Sein Blick fällt für eine Sekunde auf meine Füße. Diesem Darling kann ich nichts vortäuschen. „Ich glaube, das tust du", sagt er langsam. „Du spielst gerne das unschuldige Opfer, aber du hast Gift in deinen Adern, nicht wahr, Dolce?"

„Ich glaube, das ist das erste Mal, dass du mich bei meinem Namen nennst, anstatt bei diesem dummen Hundenamen, den du für mich erfunden hast."

„Du bist mehr als eine Hündin", sagt er und tritt vor.

Ich trete zurück und lege meinen Kopf schräg, um zu ihm hochzublicken. „Bin ich das?"

Schnell wie eine Schlange peitscht seine Hand hervor und seine Finger schließen sich um mein Handgelenk. „Das denkst du sowieso", sagt er. „Du denkst, du bist ein Dachs. Aber ich werde dir etwas anderes beibringen, kleines Hündchen. Du wirst lernen, dass du eine verdammte Hündin bist, wenn wir sagen, dass du eine Hündin bist."

„Lass mich gehen", sage ich und reiße an meinem Arm.

Prestons Griff wird nur fester. „Siehst du, das ist das Problem mit dir", sagt er. „Du denkst immer, du hast die Macht zu verhandeln. Dass du etwas hast, was wir wollen. Aber das tust du nicht."

„Ich habe etwas, das Devlin will", platzt es aus mir heraus, ich grabe meine Fingernägel in seine Hand und versuche, mein anderes Handgelenk zu befreien.

Preston stößt ein schnaubendes Gelächter aus. „Nein. Wir haben deine Jungfräulichkeit nicht genommen, weil wir sie wollten. Wir haben sie genommen, weil wir wussten, dass du sie schätzt."

Also hat Devlin ihnen gesagt, dass ich Jungfrau gewesen bin. Natürlich hat er das getan, verdammt noch mal.

„*Du* hast nichts genommen", weise ich ihn darauf hin. „Deine Familie hat mich nicht gefickt, Preston. Niemand außer Devlin hat mich berührt."

Preston stößt ein schnaubendes Gelächter aus. „Nein, Babygirl", sagt er mit leiserer Stimme. „Vielleicht ist Devlin der Einzige, der diese süße Muschi gerammelt hat, aber wenn meine Familie sagt, du bist am Arsch, bist du am Arsch."

„Nun, ich bin mir sicher, Devlin wird sich freuen, wenn er erfährt, dass sein Schwanz euch allen gehört."

„Er gehört ganz sicher nicht dir", sagt Preston und tritt noch näher. „Du denkst, weil er dich entjungfert hat, dass es ihm nicht scheißegal ist, was danach mit dir passiert? Ich könnte dich nackt vor seine Füße werfen und er würde einfach über dich hinwegsteigen und weitergehen."

„Nun, er hat seitdem noch ein paarmal mit mir gevögelt", erwidere ich, Wut pulsiert durch meinen Schmerz. Weil er dasselbe sagt, was Devlin tut, und eine Weile kann ich nicht anders, als mich zu fragen, ob das wahr ist. Vielleicht bin ich nur ein dummes Mädchen und denke, es bedeutet etwas, obwohl es für Devlin nur einen einfachen Fick bedeute.

Überraschung blitzt auf Prestons Gesicht auf, so schnell, dass ich fast glauben könnte, dass ich es mir eingebildet habe. Aber ich tue es nicht. Er weiß nicht, dass Devlin noch mal was mit mir gehabt hat.

Ich habe keine Zeit, mich zu fragen, warum Devlin ihnen diesen Teil nicht erzählt hat.

„Lügnerin", sagt Preston und sein Gesichtsausdruck wird beängstigend ruhig. „Siehst du, das ist ein weiteres Problem mit dir. Du bist aalglatt. Wir erniedrigen dich immer wieder und du hüpfst immer wieder hoch, anstatt dort zu bleiben, wo du hingehörst – unter unseren Füßen."

„Vielleicht liegt es daran, dass ich dort nicht hingehöre", schieße ich zurück. „Und du bist einfach zu stolz, um zuzugeben, dass du einen Fehler gemacht hast. Ich bin keine Hündin und auch kein anderes Mädchen an dieser Schule. Warum musst du die Leute trotzdem in Schach halten, Preston? Ist es so beängstigend, sich vorzustellen, dass jemand dir ebenbürtig sein könnte?"

Er schnaubt und zerrt mich durch die Turnhalle, während ich mich sträube und versuche, meine Absätze in den Boden zu stemmen. „Niemand ist uns ebenbürtig, Mädel. Am allerwenigsten du."

„Hast du Angst, dass alle deine Hündinnen wild werden und dich fressen?" Ich werfe mich nach hinten, als er eine Tür erreicht und ich das Schild darauf sehe, mein Herz bleibt stehen. Er stößt die Tür mit der Schulter auf und zerrt mich in die Jungenumkleide.

„Jede Hündin kann gebrochen werden", sagt er. „Du bist einfach schwerer zu erziehen als eine gute Hündin. Dixie, sie war eine gute Hündin. Hielt einfach die Klappe und nahm es hin. Du bist eine schwierige Hündin. Aber das bedeutet nicht, dass du nicht gebrochen werden kannst. Es macht es nur süßer zu sehen, wenn du dabei wie ein Keks zerbröckelst."

„Meine Brüder werden jeden Moment hier drin sein und mich suchen", sage ich, mein Herz rast und Panik krallt sich in meine Haut.

„Das glaube ich nicht", sagt Preston und reißt mich so fest weiter, dass meine Schulter droht, sich auszukugeln, wenn ich ihm nicht folge. Ich stolpere hinter ihm her, als er mich unter die Dusche schiebt, wobei er mein Handgelenk immer noch so fest umklammert, dass meine Finger taub geworden sind. „Weißt du, sie werden etwas länger beschäftigt sein als alle anderen, da heute Abend ihr erstes Spiel ist. Sie werden uns nicht im Weg sein. Und der Rest der Jungs … Nun, sie verdienen sich eine kleine Belohnung vor dem Spiel. Sie haben so hart gearbeitet."

„Lass mich gehen", sage ich, obwohl ich so stark gekämpft habe, dass mein Arm alle Kraft verloren hat und ermüdet. Ich bin nicht schwach, aber Preston ist ein Kerl, der bei Weitem größer und stärker ist als ich.

Aber er hat nur einen guten Arm. Ich verschwende keine Zeit damit, darüber nachzudenken. Ich balle meine freie Hand zu einer Faust und schlage ihm, so fest ich kann, auf seinen gebrochenen Arm.

Sechsundzwanzig

Crystal

Prestons Schmerzensschrei ist Musik in meinen Ohren. Ich habe nicht einmal Mitleid mit ihm, als ich mich um ihn herum ducke und aus der Tür des Umkleideraums flitze, während er über seinen Arm gekrümmt zurückbleibt und Flüche ausstößt. Ich schaffe es halb durch die Turnhalle, als ich höre, wie die Tür hinter mir aufgeht. Ich schaue nicht zurück. Ich laufe einfach.

Als ich die Hand ausstrecke, um die Türen des Fitnessstudios aufzustoßen, verschwinden sie unter meinen Händen, und ich pralle kopfüber mit einem Mann zusammen, den ich vage als einen der Footballtrainer erkenne. Ich stolpere rückwärts und drehe meine Arme, um das Gleichgewicht zu halten. Bevor ich wieder ganz Halt finden kann, klammert sich ein Arm von hinten um mich, drückt mich an einen muskelharten und vor Wut zitternden Körper.

„Helfen Sie mir", platzt es aus mir heraus und ich kämpfe gegen ihn.

Der Trainer runzelt die Stirn und sieht von mir zu Preston, als würde er abwägen, wie viel ihn das kosten wird.

„Das ist eine Darling-Angelegenheit", sagt Preston, sein Atem geht immer noch schwer wegen der Schmerzen. „Kommen Sie erst nach dem Training zurück."

„Nein", schreie ich. „Sie müssen mir helfen."

Der Trainer schaut weg.

Meine Hoffnung zerbröckelt, als er mit den Füßen scharrt und dann rückwärts aus der Turnhalle geht und die schwere Tür vor meinem Gesicht zufallen lässt. Mein schnelles Atmen hallt durch die Turnhalle, während ich austrete und kämpfe. Preston trägt mich durch den

Raum, drückt meine Arme an meinen Seiten fest und meine Beine kicken aus, bei jedem Schritt, den er macht, und treffen seine Schienbeine. Als er die Umkleidekabine erreicht, schleudert er mich gegen die Tür. Ich habe keine Zeit zu reagieren, mich vorzubereiten. In einem Moment bemühe ich mich, mich zu befreien, und im nächsten nutzt er diesen Schwung, um mich nach vorn zu werfen. Ich pralle gegen das Holz, mein Gesicht berührt es im selben Moment wie meine Hände. Die Tür fliegt nach innen auf und ich falle auf die Knie, zu betäubt, um mich zu bewegen, schon ist er auf mir und seine Hand ballt sich in meinen Haaren zu einer Faust. Blut tropft von meiner Nase zwischen meinen Händen hindurch auf die weißen Kacheln.

„Du musstest dich wie eine Schlampe benehmen", knurrt er und zerrt mich über den Fliesenboden. „Nun bezahlst du für deine Sünden und die Sünden deines Vaters."

Er zerrt mich an den Haaren und schiebt mich in die gefliste Duschkabine, in die er mich zuvor gebracht hat. Mein Kopf stößt gegen die Fliesen und ich kämpfe darum, meinen Rock unten zu halten, während Preston mir die Beine wegzieht.

„Nein", schreie ich und trete ihn.

Er zückt ein Messer, packt meinen Fuß mit der Hand seines gebrochenen Armes und zieht vor Schmerz Luft ein. Ich kann mir nicht vorstellen, wie sehr es ihm jetzt wehtut, diese Hand zu benutzen, aber ich versuche es auch nicht. Etwas Wildes überrennt mich, als er mit diesem Messer meinen Rock hochschiebt. Ich … verliere einfach den Verstand.

Ich rappele mich auf, Panik stiehlt alle meine Gedanken. Ich brauche keinen Stolz, keinen Vorwand an Grazie. Ich bin ein Tier, mit dem Rücken in der Ecke gefangen. Ich kämpfe. Ich schlage ihm das Messer aus der Hand. Ich schlage, kratze, trete, beiße und schreie. In mir herrscht nur weiße, blinde Panik. Preston schubst mich immer und immer wieder zurück, bis mein Kopf fest genug an der Kachel aufschlägt, dass Schwärze meine Sicht übernimmt. Meine Knie geben nach und durch einen Nebel von Schwindel spüre ich, wie Preston meine Hände hochzieht. Er sitzt auf meiner Brust und ich kann nicht atmen. Ich ertrinke in meinem eigenen Blut. Ich kämpfe und die Welt wird dunkler.

Als meine Sicht klar wird, spüre ich, wie er mich hochhebt. Etwas schneidet in meine Handgelenke und meine Schultern werden hochgezogen. Ich kämpfe darum, Halt zu finden, dankbar, als ich nach oben gezogen werde. Ich schwanke auf den Füßen, taumele, weil meine Arme über meinen Kopf gezogen sind. Ich reiße an meinen Händen, nur um zu begreifen, dass sie über meinen Kopf gefesselt sind, befestigt an dem Duschkopf, der aus der Wand ragt.

„Lass mich gehen", sage ich, meine Stimme erstickt in einem Schluchzen, das noch nicht herausgekommen ist.

Ich höre Preston hinter mir und drehe mich um, um zu sehen, wie er das Messer hochhebt, das ich weggeschlagen habe.

„Je härter du kämpfst, desto schlimmer machst du es für dich selbst", sagt er, sein Atem rennt vom Kampf. „Aber du musst wohl jede Minute deines Lebens eine Fotze sein. Du kannst nicht einfach wie ein normaler

Mensch brechen. Also, ich schätze, wir müssen das auf die harte Tour machen."

Er stellt sich hinter mich, sein heißer Atem an meinem Hals jagt kalte Schauer durch meinen ganzen Körper. Sein Arm schlingt sich um mich, der plumpe Gips streift meine andere Hüfte. Ich wimmere vor Angst, als die kalte Schneide seines Messers die empfindliche Haut meiner Innenseite des Oberschenkels streift. Prestons psychotisches Lachen erreicht meine Ohren, als er sich noch näher beugt. Langsam schiebt er das Messer höher. Ich schließe meine Augen. Ich kann das nicht. Ich kann es nicht. Ich muss sterben, bevor er mir das antut. Die Spitze seiner Klinge drückt zwischen meine Schenkel und ein keuchendes Schluchzen entweicht mir.

Prestons Messer bewegt sich von meiner Haut weg und heftige Schauer erschüttern meinen Körper. Seine ungeschickte Hand greift nach meinem Kleid und zieht es stramm, während die Klinge es durchschneidet.

„Hast du gedacht, ich würde dich mit der Klinge meines Messers ficken?", flüstert mir Preston ins Ohr.

Und dann lacht er.

SELENA

Ein weiteres unwillkürliches Schluchzen durchfährt mich und zerreißt mir die Schultern, während mein ganzer Körper vor Angst zuckt. Preston hält sich nicht lang mit dem Kleid auf, zieht es mir aus, bis ich in BH und Höschen dastehe, zur Schau gestellt wie ein Opfer.

Ersticktes, unkontrollierbares Schluchzen erfasst mich, als er sich an meinem BH zu schaffen macht, dann gleitet die Klinge seines Messers über die Rückseite meiner Unterhose, sodass ich die stumpfe Kante der Klinge an meinem Schlitz spüren kann, bevor er den Stoff durchschneidet. Er reißt ihn mir herunter und lässt mich komplett nackt zurück.

Er beugt sich vor, die Hitze seines Körpers ist wie eine Drohung an meiner zitternden Haut und er kichert. „Ich könnte dich jetzt ficken", flüstert er und seine Finger landen auf meiner Hüfte. Seine Berührung ist nicht mit Devlins Leidenschaft zu vergleichen. Prestons Berührung ist leicht, fast wie eine Liebkosung.

„Nein", flüstere ich durch zitternde Lippen und mein Körper versteift sich bei dem Versprechen in seinen

Fingern. Es ist das einzige Wort, an das ich überhaupt denken kann. Mein Widerstand ist erloschen und lässt mich in einer kalten Paralyse der Angst zurück.

„Doch", sagt er mit beschwingter Stimme, als sein Mund mein Ohr streift. „Ich könnte es. Verstehst du nicht, Crystal? Du hast keine Wahl. Du hattest bei alldem nie eine Wahl. Du bist nur eine Schachfigur für uns, genauso wie du eine Schachfigur für deine eigene Familie bist. Es gibt keine Möglichkeit, dem Spiel zu entkommen, außer aus dem Spiel genommen zu werden."

Ich schließe meine Augen und fühle die Taubheit in meinen Armen, weil sie so lange über meinem Kopf hängen. „Dann tu es einfach", flüstere ich. „Nimm mich raus."

„Du tust es schon wieder", sagt Preston mit spöttischer Stimme. „Das entscheidest nicht du. Denn wir sind die Spieler und du die Schachfigur. Und wir werden dich weiterhin ausspielen und dich benutzen, um deine Familie anzugreifen. Und wenn du uns nichts mehr wert bist, weil wir dich so ruiniert haben, dass du für deine eigene Familie wertlos bist, dann hören wir auf. Aber *wir* werden dir sagen, wann du das Spiel verlassen darfst. Je früher du begreifst, dass du nichts zu sagen hast, desto einfacher wird es für uns alle."

„Na gut", sage ich. „Ich habe nichts zu sagen. Mach mit mir, was du willst. Aber bitte binde mich los, Preston. Meine Schultern tun weh. Ich kann meine Hände nicht spüren."

„Ein bisschen Schmerz hat noch keinem geschadet", sagt er und bewegt seine Nase von meinem Ohr in die Vertiefung über meinem Schlüsselbein. Seine Finger drücken nur ein kleines bisschen fester und seine Hüften schwingen nach vorn, gleiten für eine Sekunde über meinen nackten Hintern, gerade lang genug, damit ich fühlen kann, dass er hart ist.

Ich keuche und er lässt mich los, tritt beiseite und mustert mich. Nie zuvor habe ich mich so sehr verstecken wollen, als er zurücktritt, um mich zu begutachten. Ein Grinsen kräuselt um seine Lippen und sein erhitzter Blick wandert zurück zu meinem. „Verdammt", sagt er. „Ich kann verstehen, warum Devlin dich für sich behalten hat."

VERRATE MICH

Tränen steigen mir in die Augen, das Blut läuft über mein Gesicht und tropft auf mein Kinn, Hals und Brust. Ich flehe ihn noch einmal an, aber er schüttelt nur den Kopf und tritt einen weiteren Schritt zurück. „Das nennt man: Fürs Team Opfer bringen", sagt er. „Denk darüber nach, während ich weg bin. Aber keine Sorge. Ich komme mit den anderen wieder. Auch wenn ich verletzt bin und nicht spielen kann, kümmere ich mich um meine Jungs. Ich möchte nicht verpassen, wie sie diesen leckeren kleinen Leckerbissen finden, den ich hier für sie hinterlassen habe."

Er lacht und geht hinaus, ignoriert mein Schreien und Weinen, dass er zurückkommen soll. Ich bin allein. Ich bin nackt in der Jungenumkleide. Ich bin mit etwas, das wie ein Basketballnetz aussieht, an den Duschkopf gefesselt. Ich drehe und ziehe, versuche, mich zu befreien. Meine Schultern verkrampfen sich und mein Körper zittert vom ganzen Schluchzen, aber ich kann die Fesseln nicht lösen, egal was ich tue. Endlich tue ich, was Preston gewollt hat, was sie alle gewollt haben, seit ich zum ersten Mal durch die Türen von Willow Heights gelaufen bin. Ich sacke gegen die kalte Fliesenwand und gebe auf.

Siebenundzwanzig

Devlin

Das Training am Spieltag ist ein Witz. Nur zehn Minuten rangeln, um uns zusammenzubringen und unseren Kopf ins Spiel zu bringen, dann gehen wir alle auf die Knie und hören zu, wie der Coach versucht, uns aufzuhetzen. Diesmal herrscht eine angespannte Stimmung. Preston schließt sich der Gruppe an, obwohl er nicht spielen kann, und das ernüchtert alle. Unser Coach scheint darauf bedacht zu sein, sich zu bücken und sich von den Dolces in den Arsch ficken zu lassen, also soll ich jetzt den Ball für diese Arschlöcher werfen.

Das wird verdammt noch mal nicht passieren. Football bedeutet mir viel, aber nicht mehr als Familie und nicht so viel wie Preston. Sie haben ihm den Arm gebrochen und ich werde sterben, bevor ich einem Dolce einen einzigen Pass in die Hände werfe.

Außer in ihre.

„Dolces, ihr bleibt noch eine Minute hier", ruft unser Offensivtrainer und winkt sie herüber, während der Rest von uns zur Hintertür der Umkleidekabine geht, die sich zum Spielfeld hin öffnet.

„Ich habe eine Überraschung für euch alle", sagt Preston, klatscht auf Hände und Ärsche, während er vor uns joggt und die Tür aufzieht. Wir strömen alle herein und ich gehe Richtung Dusche. Ich bin nicht daran interessiert, welche Cheerleaderin Preston dazu überredet hat, dem halben Team einen zu lutschen. Vor mir stehen fünf oder sechs Typen, die sich um eine der Duschkabinen versammelt haben. Sie schubsen sich gegenseitig an und kichern. Ich beginne, mich an ihnen vorbeizudrängen, aber Colts Hand fällt auf meine Schulter und drückt fest zu.

VERRATE MICH

„Das willst du sehen, Mann."

Will ich nicht, aber etwas in seiner Stimme erregt meine Aufmerksamkeit. Ich wende mich zum ersten Mal der blau gekachelten Duschkabine zu, und dann sehe ich sie.

Sie hat sich an die Wand gedrängt, ihre Augen sind riesig und ihr Haar zerzaust, sie sieht aus wie ein verwundetes Tier. Ihre Handgelenke sind zusammengebunden, ihre Arme nicht ganz gerade, sondern über den Kopf gezogen. Und sie ist verdammt noch mal nackt.

Es sollte heiß sein, dein Mädchen gefesselt und wartend zu sehen, nicht ein bisschen angezogen, aber nichts daran ist sexy. Ihr Make-up ist verschmiert, ihr Haar ist strähnig und zerzaust und Blut hat sich um ihre Nasenlöcher verkrustet und läuft ihr Kinn hinunter, Tröpfchen laufen ihren Oberkörper runter. Ein riesiger blauer Fleck schwillt in der Mitte ihrer Stirn an. Sie sieht aus wie eine Hündin, die so geschlagen worden ist, dass sie zum Sterben unter eine Veranda gekrochen ist.

SELENA

„Wer zum Teufel hat das gemacht?", frage ich, drehe mich dem Team zu und suche nach Preston.

Die Jungs verstummen, ihre Augen wandern zwischen mir und meinen Cousins hin und her. Sie wissen es besser, als einzugreifen und einen Schritt zu unternehmen, bevor wir es sagen.

„Ich war das", sagt Preston. Der Scheißkerl lächelt so ruhig wie möglich.

„Das ist meine Hündin", sage ich und balle meine Hände zu Fäusten. Ich bin kurz davor, den Verstand zu verlieren, und es ist mir egal.

„Ich dachte, sie wäre *unsere* Hündin", sagt er.

Der Gedanke daran, dass er ihr Kleid ausgezogen und ihre weiche Haut berührt hat, lässt mich jeden Knochen seines verdammten Körpers brechen wollen, beginnend mit seinem anderen Arm.

„Ja, Baby", sagt Colt und greift an mir vorbei, um mit seinen Fingern über Crystals Rücken zu streichen. Sie schreckt zurück, krümmt den Rücken, um Abstand zu ihm zu bekommen, und ein entsetztes Wimmern entkommt ihren Lippen. Das ganze Team fickt dieses

Mädchen mit den Augen, dieses Mädchen, dessen Körper nur mir gehört.

„Hol dir deine eigene Hündin", knurre ich und stoße seinen Arm so fest weg, dass er flucht und seine Hand ausschüttelt. „Die gehört mir."

Ich trete auf sie zu und packe sie im Nacken.

„Beweise es."

Mein Kopf schwenkt herum und findet Preston, der da steht, mich beobachtet und mich herausfordert. In der Schule will jeder, dass einer von uns der Anführer ist, also bin ich das. Preston fordert mich in der Schule nicht heraus und außerhalb der Schule kenne ich die Wahrheit – wir sind uns so nah wie Brüder, alle gleich, so wie es sein sollte.

„Was?", frage ich und kneife die Augen zusammen.

Die anderen Jungs im Team stehen wie erstarrt da, machen kein Geräusch, atmen kaum.

„Sie sagt, du hättest sie nicht gefickt", sagt Preston. „Wenn sie dir gehört, gehört sie dir. Ich werde sie nicht mehr anfassen. Aber ich brauche Beweise."

„Ich habe sie gefickt", sage ich und meine Finger zittern vor Wut an Crystals Nacken. Sie zittert, ihre Haut ist klamm und kalt. „Wenn hier jemand an meinem Wort zweifelt, habe ich die Bettwäsche, um es zu beweisen."

Ich begegne ihren Blicken und jeder Typ in der Umkleidekabine schaut weg. Niemand wird mein Wort in Frage stellen. Aber die Person, die ich wirklich sehen möchte, kauert neben mir und versucht, meinen Körper als Schutzschild zwischen sich und den umherstreifenden, hungrigen Augen meiner Teamkollegen zu nutzen. Ich will sie schütteln und fragen, warum sie Preston erzählt hat, dass wir nicht miteinander geschlafen haben.

„Sie sagt, du hättest sie nicht gefickt, und ihre Muschi ist so eng, dass ich kaum einen Finger reinbekomme", sagt Preston. „Also wenn du sie wirklich gefickt hast, dann zeig uns, wie es geht."

Ich kann spüren, wie die glühende Flamme meiner Wut eine Ader an meiner Schläfe pulsieren lässt. Ich möchte ihm einen Finger nach dem anderen abhacken, um sicherzugehen, dass nichts von ihm übrig ist, was sie berührt hat. Sie gehört *mir*. Nicht ihm. Nicht uns. Jeder Zentimeter von ihr, innen und außen, gehört mir und mir allein. Nur ich darf sie berühren. Nur ich darf sie zum Kommen bringen, sie zum Weinen bringen, sie zum Betteln bringen. Nur ich darf sie brechen, auf die Knie zwingen, und wenn sie da ist, will ich ihr einziger Fokus sein, ihre Anbetung sowie ihren Gehorsam bekommen.

„Hast du sie gefickt?", frage ich und schaue das Mädchen kein einziges Mal an. Meine Wut brennt sich in meinen Cousin. „Wenn du sie gefickt hast, reiße ich dir den Schwanz ab und der Beweis sind *deine* verdammten Laken."

Einige der Jungs murmeln unruhig. Sie sind es nicht gewohnt, an der Spitze Ärger zu sehen. Wir sind immer eine einheitliche Front gewesen. Es gibt uns drei und es gibt die anderen.

Und jetzt ist sie da.

„Das habe ich nicht gesagt", murmelt Crystal und drückt ihren Körper an die Fliesenwand. „Ich habe ihm gesagt, dass wir es dreimal getan haben."

SELENA

Das kapiere ich es. Preston ist nicht derjenige, der den Code gebrochen hat.

Ich bin es gewesen.

Ich bin derjenige, der den unausgesprochenen Pakt gebrochen hat, die Vereinbarung zwischen uns. Ich habe zugelassen, dass sie sich ranschleicht, dass sie sich zwischen uns quetscht. Ich habe ihn denken lassen, dass sie für mich immer noch eine Hündin ist. Ich habe ihm nicht gesagt, dass ich sie immer noch ficke. Aber sie hat es ihm gesagt.

Jetzt ergibt das alles Sinn. Das ist keine Herausforderung, um zu sehen, ob ich ihm vor dem Team gehorche. Das ist die Buße dafür, dass ich es ihm nicht gesagt habe. Er ist verdammt gerissen. Sobald er gewusst hat, dass ich ihm nichts von ihr erzählt habe, hat er gewusst, dass er mich hier erwischen würde. Nur so können wir die Dinge zwischen uns wieder in Ordnung bringen. Ich muss zugeben, dass ich es vermasselt habe, und ihn wissen lassen, dass es mir leidtut.

„Wenn du sie schon gefickt hast", sagt Preston langsam. „Dann ist es keine große Sache. Zeig uns, wie du deine Hündin fickst, Devlin."

„Ja, Mann, lass die Party beginnen", sagt Colt und stützt einen Ellbogen auf Prestons Schulter, mit dem scheißefressenden Grinsen im Gesicht. Er packt seinen Schwanz und reibt ihn. „Ich bin als Nächster dran. Ich will meinen Schwanz nass machen, bevor der Rest sie ruiniert."

Dieses Arschloch will nur zusehen, wie ich eine Schlampe ficke, und diese Tatsache nervt mich mehr als alles andere. Nur weil sie auf diesen Scheiß stehen, heißt das nicht, dass ich es tue, und Colt weiß es.

„Nein", flüstert Crystal, ihre Stimme kaum hörbar.

„Niemand berührt sie", knurre ich.

„Dann mach du es", sagt Preston. „Entweder fickst du sie oder wir werden es tun."

„Nein", sagt Crystal, diesmal lauter, aber ihre Stimme ist ein erbärmliches Zittern.

SELENA

Ich wende mich ihr zu. Ich weiß, es geht nicht nur um jetzt. Wenn ich das Preston und sogar Colt nicht beweise, werden sie es tun. Wenn nicht jetzt, dann später.

Ich möchte sie fragen, was sie wählen würde, aber ich kann nicht. Nicht hier, nicht während sie alle zuschauen.

Ich packe die Schnur, die sie hochhält, und ziehe sie zu mir. Crystal keucht, ihr Körper dreht sich langsam, als sie sich von der Wand entfernt. Als sie mir den Rücken zukehrt, trete ich näher und presse meinen Körper an ihren. Ich halte sie vor mir fest, lege meine Hand auf ihren glatten Bauch und vergrabe mein Gesicht in ihrem Haar. Ihr Geruch lässt mich hart werden und das Gefühl ihres Arsches an meinem Schwanz tut das Übrige. Wenn ich ignoriere, dass sie wie ein Schlachtvieh vor mir hängt, und die anderen wie ein Rudel hungriger Hunde darauf warten, den Rest zu verschlingen, ist sie einfach Crystal, das Mädchen, das ich mehr will, als ich soll. Das Mädchen, das mir unter die Haut gegangen ist und meinen Kopf auf alle möglichen Arten fickt.

VERRATE MICH

Ich lege einen Arm um ihre Brust und versperre den anderen die Sicht. Ich will nicht, dass ihre Augen auf ihren Titten liegen, auf den harten Gipfeln ihrer steifen Nippel. Das Gefühl auf meiner Haut lässt mich fast laut stöhnen.

„Ist es das, was du willst?", flüstere ich an ihrem Hals, wo keiner von ihnen es sehen kann. Das Geräusch bleibt in ihrem Haar vergraben und ich weiß nicht einmal, ob sie es hören kann. „Willst du, dass ich dich ficke?"

Als Antwort bäumt sie sich zurück und drückt ihren runden Arsch gegen meinen Schwanz. Ich will sie nicht so haben, vor einem Dutzend anderer Typen. Ich will nicht hart sein, so wenig Kontrolle über meinen eigenen Schwanz haben, dass er sogar jetzt vor Publikum an ihrem Arsch pulsiert, wenn sie sich dagegen reibt.

Ich möchte sie allein ficken, der einzige Mann sein, der jemals ihre ekstatischen Schreie hört, wenn sie kommt. Ich teile nicht. Wenn ich in ihr bin, will ich keine außer ihren Augen auf mir haben. Hier in einer öffentlichen Umkleide möchte ich zu sauer sein, um irgendetwas zu spüren, besonders nicht erregt werden. Zu wütend, um zu tun, was Preston will, weil er es herausgefunden hat, bevor ich es mir selbst eingestehen kann.

Ich bin angewidert von mir selbst, von der Hitze, die durch meine Adern, durch meine Muskeln strömt, bei dem Gedanken, wieder in ihr vergraben zu sein. Ich schäme mich, als ich meine Hand tiefer gleiten lasse, zwischen ihre Beine greife und ihren Venushügel bedecke, damit unsere Zuschauer ihn nicht sehen können, schäme mich, dass der Gedanke an ihre enge, nasse Fotze meinen Verstand überflutet und Blut in meinen Schwanz rast, so stark, dass es schmerzt.

Die Wahrheit ist, ich bin blind vor Lust wegen ihr. Ich bin verrückt vor Verlangen, meinen Schwanz und meine Eier tief in ihr zu versinken, mit meinem ganzen Körper abzuspritzen, wie nur sie es schafft. Ich würde mir meinen eigenen Schwanz abreißen, bevor ich sie von jemand anderem ficken lasse. Bevor ich es mir ausreden kann, reiße ich die Kordel an der Vorderseite meiner Hose auf und schiebe die Vorderseite weit genug nach unten, um meinen Schwanz herauszuholen.

VERRATE MICH

Die Jungs jubeln alle. Ich versuche, sie nicht zu hören, aber ich kann spüren, wie sie zusehen und wie Hunde keuchen, während dieses Mädchen, das wir Hündin nennen, ihren Kopf nach vorn neigt, damit ihr Haar ihr Gesicht verbirgt, und darauf wartet, dass ich sie zu ihrem Vergnügen nagele.

Plötzlich schwillt Wut in meiner Brust an und umklammert mich wie eine Faust. Ich drücke meinen Schwanz nach unten und presse die dicke Eichel gegen ihren Eingang. Ich möchte in sie eindringen, sie so gut es geht vögeln, ihnen zeigen, was sie sehen wollen. Nicht zu ihrer Unterhaltung, sondern um ihnen zu zeigen, was sie niemals haben können. Und vor allem, weil Preston denkt, dass ich es nicht tun werde.

Ich packe eine Handvoll ihrer Haare, ziehe ihren Kopf zurück und sie johlen lauter, dass ich sie hart ficken soll.

„Bist du feucht?", knurre ich in ihr Haar. Sie schüttelt den Kopf und ich erinnere mich an das letzte Mal, wie sie sich verkrampft und vor Schmerzen aufgeschrien hat, weil ich sie nicht vorbereitet habe, und dieses Mal will ich, das sie ganz nass ist.

Ich spucke auf meine Finger und schiebe einen in sie, mein Schwanz pocht, als sich ihre Fotze um den einzelnen Finger dehnt. Ich stecke einen weiteren rein und fingere sie ein bisschen. Die Jungs werden verrückt und ich hasse sie verdammt noch mal. Ich möchte nicht, dass sie diese Ansicht auf sie bekommen, aber ich möchte sie auch nicht verletzen. Mit zusammengebissenen Zähnen spucke ich auf meine Hand und schmiere sie mit den Lusttropfen ein, die auf der Spitze meines Schwanzes perlen. Dann führe ich ihn nach unten und schiebe ihn an dem schmerzvollen Griff ihres Eingangs vorbei.

Sie keucht, weitet ihre Haltung und lässt ihren Kopf wieder nach vorn zwischen ihre Schultern sinken. Ich höre die Jungs nicht mehr. Ich höre nichts außer ihrem leisen Keuchen, als ich ihre Hüfte packe und tiefer in ihre feuchte, nackte Fotze stoße. Ich packe ihre Schulter und beginne, mich zu bewegen, zuerst langsam und dann schneller, je feuchter sie wird. Ein Blutstreifen beschmiert meinen Schwanz, als ich mich zurückziehe und mich bis zum Anschlag in ihr vergrabe, froh, dass sie immer noch genug blutet, um ihn zu beschmieren. Sie keucht, als ich sie so tief berühre, und ich komme beinahe. Ich versuche nicht, mich zurückzuhalten oder auf sie zu warten. Ich ficke sie hart und schnell, stoße in sie mit der Kraft der Wut, die in mir tobt, genau wie sie es wollen.

Ich habe vor langer Zeit gelernt, dass mein Leben an der Spitze genauso wenig mir selbst gehört wie dem Typen am Ende des Scheißhaufens des Lebens. Wahrscheinlich sogar noch weniger. Das ist nicht für Crystal, aber auch nicht für mich. Es ist für Preston; für das Arschloch, das meinen Vater gezeugt hat. Es ist fürs Team, das klatschend und johlend dasteht, als ich sie an den Haaren packe und ihren Kopf zurückziehe. Sie richtet sich auf, wirft ihren Kopf zurück an meine Schulter und ich greife ihre Hüfte und hämmere in sie. Sie keucht laut, ein wimmerndes Stöhnen der Lust.

Dann bemerke ich, dass nicht nur ihr Blut sie durchnässt. Die Schlampe *mag* es. Verdammt, soweit ich weiß, geht ihr einer davon ab, vor Publikum gefickt zu werden. Nur weil ich es hasse, dass es sich gut anfühlt, dass ich einen für ein Mädchen hochkriegen kann, das an einem Duschkopf hängt, heißt das nicht, dass sie diesen Selbsthass teilt. Ich bin angewidert von der körperlichen Reaktion meines Körpers, aber ich habe nicht einmal daran gedacht, dass es sie anmachen könnte. Nicht, bis sie ihren Rücken wölbt und ihren Arsch an mir reibt, damit ich tiefer in sie dringen kann.

Ich gleite in sie hinein, meine starken Finger beißen in ihre weiche Hüfte, bis ich den Knochen spüre, hinterlassen blaue Flecken. Sie wimmert wieder und ich habe verdammt noch mal genug von dieser Show. Ich vergrabe meinen Schwanz bis zu den schmerzenden, vollen Eiern und lasse mich kommen, wobei ich tief in ihre gedehnte Fotze spritze. Ich tue es, weil ich ein Bastard bin und meine Strafe jetzt ihre Strafe ist. Weil ich ein egoistisches Arschloch bin und ich nicht will, dass sie kommt. Nur ich darf sie so sehen. Nur ich darf fühlen, wie sie jeden Zentimeter meines Glieds pulsieren lässt, nur ich darf ihre hilflosen, gehauchten Schreie hören, wenn sie mit *meinem* Namen auf ihren Lippen kommt.

VERRATE MICH

Ich drücke meine Stirn an ihre Schulter und verfluche mich selbst, weil ich das getan habe. Ich hätte härter widerstehen sollen. Ich hätte gegen Preston kämpfen sollen, ohne mir Sorgen zu machen, dass jemand sie vögeln würde, während ich ihr den Rücken kehre. Ihr Körper zittert an meinem und die Realität beginnt, sich wieder in meinem Körper niederzulassen.

„Es tut mir leid", murmele ich an ihrem Hals, mein Schwanz zuckt, als er die letzten Spermastöße in ihre Tiefen spritzt.

Sie sagt nichts. Sie hat die ganze Zeit kein Wort gesagt. Sie hat nur nein gesagt und ich habe sie trotzdem gefickt. Ich habe sie gefickt und es hat mir gefallen. Es gibt kein Maß an Selbsthass auf der Welt, das diese Tatsache ändern kann.

Ich ziehe ihn raus und ignoriere das Gedränge und das Gejohle der Jungs, die es immer noch nicht verstehen. Preston versteht es. Er weiß, was er getan hat. Er hat mich zugeben lassen, dass mir dieses Mädchen wichtig ist, für das ich mich nicht interessieren sollte. Dass ich ihm etwas verheimlicht habe, um ein Mädchen zu beschützen, das für mich nur eine Hure und eine Hündin sein sollte.

Ich stecke meinen Schwanz weg und drehe mich zu ihm um, strecke einen Arm aus, um die anderen abzuwehren. Ich stelle mich direkt vor ihn, nah genug, dass ich die Scheiße aus ihm herauswürgen könnte. „Gib mir dein Messer."

Preston rührt sich nicht, aber seine Augen heften sich auf meine. Ohne unseren Blick zu lösen, holt er sein Messer heraus und reicht es mir. Ich könnte den Bastard wie einen Fisch ausweiden, aber ich werde es nicht tun. Ich werde die Klinge nicht unter sein Kinn halten und ihm drohen, dass ich ihm die Kehle durchschneide, falls er mein Haustier jemals wieder berührt. Ich werde nichts tun, weil ich meinen Standpunkt klargemacht habe und er seinen. Alles andere passiert hinter verschlossenen Türen und ohne neugierige Blicke.

Ich nehme das Messer und greife nach dem Seil über Crystal. Mit einem Schnitt schneide ich es durch. Sie stößt einen kleinen Schrei aus und stolpert in die Ecke der Dusche, ihre Arme vor sich haltend. Ich falte

VERRATE MICH

Prestons Messer zusammen und stecke es in meine Hose, bevor ich Crystal in meine Arme nehme und ignoriere, wie sie vor mir zurückweicht. Ein paar der Jungs grummeln und buhen leise, als sie merken, dass sie nicht an die Reihe kommen. Der Spaß ist vorbei. Die hier ist tabu.

„Bring mir eine Decke", sage ich zu niemandem.

Colt erscheint mit einem riesigen Handtuch, das er über Crystal legt. Sie schmiegt sich an mich, vergräbt ihr Gesicht an meiner Brust, während ich ihren Körper umgreife, einen Arm hinter ihren Rücken und den anderen unter ihr Knie lege und sie in meine Arme hochhebe. Ohne ein weiteres Wort drehe ich mich um, gehe hinaus und nehme das Mädchen mit. Ich weiß, dass es ein Fehler ist, bevor ich einen einzigen Schritt mache, dass ich dafür bezahlen werde. Aber ich schwanke nicht.

Achtundzwanzig

Crystal

Ich wende mein Gesicht Devlin zu, weg von Preston, weg von Colt und der gesamten Willow-Heights-Footballmannschaft, die Zeugen gewesen sind. Ich bewege mich nicht, als Devlin mich hinausträgt. Ich schaue nicht hoch, als er mich auf den Beifahrersitz seines Autos setzt und mich anschnallt. Als er wegfährt, wende ich mein Gesicht zum Fenster, weg von ihm.

Es gibt nichts zu sagen. Jedes Mal, wenn ich denke, dass sie mich nicht weiter brechen können, dass ich bereits am Boden zerstört bin, finden sie einen Weg. Ich bin kaputt. Ich kann nicht mehr. Ich will raus. Hat sich Royal auch so gefühlt? Hat es etwas gegeben, was er uns anderen nicht hat sagen können? Ist er wirklich weggelaufen, wie Papa sagt? Ist das der einzige Ausweg? Ich möchte das Spiel verlassen und nie wieder einen Fuß auf ihr Spielbrett setzen. Warum lassen sie mich nicht gehen?

Ich lehne meine Stirn gegen das Glas, schließe die Augen und denke nicht nach. Als das Auto anhält, ist es mir egal. Ich schaue immer noch nicht hin. Es spielt keine Rolle, wohin sie mich bringen oder was sie mir jetzt antun.

Devlin öffnet meine Tür und hebt mich heraus. Meine Arme legen sich um seinen Hals. Es ist mir egal, ob das Schwäche zeigt. Nichts davon ist wichtig. Ich werde das Spiel nicht mehr spielen. Er trägt mich aus seiner Garage, seine Füße knirschen auf dem Kies, als er zum Haus geht. Er tritt durch seine Hintertür ein und trägt mich die Treppe hinauf, durch ein Zimmer und in ein Badezimmer. Nachdem er das heiße Wasser aufgedreht und die Duschtür zugezogen hat, sieht er mich endlich an.

„Bist du in Ordnung?", fragt er, seine Stimme weich und süß mit diesem Akzent. Ich möchte nicht, dass es mich beeinflusst, aber das tut es trotzdem.

Ich möchte nein sagen, dass es mir nicht gut geht. Nichts an diesem Tag ist in Ordnung.

Aber ich kann die Worte nicht rausbringen.

Devlins Stirn runzelt sich grimmig. „Natürlich geht es dir verdammt noch mal nicht gut", murmelt er und reißt die Duschtür auf. Dampf quillt heraus. Er wickelt das Handtuch um mich, seine Hände sind rau und sein Mund verzieht sich grimmig. Dann zieht er mich unter die Dusche und tritt ein, noch immer in seine Footballuniform gekleidet. Das heiße Wasser läuft meinen Rücken hinunter und taut mich aus meinem gefrorenen Zustand auf. Ich fange wieder an zu zittern, als wäre mein Körper zu verwirrt, um zu wissen, was er tun soll.

Devlin dreht mich von ihm weg, sodass das Wasser direkt mein Gesicht trifft. Ich keuche und wende mein Gesicht ab, dann entspanne ich mich in dem warmen Strahl, der meine Haut streichelt. Für eine

Minute, zwei, fünf, bewegen wir uns nicht. Ich lasse das Wasser den heutigen Tag wegwaschen, alles wegwaschen.

Devlins Hände ruhen auf meinen Hüften, sanft, aber fest und besitzergreifend. Er drückt mir einen Kuss in den Nacken, seine Lippen bleiben dort. Langsam öffnen sich seine Lippen und seine Zunge trifft auf meine Haut. Ein unwillkürliches Erschaudern der Lust erfasst meinen Körper, als er sich näher drückt, sein Griff wird befehlender und seine Brust streift mit jedem Atemzug meinen Rücken. Sein Mund wandert über meine nackte Schulter zu meinem Nacken und ich neige den Kopf, um ihm Zugang zu gewähren. Er nippt, lutscht und leckt, seine Zunge wird mit jedem Streicheln kühner.

Ich stehe reglos da, meine Augen sind geschlossen und ein Seufzen entweicht mir. Ich kann die Lust nicht leugnen, die wegen seiner Berührungen durch mich wirbelt – sein befehlender Griff, seine weichen Lippen und seine Zunge auf meiner nassen Haut, das heiße Wasser, das über meinen Körper strömt. Wir stehen lange da, bis ich das Zeitgefühl verliere, und alles, was existiert, ist mein Körper und dieser Junge, der ihn wieder zum

Leben erweckt, der sich nach dem vertrauten Komfort seiner Berührung und der Lust, die er entfesselt, sehnt.

Er dreht mich langsam um, bis ich ihm gegenüberstehe. Aber ich kann mich ihm nicht stellen. Noch nicht. Vielleicht nie. Ich kann seinen Augen nicht begegnen, also schlinge ich meine müden Arme um seinen Hals und küsse ihn. Er stöhnt in meinen Mund, ein raues, tierisches Geräusch, als er mich zurück gegen die Wand drückt. Er greift mit einer Hand hinter meinen Oberschenkel und zieht ihn hoch, positioniert sich zwischen meinen Beinen. Er reibt sich langsam an mir, rollt seine Hüften gegen meine, während er mich an die Wand drückt. Sein Kuss ist jedoch sanft, seine Nase dreht sich von meiner geschwollenen weg.

Nach einer Minute gibt er ein frustriertes Geräusch von sich und zieht sich zurück, zieht sein nasses Trikot von seinem Körper und wirft es in die Ecke der Dusche. Ich fand Football-Pads noch nie sexy, wahrscheinlich weil ich meine Brüder so oft darin gesehen habe, aber als ich Devlin in einem Satz Pads und seiner engen Schnürhose dastehen sehe, kann ich nicht anders, als ihn anzustarren. Seine straffen Bauchmuskeln sind durch sein durchnässtes Unterhemd sichtbar, der Stoff klebt an seiner Haut und gibt jeden Muskel zur Sicht frei. Seine Arme sind nackt, seine Tätowierungen werden voll zur Schau gestellt. Ich möchte sie berühren, mit den Fingern darüber fahren, bis ich jede Kurve und Linie auswendig gelernt habe.

Ich greife nach seiner Hand, als er nach seinen Schulterpolstern greift. „Lass sie einfach an", sage ich, es ist mir nicht einmal peinlich, dass ich bei seinem Anblick keuche.

Devlins Atem ist so kurz und schnell wie meiner und er reißt seine Augen von meinem Körper, um meinem Blick zu begegnen. In seinen Augen wirbelt eine Mischung aus Angst und Lust und seine Stimme ist heiser, als er spricht. „Kann ich dich lecken?"

Der Wahnsinn in seinem Blick sollte mich erschrecken, tut es aber nicht. Er sendet ein Aufflackern von Hitze direkt zu meiner Mitte. Ich bin noch nie so sehr gewollt worden, so verzweifelt. Ich weiß nicht, warum er mich braucht, das hier braucht, aber das tut er.

Und, Gott, ich brauche es auch. Ich will es nicht, aber ich tue es. Ich brauche etwas von ihm, einen Beweis, dass es nicht alles nur zur Show gewesen ist, dass er wirklich das getan hat, was ich gedacht habe, dass er es in diesem Umkleideraum getan hat – dass er der ganzen Welt gesagt hat, dass ich ihm gehöre, dass ich für alle anderen auf dieser Erde tabu bin.

Ich schlucke schwer, bevor ich nicke und mich plötzlich verletzlich fühle, als er mich anstarrt. Er tritt vorwärts, sein Körper kollidiert mit meinem. Dieses Mal prallt sein Mund grob gegen meinen, seine Zunge gleitet mit befehlender Kraft zwischen meine Lippen. Er zieht sich zurück, hebt mein Kinn, seine Lippen bewegen sich über meinen Kiefer, wieder meinen Nacken hinunter, diesmal aber sanft. Meine Finger kräuseln sich in seinem nassen Haar und ich lehne meinen Kopf an die Duschwand, die Kälte kontrastiert mit der Hitze des Wassers und des Verlangens, das wie Blut durch meine Adern pumpt.

Devlin sinkt tiefer, seine Hände greifen an meine Seiten und halten mich hoch, während sein Mund das

Wasser trinkt, das meinen Busen hinunterläuft. Er vergräbt seinen Kopf zwischen meinen Brüsten, rutscht dann zur Seite und saugt meine Brustwarze in seinen Mund. Er stöhnt in mein Fleisch und sendet Hitzeschauer durch mich. Er packt meinen Busen, drückt und massiert, während sein Mund hart saugt. Schmerz und Lust durchströmen mich und ich schreie auf, das Geräusch hallt durch das Badezimmer. Er bewegt sich auf die andere Seite, beißt, lutscht, leckt und küsst mich, bis mir vor Verlangen schwindelig wird. Er sinkt tiefer, leckt meinen Bauch runter, schnalzt mit seiner Zunge in meinen Bauchnabel, bevor er vor mir auf die Knie geht. Meine Beine zittern, als er meine Hüften packt, mich an die Wand drückt und seine Nase an meinen Venushügel drückt und tief einatmet.

Er stöhnt und öffnet seinen Mund, saugt an meinem Fleisch und öffnet meine Schamlippen mit seiner Zunge. Er wandert tiefer, leckt mich, streichelt mich, bis ich so hart und schnell atme, dass ich glaube, ich werde ohnmächtig. Ich greife nach seinen Schulterpolstern und keuche mein Vergnügen in wortlosen, kleinen

Stöhnlauten. Die Verbindung zwischen uns ist diesmal anders, wir beide suchen verzweifelt nach dem Moment, in dem es kein Zurück gibt. Oder vielleicht haben wir diesen Moment schon hinter uns. Im Moment weiß ich, dass es kein Zurück gibt, dass Devlin Darling mich auf eine Weise beansprucht hat, die niemand sonst jemals tun wird, und es tut mir nicht leid. Ich möchte die seine sein, möchte die Spuren seiner Eroberung stolz auf meinen Oberschenkeln, Hüften und meinem Nacken tragen, wo er mich markiert hat. Es ist mir egal, ob die ganze Welt auftaucht, um zuzusehen, wenn er mich das nächste Mal fickt. Ich möchte, dass sie es wissen.

Ich möchte, dass sie es wissen, weil ich nicht die Einzige bin, die besessen ist. Was auch immer das zwischen uns ist, wir sind beide besessen. Es gibt etwas zwischen uns, das niemals gebrochen werden kann, egal, wie sehr wir es versuchen.

Devlin packt mich und hebt mich hoch und ich schlinge meine Beine um seinen Hals, lege meine Oberschenkel auf seine Schultern, während seine Zunge unerbittlich in mich eindringt. Er lässt einen Finger von unten in mich gleiten, zwingt ihn tiefer und taucht ihn dann rhythmisch in mich, während seine Zunge über das Zentrum meiner Lust streicht, auf meine Klitoris, bis ich zerbreche. Mein Körper wird steif und schmilzt dann und ich laufe über seine Finger aus, sein Name drängt sich aus meinen Lippen, streichelt meine Zunge mit der Neuheit eines ersten Kusses und der Endgültigkeit der letzten Worte.

Neunundzwanzig

Crystal

Wir liegen in Devlins Bett auf der Seite, einander zugewandt. Er hat mich sauber gemacht, bevor er mich hierhergebracht hat, an den Ort, an dem der Teufel selbst schläft. Es ist seltsam, daran zu denken, wie dieser Junge schläft. Ich widerstehe dem Drang, meine Nase in seine Kissen zu drücken, seinen Duft daraus einzuatmen. Stattdessen beobachte ich ihn und er beobachtet mich. Wir sind beide nackt, aber wir berühren uns nicht. Wir schauen uns ohne Worte in die Augen, ohne sie zu brauchen. Ich weiß nicht, wie ich es in Worte fassen soll, aber ich spüre den Wandel. Es hat sich etwas geändert.

VERRATE MICH

Endlich, als die Sonne untergeht und in dunstigen, blassen Lichtstreifen schräg über den Boden fällt, spreche ich. „Was ist vorhin passiert?", frage ich, falte meine Hände zusammen und lege sie zwischen meine Wange und das Kissen.

Devlin ist für einen langen Moment still und ich denke, er wird mir keine Antwort geben, wie er es immer tut. Aber endlich spricht er.

„Ich habe es Preston nicht erzählt", sagte er. „Jetzt weiß er es."

Ich schlucke schwer, mein Puls rast in meiner Kehle. „Was weiß er?"

„Er weiß, dass du mir gehörst."

Er sagt es mit solch einer Selbstverständlichkeit, dass es keinen Sinn ergibt, mit ihm zu streiten, selbst wenn ich es wollte. Wie Preston gesagt hat, ich habe nie eine Wahl gehabt. Warum sollte das hier anders sein?

Aber ich will nicht streiten. Mein Herz schlägt bei seinen Worten höher.

„Als deine Hündin?", dränge ich weiter, weil ich ihn das sagen hören muss. Ich muss wissen, dass es echt ist.

„Nein", sagt Devlin und sein türkisfarbener Blick verlässt meinen nicht.

„Was ist mit Dolly?", frage ich.

Er zieht sich ein wenig zurück, als hätte er das nicht erwartet, und ich beobachte, wie seine Augen wie Fensterladen zuklappen. „Was ist mit ihr?"

„Sie ist meine Freundin", sage ich. „Ich möchte nicht zwischen den Stühlen stehen."

Die Mundwinkel von Devlin verziehen sich, aber es ist ein bitteres Lächeln. „Dafür ist es etwas zu spät, Sugar. Du steckst schon mittendrin in einer Menge chaotischen Scheiße, und das nicht nur zwischen ihrer und meiner Familie."

„Liebst du sie noch?"

„Nein", sagt er einfach.

Ich warte, dass er fortfährt, aber er tut es nicht.

„Aber …?", drängele ich weiter.

Er rollt sich auf den Rücken und bedeckt seine Augen mit einem Unterarm. „Unsere Familien wollen unsere Beziehung."

„*Wollen* eure Beziehung?", frage ich. „Wie eine arrangierte Ehe?"

Dolly hat mir im Grunde schon das Gleiche über ihre Beziehung erzählt, aber verdammt noch mal. Das hier ist nicht das 19. Jahrhundert.

„Kling nicht so schockiert", sagt er. „Ich dachte, du sagtest, der Süden sei wie die Mafia."

Ich weiß nicht, wie ich darauf reagieren soll. Meine Eltern sind alles andere als perfekt, aber sie haben definitiv nie einen Mann für mich ausgesucht, den ich eines Tages heiraten soll. Was Papa angeht, bin ich mir ziemlich sicher, dass er gehofft hat, dass ich einem Kloster beitreten und als Jungfrau sterben würde.

Eine Weile schweigen wir. Diesmal spricht Devlin zuerst. „Was hat Preston mit dir gemacht?"

„Nichts", sage ich. „Ich meine, er hat getan, was du gesehen hast. Er hat mich nicht berührt. Er hat das nur gesagt, um dir unter die Haut zu gehen."

„Es hat verdammt gut funktioniert", murmelt Devlin. Er bewegt seinen Arm über seine Augen und benutzt ihn stattdessen, um seinen Kopf zu polstern. „Und er sollte besser froh sein, dass er dich nicht angefasst hat, sonst hätte er einen Finger verloren."

Ich rutsche näher, lege eine Hand auf seine nackte Brust. „Ich schätze, er weiß es, auch weil es mit deinen anderen … Hündinnen nicht so war."

Er blickt finster zur Decke. „Wenn er es vorher nicht getan hat, weiß er es jetzt."

„Was ist mit der letzten *Darling Dog* passiert?"

„Sie ist deine Freundin. Frag sie."

„Du weißt, das ich sie nicht meine."

Er seufzt. „Sie ist zurück nach Oklahoma gezogen."

„Und die davor?"

„Faulkner."

„Sie hat die Schule verlassen? Ist sie noch auf der Faulkner High?"

„Ich … weiß es nicht. Könnte sein."

„War sie auch von außerhalb?", frage ich. „Wählst du so aus? Wenn jemand neu in Willow Heights anfängt?"

„Nein", sagt er. „Es geht nicht darum, neu zu sein. Es geht darum, aus der Reihe zu tanzen."

„Dixie hat sich nicht in der Reihe aufgestellt?", frage ich.

Er antwortet nicht.

„Oder entspricht sie nicht deiner Version eines Willow-Heights-Mädchens?", dränge ich weiter.

„Wir wählen sie nicht aus", sagt er leise.

Ich lasse das eine Minute wirken. „Du hast mich ausgesucht", erinnere ich ihn dann.

„Ja", sagt er und lächelt mich an. Langsam streicht er eine Strähne meines Haares hinter mein Ohr und schickt ein warmes Gefühl über meine Haut. „Das habe ich."

Er beugt sich nach vorn und gibt mir einen sanften Kuss auf meine verletzte Stirn. Jetzt, wo mein Nasenbluten aufgehört hat, ist meine Nase immer noch empfindlich, aber meine Stirn ist die einzige Verletzung, die sich wirklich zeigt.

„Also, dein Opa wählt sie aus?", frage ich. „Oder deine Geheimgesellschaft?"

Er verkrampft sich und ich weiß, dass ich recht habe, obwohl er kein Wort sagt.

„Warum tust du das?", frage ich.

„Musst du in deiner Familie nicht auf den Don Corleone hören?"

Devlins Handy klingelt und er greift danach. Er entsperrt es mit dem Daumen und starrt einen langen Moment auf den Bildschirm, bevor er sich aufrecht hinsetzt.

„Was ist?", frage ich und setze mich ebenfalls auf. Ich lege eine Hand auf seinen Rücken und möchte wieder neben ihm unter der Decke, sicher und in ein Gespräch vertieft sein. Mein Herz schlägt plötzlich in meiner Brust. Ich kann den Unterschied in der Luft spüren, in ihm. Irgendwas stimmt nicht.

Er dreht sich zu mir um und verschränkt seine Hand mit meiner. „Es tut mir so leid", sagt er, seine

Finger drücken fester und seine Augen heften sich auf meine.

Ich kann kaum ein Flüstern herausbringen. „Was?"

„Crystal?", sagt er. „Sie haben eine Leiche gefunden."

Dreißig

Crystal

Devlin rast so schnell aus der Auffahrt, dass ich mich am Armaturenbrett festklammern muss, damit ich nicht aus der Tür falle. Ich beeile mich, mich anzuschnallen, und mein Magen zieht sich bei dem Schwung zusammen, als das Auto die schmale Auffahrt durch unsere Nachbarschaft hinunterfährt. Er kurbelt das Fenster weit genug herunter, um die Hand auszustrecken und dem Reporter, der neben dem Tor steht, den Mittelfinger zu zeigen, bevor er davonrast.

Ich kann an nichts denken, kann nichts fühlen. Ich weiß, ich sollte es. Ich sollte schreien und heulen wie jeder vernünftige Mensch. Wie es eine gute Schwester, ein guter Zwilling, tun würde. Aber es gibt kein Zerschmettern, keinen reißenden Schmerz, während mein Herz langsam aus meiner Brust gerissen wird. Es gibt nur einen Hohlraum, einen Hohlraum, wo mein Herz sein sollte. Denn wenn Royal weg ist, ist mein Herz auch bereits weg.

Nur eine Minute scheint vergangen zu sein, als Devlin schlitternd auf einer Baustelle zum Stehen kommt. Eine Handvoll Streifenwagen drängen sich an den Bordstein, ihre Lichter blinken im blauen Abendlicht. Ein Krankenwagen steht halb auf der Straße und halb auf dem Bordstein, die Hintertür offen. Ein Bagger steht abseits und zerbrochene Zementplatten liegen wie abgefallenes Laub auf dem Boden der Baustelle. Ich bin aus dem Auto und renne, bevor Devlin den Motor abgestellt hat. Ich spüre den Boden unter meinen nackten Füßen nicht, höre nicht, wie der Polizist mich anschreit, ich solle stoppen. Ich sehe nur die beiden Männer, die eine Trage mit einer schwarzen Tasche darauf tragen.

Ein Arm peitscht von hinten um meine Taille und stoppt mich so schnell, dass ich in zwei Hälften zusammen falle. „Ich muss ihn sehen", schreie ich und kämpfe wie ein wildes Tier gegen den Arm, der mich hält. „Das ist mein Bruder. Ich muss ihn sehen!"

Ich drehe mich um und schlage wild auf ihn ein, meine Faust berührt seinen Kiefer, bevor ich merke, dass es nicht Devlin ist, der mich hält.

„Atmen Sie tief durch", sagt Officer Gunn und hält mich immer noch in seinem erdrückenden Griff.

„Ich habe sie", sagt Devlin und greift nach mir.

Officer Gunn lässt mich vorsichtig los, als ob er glaubt, ich könnte ihn wieder angreifen. „Was macht ihr Kids hier?", fragt er. „Du solltest nicht hier sein, Dev."

Dev.

Scheiße. Dieser Polizist ist mit Devlins Vater verschwägert. Wird er mich davon abhalten zu sehen, was ich nicht sehen will, was ich sehen muss?

„Ja", sagt Devlin, „Sie haben wahrscheinlich recht. Ich habe gerade die SMS gekriegt und bin sofort gekommen."

„Das ist ein Tatort", sagt Officer Gunn und deutet auf den zerrissenen Beton, auf den eine Handvoll Polizisten gelbes Klebeband wie grässliche Halloween-Dekorationen kleben.

„Dahin muss ich auch nicht", sage ich und winde mich in Devlins Griff, während die Rettungskräfte die Trage in den Krankenwagen verladen. Die Lichter sind an, aber die Sirenen sind aus.

Denn dies ist kein Notfall. Denn dieser schwarze Sack hat einen zugezogenen Reißverschluss.

„Ich muss ihn nur sehen", sage ich mit gebrochener Stimme.

„Kann sie?", fragt Devlin, drückt mich an seine Brust und starrt über meinen Kopf hinweg auf den Polizisten.

„Ich halte das für keine gute Idee", sagt Gunn. „Wenn es der vermisste Junge ist ..."

„Er ist mein Bruder", sage ich mit anschwellender Stimme. „Ich verdiene es, ihn zu sehen, bevor Sie ihn wegschleppen und für Ihre Autopsie zerhacken."

„Lassen Sie sie einfach sehen, ob er es ist", sagt Devlin. „Bevor die ganze Stadt davon Wind bekommt."

Officer Gunn seufzt, nimmt seinen Hut ab und fährt sich mit der Hand über seinen geschorenen blonden Kopf. „Dafür könnte ich wahrscheinlich meinen Job verlieren …"

„Danke", sagt Devlin erleichtert. Er greift an mir vorbei, um dem Polizisten die Hand zu schütteln, aber es ist eher wie ein Drücken. „Sie werden Ihren Job nicht verlieren."

Ich habe gesehen, wie mein Vater dies getan hat und den Leuten gesagt hat, dass er sich um sie kümmern wird, aber es ist seltsam, wenn es von jemandem kommt, der noch auf der High School ist. Vielleicht passiert das, wenn du ein großer Fisch in einem kleinen Teich bist, anstatt in einem großen Teich. Meine Brüder haben in meiner letzten Schule die Macht gehabt, aber die Kinder hier haben die Macht in der ganzen Stadt.

Plötzlich scheint es nichts Wichtigeres auf der Welt zu geben, als darüber nachzudenken. Hauptsache nicht an das, was unter diesem schwarzen Leichentuch ist.

VERRATE MICH

Devlins Arm schlingt sich fester um meine Taille und er macht sich auf den Weg zum Krankenwagen. Aber plötzlich weiß ich mit absoluter Klarheit, dass ich das nicht kann. Ich kann es einfach nicht. Meine Füße bewegen sich automatisch, über kleine Brocken zerbrochenen Zements, Steine und Glas, aber ich spüre nichts. Ein Strudel der Panik hat sich in meiner Brust geöffnet und saugt jede Empfindung, jeden rationalen Gedanken in sich.

„Devlin", würge ich heraus und packe ihn an der Schulter, als wir den Krankenwagen erreichen.

„Ja, Baby?", sagt er und sieht mit einer besorgten Furche auf seiner Stirn auf mich herab.

„Ich … ich kann nicht", sage ich, kaum in der Lage, über die hyperventilierenden Atemzüge hinweg zu sprechen, die mir jedes Mal entweichen, wenn ich meine Lippen öffne. Alles scheint weit weg, als ob ich durch einen dunklen Tunnel schaue.

„Okay", sagt er und umschließt mein Gesicht mit seinen Händen. „Du musst nicht."

„Hey", sagt er zum Rettungsdienst. „Ich würde gerne sehen, wer das ist."

Die Dame, die nicht viel älter aussieht als wir, runzelt die Stirn, als wäre Devlin eine Art Psycho mit Leichenfetisch. „Wir dürfen den Menschen keine Leichen zeigen", sagt sie und dreht uns den Rücken zu, während sie sich neben die Bahre hockt.

Ich schaue weg. Ich kann mich nicht dazu durchringen, mir anzusehen, was darauf liegt. Die Art und Weise, wie sich der Sack um die Gestalt schmiegt, lässt meinen Magen sich ekelerregend zusammenziehen.

Der Krankenwagenfahrer kommt vorbei und bleibt stehen, als er uns sieht. „Devlin Darling", ruft er aus und ein Lächeln breitet sich auf seinem Gesicht aus. „Wow. Ich kann nicht glauben, dass du hier bist. Was ist los, Junge? Wie geht es dem Arm?"

„Gut", sagt Devlin und zieht mich noch näher, seine Haltung versteift sich. „Ich hatte gehofft, ich könnte mir mal ansehen, wen du da hast."

„Natürlich", sagt der Typ. „Alles für unseren großen Star. Hey, solltest du nicht beim Spiel sein? Ich musste arbeiten, aber … Du bist nicht immer noch in Schwierigkeiten, oder?" Er zwinkert Devlin verschwörerisch zu.

„Scheiße", sage ich. „Du hast ein Spiel. Warum bist du nicht bei deinem Spiel?"

„Mach dir deswegen keine Sorgen", murmelt Devlin. „Ich werde schauen."

In dem Moment, als er mich loslässt, um in den Krankenwagen zu steigen, knicken meine Knie weg. Ich stütze meine Hand auf das Heck des Fahrzeugs, mein Kopf schummert. Die Sanitäterin starrt Devlin an, als würde er eine Waffe halten, und ich kann eine dünne Schweißschicht sehen, die in den letzten zwei Minuten auf ihrer Lippe ausgebrochen ist.

„Es tut mir leid", murmelt sie, ringt die Hände und drückt ihren Rücken an die Wand. „Ich wusste nicht, wer du bist."

„Mach dir deswegen keine Sorgen", sagt Devlin noch einmal und schenkt ihr keinen Blick, bevor er sich dem Sack zuwendet. Und plötzlich weiß ich, dass ich hier nicht stehen und leugnen kann, was passiert. Auf der

Baustelle meines Vaters ist eine Leiche gefunden worden. Und wenn es Royal ist, schulde ich es ihm zumindest, dass ich diejenige bin, die ihn identifiziert. Ich bin vielleicht nicht die Schwester, die er verdient, aber ich bin mutig genug, ihn anzusehen. Ich bin mutig genug, mir nicht von seinem Feind eine Wahrheit sagen zu lassen, dessen Anblick ich nicht ertragen kann. Egal wie unmöglich es ist, ich muss es tun.

„Warte", keuche ich schwach, aber klar. „Lass mich."

„Bist du dir sicher?", fragt er.

Ich nicke und er greift nach meiner Hand und zieht mich heran. Meine Hände zittern so stark, dass ich den Reißverschluss nicht halten kann. Devlin nimmt ihn und lässt ihn nach unten gleiten, verschränkt seine Finger mit meinen und hält sie fest, während ich neben der Trage knie und den Stoff teile, um das Gesicht darin zu enthüllen.

Einunddreißig

Crystal

Ein blasses Gesicht starrt mich an, Schmutz und blaue Flecken bedecken jeden Zentimeter seiner Haut. Ich war schon oft auf Beerdigungen, aber es ist anders, jemanden zu sehen, der zerschlagen und blutig ist, als ob ich immer noch die Überreste des Schmerzes sehen kann, den er in seinen letzten Momenten gefühlt hat.

„Er ist es nicht", würge ich heraus und breche dann in Devlins Armen zusammen.

Er fängt mich auf, sein Körper ist gespannt wie eine Bogensehne. „Ich weiß. Ich habe ihn gesehen."

SELENA

Das Kreischen von Reifen unterbricht uns und in der nächsten Sekunde höre ich eine bekannte Stimme schreien. „Wer zum Teufel hat meine Betonplatte kaputt gemacht? Ich habe das gerade erst gießen lassen! Sie war noch nicht einmal fertig getrocknet!"

„Papa", sage ich und zucke hoch, während sich ein Knoten in meiner Brust bildet. Weiter als bis zu der Erleichterung, dass es nicht Royal ist, bin ich bisher nicht gekommen. Aber wer ist es? Warum liegt ein Toter unter dem Fundament meines Vaters? Irgendjemand muss das so inszeniert haben und ich kann mir ziemlich gut vorstellen, wer ihn vielleicht beschuldigen will. Aber wer ist dieser Tote? Sucht seine Familie nach ihm, so krass wie wir nach Royal? Wenn jemand bereit ist zu töten, um uns aus der Stadt zu vertreiben, sind wir in größerer Gefahr, als ich gedacht habe. Sind meine anderen Brüder sicher? Wird Papa verhaftet?

Wir kennen die Leute hier nicht so wie in New York. Ich weiß nicht einmal, ob die Zulassung meines Onkels als Rechtsanwalt hier unten gültig ist. Werden sie mir meine Familie wegnehmen, ein Familienmitglied nach dem anderen?

Ich springe aus dem Krankenwagen und renne zu meinem Vater, der mich in seine schützenden Arme hüllt und uns von meinen Onkeln und den aufgewühlten Polizisten abwendet.

„Was machst du hier?", verlangt Papa, ohne seine Überraschung zu verbergen. „Was ist mit deinem Gesicht passiert? Deine Brüder haben sich Sorgen um dich gemacht."

Ich spüre sofort Schuldgefühle. Ich weiß, wie es ist, wenn jemand verschwindet. Und nachdem Royal verschwunden ist, müssen meine Brüder noch nervöser sein. Ich habe nach dem Footballtraining auf sie warten müssen. Stattdessen bin ich spurlos verschwunden, genau wie Royal. Ich weiß nicht einmal, was mit meinem Handy passiert ist, also haben sie mich auch nicht kontaktieren können.

„Es tut mir so leid", sage ich. „Ich war mit Devlin zusammen. Ich habe mein Handy vergessen."

„Er hat dir das angetan?", donnert Papa, in seinen Augen blitzt ein Mordwunsch auf.

„Nein", sage ich schnell. „Ich ... bin in der Schule gegen eine Tür gerannt."

Eigentlich keine Lüge und ich möchte nicht, dass er in den Papa-Bär-Modus wechselt und den Jungen ermordet, den ich gerade erst zu verstehen beginne. Ich habe das alles nicht getan, um sein Vertrauen zu gewinnen, nur damit Papa es mit seinem Temperament vermasselt. Ich werfe Papa einen vielsagenden Blick zu, damit er sich an unseren Plan erinnert. Er scheint jetzt so lange her zu sein, obwohl es nur Tage gewesen sind. An Papas Nicken kann ich erkennen, dass er den Plan nicht vergessen hat. Aber für mich ist es auch egal. Angesichts eines Mordes erscheint jetzt alles so bedeutungslos. Zu denken, dass Royal in diesem Sack sein könnte ... Etwas hat sich in diesem Moment geändert. Wenn es ums Leben geht, müssen wir darum spielen. Eine andere Familie zu ruinieren scheint im Vergleich dazu kleinlich und trivial.

„Und warum wart ihr beide auf meiner Baustelle?", fragt Papa.

„Ich bin gekommen, um zu sehen, ob es …" Ich breche ab und schlucke den Schmerz in meiner Kehle herunter. „Um zu sehen, ob er es ist", beende ich den Satz flüsternd.

„Deinem Bruder geht es gut, Schatz", sagt Papa, legt einen Arm um mich und drückt mich an sich. „Er ist hart drauf. Jetzt geh nach Hause. Papa muss sich um die Geschäfte kümmern. Sag deiner Mutter, dass ich spät kommen werde."

„Kann ich dein Handy benutzen?", frage ich. „Ich muss die Jungs wissen lassen, dass es mir gut geht."

„Klar, Schatz", sagt er. „Aber lass dir nicht zu lange Zeit. Ich habe auch einige Anrufe zu tätigen."

„Werden sie dich … verhaften?", frage ich und flüstere das letzte Wort.

„Nein", sagt Papa und drückt meine Schulter, bevor er mich zu Devlin umdreht. „Jetzt geht nach Hause. Ich bin mir sicher, dass ihr Kinder an einem Freitagabend einen besseren Ort kennt, um abzuhängen."

Ich schreibe eine kurze SMS, in der ich King mitteile, dass ich mein Handy verloren habe, und gebe dann Papas Handy zurück. Officer Gunn steht abseits, beobachtet unseren Austausch und wartet offensichtlich darauf, meinem Vater ein paar Fragen zu stellen.

„Und zieh dich um, falls du irgendwo hingehst", ruft mir Papa zu, als ich mich zu Devlin geselle. Da ich beim Verlassen des Hauses der Darlings nicht genau daran gedacht habe, wie ich aussehe, trage ich Devlins Jogginghose und einen WHPA-Hoodie. Nach Hause zu gehen, um mich umzuziehen, ist das Letzte gewesen, woran ich gedacht habe, und so bin ich letztendlich barfuß hier draußen gelandet.

„Okay", sage ich und schlüpfe dann unter Devlins Arm. Er hat sich Jeans und ein T-Shirt angezogen, das er mit seiner Letter-Jacke trägt. Obwohl er die gleichen dreißig Sekunden Zeit wie ich gehabt hat, sich anzuziehen, schafft er es irgendwie, verdammt perfekt auszusehen, während ich wie ein totaler Penner aussehe.

Devlin zieht eine Augenbraue hoch, sagt aber nichts, als er mich zurück zu seinem Auto führt.

„Was?", frage ich, rutsche auf den Beifahrersitz und stecke meine Hände unter meine Oberschenkel.

„Nichts." Devlin schließt die Tür hinter mir, bevor er herumläuft und auf seinen Sitz klettert.

„Sag es mir", beharre ich.

„Hast du nicht etwas davon gesagt, dass meine Familie kontrollierender ist als deine?", fragt er und fährt auf die Straße.

„Ja, weil sie aussuchen, wen du heiratest", erinnere ich ihn.

Devlin sieht mich skeptisch an. „Dein Vater sagt dir, was du anziehen sollst."

„Ganz genau", sage ich. „Das ist kaum dasselbe Niveau wie die Auswahl deiner Ehefrau."

Das Wort verursacht ein komisches Gefühl in meiner Brust.

Auf unserem Weg durch die Stadt kann ich nicht anders, als zu staunen, wie leer die Straßen sind. Und das nicht nur, weil dies eine Stadt im Nirgendwo im Süden ist, nicht New York. Es liegt daran, dass ein Spiel im Gange ist.

„Devlin", sage ich und drehe mich zu ihm. „Danke schön."

Er sieht mich aus dem Augenwinkel an, spricht aber nicht.

„Wirklich", sage ich. „Du hättest das nicht für mich tun müssen. Du warst heute Nacht für mich da, und das musstest du nicht. Ganz zu schweigen davon, dass du dein eigenes Spiel meinetwegen verpasst hast. Und nach dem letzten verpassten Spiel zu urteilen, könntet ihr wirklich einen besseren QB als Ersatzspieler gebrauchen."

„Manche Dinge sind wichtiger als Football."

„Was denn?", frage ich. Ich weiß, es ist dumm von mir, zu hoffen, dass er etwas sagt, um zu zeigen, dass es ihm wichtig ist. Er hat bereits so viel getan. Ich sollte nicht mehr brauchen. Aber nach der emotionalen Prüfung des Abends brauche ich etwas Sicherheit.

„Familie", sagt er rundheraus.

„Sogar meine Familie?", frage ich ein bisschen neckend, während ich versuche, ihn dazu zu bringen, mir einen Blick auf den echten Devlin zu gewähren. „Wenn ich es nicht besser wüsste, würde ich denken, dass du irgendwo da drinnen ein Herz hast."

„Ja, na ja, denk das nicht", sagt er mit rauer Stimme.

„Warum nicht?", frage ich und beiße mir auf die Lippe, als ich hinübergreife und meine Hand langsam auf seinen Oberschenkel lege.

Einen langen Moment reagiert er nicht. Dann rutscht er in seinem Sitz nach unten, spreizt die Knie und winkelt sein Becken so an, dass ich meinen Blick nicht mehr kontrollieren kann und er zu seinem Schritt wandert. Sogar durch seine Jeans kann ich sehen, was er da reingequetscht hat. Ich schlucke schwer, meine Wangen werden warm. Als ich meine Augen wegreiße, umspielt ein wissendes Grinsen Devlins Lippen.

„Willst du mir danken, indem du diesen Mund benutzt?"

Ich staune, wie schnell er ablenken kann, wenn meine Fragen zu persönlich werden. In gewisser Weise kenne ich Devlin Darling besser als jeden anderen auf der Welt. Aber ich weiß kaum etwas über ihn. Zumindest nichts, was er mir erzählt hat. Was ich über ihn weiß, stammt aus Klatsch und Second-Hand-Quellen, und die

Gerüchte gehen ebenso um seine Familie wie um ihn. Aber ich weiß, wie sich das Gespräch verändert, wie er schmutzige Witze macht, die mich schockieren oder vom Thema ablenken sollen.

„Okay", sage ich. „Wenn du nicht darüber reden willst, ist das cool. Deine Angelegenheiten sind deine Angelegenheiten. Das kann ich respektieren."

Er sieht mich einen Moment zu lang an, als würde er versuchen herauszufinden, ob ich mit ihm spiele, indem ich umgekehrte Psychologie verwende.

„Musst du nach Hause gehen und dich umziehen?", fragt er endlich und geht zu einem sichereren Thema über.

Ich zucke mit den Achseln. „Ich gewöhne mich daran, deine Klamotten zu tragen."

„Gut", sagt er.

Ich möchte unbedingt fragen, was das bedeutet, aber ich schätze, ich habe so viel vom echten Devlin bekommen, wie ich heute Abend bekommen werde. Ich nehme das. Es ist sicher mehr, als ich je zuvor bekommen habe. Es kommt mir gierig vor, mehr zu verlangen.

Außerdem lenkt mich die Tatsache ab, dass er gerade die Straße passiert hat, die zu unserer Nachbarschaft führt. „Oh, wir gehen also wirklich nicht nach Hause", sage ich. „Na, dann. Es wäre schön gewesen, ein paar Schuhe zu haben, aber ich denke, ich werde es schon schaukeln."

„Scheiße", murmelt er und schaut auf die Uhr auf dem Armaturenbrett. „Muss ich umdrehen?"

„Wäre es wirklich wichtig, ob ich welche habe?", frage ich.

Er runzelt die Stirn und überprüft erneut die Zeit. „Nein."

Seufzend verschränke ich die Arme und starre durch die Windschutzscheibe. „Ich werde hier mal eine riskante Wette eingehen: Du wirst mir vermutlich nicht sagen, wohin wir fahren."

Devlin antwortet eine Minute lang nicht, lange genug, dass ich ein wenig nervös werde.

„Crystal", sagt er langsam, rückt seine Hände am Lenkrad zurecht und sieht mich seitlich an. „Ich glaube … ich glaube, du hattest recht."

SELENA

Widersprüchliche Gefühle erwachen in mir – soll ich ihn fragen, wovon er redet, und die Tatsache ignorieren, dass er gerade zugegeben hat, dass er sich vielleicht zum ersten Mal in seinem Leben geirrt hat, oder eine große Sache daraus machen. Weil ich feststelle, dass ich ihn noch nicht gut genug kenne, um ihn zu ärgern, zumindest nicht gerade jetzt, wo seine Stimme so leise und intensiv ist, dass mein Herz einen Schlag aussetzt und meine Finger zittern, wähle ich die erste Option.

„Wo... womit?", frage ich, meine Stimme kaum mehr als ein Flüstern.

„Dass meine Familie etwas mit deinem Bruder zu tun hat", sagt er. „Ich glaube, ich weiß vielleicht, wo er ist."

Zweiunddreißig

Crystal

Ich kann nicht atmen. Mein Puls flattert wie eine sterbende Motte. *Royal.* Er könnte in Sicherheit sein. Er könnte noch leben. Plötzlich fühle ich mich ohnmächtig und muss mich an dem Türgriff festhalten, um aufrechtzubleiben.

„Ich habe herumgefragt, wie ich es dir versprochen habe", sagt er. „Ich wusste es vorher nicht. Ich schwöre es dir."

Ich habe es nicht glauben wollen. Ich meine, ich habe immer gesagt, Preston hat etwas getan, ihn bewusstlos geschlagen und entführt oder irgendwo im Graben zurückgelassen. Aber ich habe es nicht glauben wollen. Ich habe nicht glauben wollen, dass es wahr sein kann, dass seine Familie zu etwas so Abscheulichem, so unvorstellbar Grausamem fähig sein könnte.

Nicht, wenn ich mich in einen verliebe.

Nein. *Nein.* Ich kann diese Dinge nicht über Devlin denken. Nicht, wenn ich Pläne gegen ihn ausgeheckt habe, und definitiv nicht jetzt, wo ich weiß, dass seine Familie für Royals Verschwinden verantwortlich ist.

„Wo ist er?", frage ich und knirsche vor Wut mit den Zähnen. Auf ihn, auf mich, weil ich es nicht früher versucht habe. Weil ich nicht an der richtigen Stelle gesucht habe. „Er ist im alten Haus deines Großvaters, nicht wahr? Das, wo wir gesehen haben, wie sich deine Schwester ganz dubios benommen hat. Deshalb ist sie sein Liebling? Weil sie ihm helfen würde, sich um eine Leiche zu kümmern?"

VERRATE MICH

Ich koche vor Wut, als ich innehalte, jedes Wort ist von Gift durchzogen, während ich sie wie Pfeile auf ihn schieße.

„Nein", sagt Devlin mit ruhiger Stimme. „Da habe ich schon geschaut."

Das überrascht mich ein wenig. Er hat nach meinem Bruder gesucht?

„Wann?", will ich wissen.

Devlin hält bei Willow Heights an, die Schule ist jetzt dunkel und still. Ein unheimliches Gefühl kriecht über meinen Rücken und ein Frösteln läuft über meine Arme, als ich die Schule an einem Freitagabend so leer und leblos sehe.

„Wo sind alle?", frage ich, Adrenalin durchströmt mich, während blinde Panik versucht, sich wieder in meine Brust zu krallen. Ich bin bei einem Spiel gewesen. Dieser Ort sollte voll sein.

„In Ridgedale", sagt Devlin. „Beim Spiel."

Ich erkenne den Namen wieder, den habe ich diese Woche ein paarmal gehört, und begreife, dass es sich um ein Auswärtsspiel handelt, wodurch ich mich nur geringfügig besser fühle. Warum sind wir hier? Hat er mich hierhergebracht, um mich wieder zu fesseln? Um mich in einen Schrank sperren, wo mich niemand findet? Meinen Körper auf eine bequeme Weise entsorgen, die es so aussehen lässt, als hätte ich es mir selbst angetan?

„Das ist die einzige Zeit, in der niemand in der Nähe ist", sagt Devlin. „Alle gehen zu den Spielen. Niemand wird vorbeifahren und ein Auto auf dem Parkplatz sehen, heute Nacht wird niemand hier sein. Aber ich muss es jetzt tun. Das Spiel ist bald vorbei und ich möchte nicht mehr hier sein, wenn die Mannschaft zurückkommt."

Ich erschaudere und schlinge meine Arme um mich selbst, plötzlich friere ich trotz seiner Kapuze. Die Erinnerung an Prestons Hände auf mir, an das Messer zwischen meinen Schenkeln, an die wilde Raserei des Teams, das zugesehen hat, wie Devlin mich gefickt hat, und gewartet hat, selbst an die Reihe zu kommen …

Ich senke meinen Kopf nach vorn und atme tief ein, versuche, mich zu beruhigen.

„Bleib hier", sagt Devlin. „Ich bin in einer Minute zurück."

„Warte, was?", frage ich, mein Kopf schnellt hoch.

Sein Kiefer ist hart und er setzt sich aufrecht hin, beugt sich über mich, dominiert den Raum, als wüsste er, dass ich nachgeben werde. „Bleib. Hier." Er spricht die Worte langsam und bewusst, sodass der Befehl in seiner Stimme nicht zu verkennen ist.

Und wie die Hündin, zu der er mich erzogen hat, möchte ich instinktiv gehorchen.

Aber scheiße, als ob ich hier sitzen bleibe, während er meinen Bruder sucht oder was auch immer für einen Hinweis. „Er ist hier?", frage ich.

„Bleib im Auto", sagt Devlin, dreht sich um, öffnet die Tür und steigt aus. Er beugt sich hinunter und fixiert mich mit diesem Blick, dem man nicht widerstehen kann, so voller männlicher Herrschaft und Dominanz. „Beweg dich nicht."

Er knallt die Tür zu und geht mit langen, zielstrebigen Schritten über den Parkplatz, nicht wie die langsamen stolzen Schritte, die ich zuvor gesehen habe, die so gut zu ihm passen.

Es dauert eine Sekunde, bis mir klar wird, dass ich nur hier sitze und ihm zuschaue, wie er weggeht. Ich springe aus dem Auto und meine Füße berühren abrupt den kalten Asphalt. Ich renne hinter ihm her, hole ihn ein, bevor ich neben ihm zu einem langsamen Schritt wechsle.

„Geh zurück zum Auto", schnappt er und macht sich nicht die Mühe, in meine Richtung zu sehen.

„Ich muss das verneinen", sage ich.

„Geh zurück oder ich helfe dir nicht."

„Dann rufe ich die Polizei und lasse sie überall hier herumkrabbeln", sage ich. „Wenn ich ihnen sage, dass er hier ist, werden sie ihn von Hunden aufspüren lassen, egal wie gut versteckt er ist."

„Crystal, ich *kann* dich hier nicht mit reinbringen", sagt er mit einer Mischung aus Frustration und Ärger. An einer versteckten Seitentür des Gebäudes bleibt er stehen, verschränkt die Arme vor der Brust und starrt auf mich herab. „Geh zurück zum Auto, bevor du uns beide umbringst."

„Nein." Ich spiegele seine Pose und starre zu ihm hoch, weigere mich, nachzugeben. „Das ist mein Bruder, Devlin. Ich werde nicht im Auto sitzen, während du ihn suchst. Scheiß drauf. *Deine* Familie hat etwas Falsches gemacht. Was auch immer du befürchtest, dass ich sehen werde, ihr geheimes Versteck für Leichen oder deine Geheimgesellschaft, es ist nicht so wichtig wie sein Leben. Wie *unsere* Leben, wenn deine Familie uns wirklich umbringen würde, weil wir jemanden gerettet haben."

„Du bist eine verdammte Nervensäge, Dolce", schnappt er, dreht sich um und steckt einen Schlüssel ins Schloss. Er sagt die Worte nicht liebenswert. Er klingt, als würde er mich abgrundtief hassen.

Mir ist das egal.

„Ich werde dich nicht da reingehen lassen und mit Royal tun, was immer du tun würdest, wenn ich nicht da bin", schieße ich zurück. „Was wirst du tun, was du dort nicht mit mir machen kannst? Ihn fertigmachen? Ihm drohen, für immer zu schweigen?"

Seine Familie hat das getan. Ich kann keinem von ihnen trauen, egal wie nett er heute Abend zu mir gewesen ist. Ich muss mich an die andere Seite von Devlin erinnern. Klar, er ist nett zu mir gewesen, aber nur, weil er mich vorher vor seiner gesamten Footballmannschaft gefickt hat. Er ist auch der Junge, der mich festgehalten und gedroht hat, mich zu entstellen, wenn ich ihm nicht gehorche. Der Junge, der mir dir Jungfräulichkeit als Teil einer Verschwörung zur Zerstörung meiner Familie genommen und mir gesagt hat, es sei nichts Persönliches. Soweit ich weiß, ist er die ganze Zeit an Royals Entführung beteiligt gewesen, ein Lockvogel, um mich und meine anderen Brüder zu beschäftigen, während Preston und sein Vater es getan haben.

Ich zwänge mich durch die Tür hinter ihm durch, so dicht auf seinen Fersen, dass ich gegen ihn im Türrahmen laufe. Ich bin nicht einmal überrascht, dass er den Schlüssel hat. Aber er überrascht mich, als er sich umdreht und seine Schulter einzieht und sie in meinen Solarplexus schlägt, als würde er einen offensiven Spieler ausschalten. Ich fliege rückwärts, der Schock, wie schmerzhaft das ist, trifft mich so hart wie der Schmerz selbst. Ich spüre es kaum, als mein Arsch auf dem Boden aufkommt und meine Ellbogen so hart auf den Beton aufschlagen, dass ich vor Schmerzen nicht einmal schreien kann. Als ich bemerke, dass ich vor der Tür liege, ist sie bereits verschlossen und Devlin ist weg.

Bastard.

Ich brauche eine Minute, um mich so weit zu erholen, dass ich mich hochziehen kann. Ich setze mich auf den Boden und versuche, durch den Schmerz hindurch zu atmen. Zumindest ist mein Kopf nicht auf den Boden aufgeschlagen. Aber es hätte passiert sein können. Devlin, der Scheißkerl, ist nicht einmal in der Nähe geblieben, um zu sehen, ob ich ohnmächtig geworden bin. Er denkt, ich werde hier einfach bleiben und einen Tobsuchtsanfall bekommen, weil er so ein Arschloch ist. Ja, scheiß drauf.

Alles, was ich durch die Fenster im Klassenzimmer zu meiner Rechten sehen kann, ist die unheimliche, schwache Sicherheitsbeleuchtung der Innenräume. Ich schaue mich um und suche den schmalen Bürgersteig zwischen der kleinen Tür und einer

Baumreihe ab. Ich brauche ein paar Minuten, aber endlich finde ich einen Stein von angemessener Größe unter einem der Bäume. Ich hebe ihn hoch und schleudere ihn mit aller Kraft gegen das Fenster des Klassenzimmers. Ich habe genug gesehen, um zu wissen, dass die Tür in einen Flur führt, nicht in eine geheime Kammer, in der sich die Midnight Swans treffen, aber das heißt nicht, dass ich ihn nicht finden kann.

Das Glas zersplittert und Scherben regnen auf mich. Ich ignoriere den Schmerz, als ich darauf trete, ziehe Devlins Kapuzenpulli aus, wickle ihn um meine Hand und schlage das Glas am unteren Rand des Fensters ein, das ungefähr bis zu meinem Kopf reicht. Ich muss mich abwenden und die Augen schließen, damit ich nicht blind werde, aber nach einer Minute habe ich einen Platz für mich freigeräumt. Ich greife nach dem Fensterbrett und knirsche vor Schmerz mit den Zähnen, als Glassplitter in meine Handflächen beißen. Ich mag klein sein, aber ich bin nicht schwach. Ich bin eine Cheerleaderin gewesen und ich habe Stolz. Ich wäre lieber zur Hölle gefahren, als zitternd dazustehen, während ich das Gewicht eines anderen Mädchens gehalten habe.

Ich greife mit beiden Händen nach der Schwelle und springe, nutze den Schwung, um mich hoch- und hineinzuschieben. Ich verschränke meine Ellbogen, ein wenig atemlos, während ich darum kämpfe, ein Knie auf das Fensterbrett zu bekommen. Von dort aus verläuft alles reibungslos. Ich greife nach dem Fenster, schwinge mich hindurch und lasse mich ins Klassenzimmer fallen. Leise fluchend muss ich anhalten und schon nach wenigen Schritten ein paar Glasscherben aus meinen blutenden Füßen ziehen. Aber sobald ich die großen Scherben herausgeholt habe, kann ich die kleineren ignorieren, während ich in den Flur trete und auf Zehenspitzen den langen, leeren Flur entlanglaufe, der von Schließfächern gesäumt ist. So leer ist es unheimlich leise, nur die schwache Sicherheitsbeleuchtung wirft Schatten in jede Ecke.

Irgendwo zu meiner Linken höre ich einen leisen Schritt und ich erstarre, mein Herz schlägt so laut, dass ich nicht sagen kann, ob ich es mir eingebildet habe.

Dann höre ich noch einen, drehe mich um und renne einen Seitenflur entlang, auf der Suche nach Devlin. Er muss gehört haben, wie das Fenster zerspringt, aber er ist nicht gekommen, um zu sehen, was ich getan habe. Stattdessen ist er ohne mich weitergegangen.

Ich bleibe im Flur stehen und lausche angestrengt. Die Sekunden vergehen. Gerade als ich glaube, ihn verloren zu haben, höre ich das leise Quietschen einer sich öffnenden Tür. Ich renne ein paar Schritte zurück und ducke mich in die Bibliothek. Die Bibliothek von Willow Heights ist eher etwas, was man in einem Film vorfindet als einer Schule. Klar, in der Mitte stehen Reihen moderner Bücher, aber Wandregale mit in Leder gebundenen Klassikern reichen bis zur Decke. In einer schattigen Fensterecke, hinter einem der Plüschsessel, die rund um die Bibliothek stehen, damit die Schüler sitzen und lesen können, erkenne ich einen Lichtschein, der unter den Regalen hervorkommt.

Ich renne durch die Bibliothek, dankbar für den Teppich unter meinen kaputten Füßen. Ich packe das Regal und ziehe daran, betend, dass Devlin die Tür nicht hinter sich abschließt. Ausnahmsweise habe ich Glück und die Regale kommen heraus und enthüllen die versteckte Tür. Mir stockt der Atem, als ich die Steinstufen hinunterstarre.

Willow Heights ist alt, aber das sieht aus wie eine alte Höhle, die es vielleicht schon seit Jahrhunderten gibt. Eine Reihe von groben Steinstufen führt nach unten, jede etwa 60 cm breit und in der Breite und Höhe bedenklich ungleichmäßig, als ob jemand sie aus Steinen gebaut hätte, die er in der Natur gefunden hat. Über der Treppe, die kein Geländer hat, hängt eine einzelne Glühbirne. Mein Herz schlägt in meiner Brust, ich steige Devlin hinterher und lasse meine Hand die Wand hinuntergleiten. Sie ist auch aus Naturstein und meine Finger werden staubig. Meine zerfleischten Füße begrüßen die Kälte der Steinstufen, obwohl ich nicht einmal wissen möchte, wie viel Schmutz ich in die offenen Schnitte bekomme.

Devlin steht am Fuß der Treppe und bewegt sich nicht, obwohl er mich kommen hören muss. Ich bleibe hinter ihm stehen und warte, mein Herz hämmert so heftig in meinen Ohren, dass ich nichts hören kann. Habe ich gerade einen schrecklichen Fehler gemacht, bin ich in eine Falle getappt? Ich weiß, wie schnell Devlin von einem anständigen Mann zu einem Monster werden kann. Ich weiß, wie gefühllos er mich verraten kann, wie gerade vor der Tür.

„Devlin?", sage ich, kaum in der Lage, über das widerwärtige Zittern hinweg zu sprechen, das meinen ganzen Körper erfasst. Er könnte mich allein hier einsperren, mich wie eine Hündin behandeln, bis ich glaube, das zu sein.

„Er sollte hier sein", sagt Devlin, seine Stimme nicht grausam oder wütend, sondern abgelenkt, ungläubig. „Papa war sich dessen sicher."

„Gibt es noch einen anderen Ort, an dem sich der Geheimbund trifft?", frage ich, schlinge meine Arme um mich selbst und schaue mich in dem gruseligen Steinzimmer um, das nur von der Glühbirne über der Treppe beleuchtet wird. Ich kann jedoch Stühle im Raum und Lampen auf kleinen Tischen dazwischen sehen. Hier müssen sich die Midnight Swans treffen. In der Schule. Wahrscheinlich um Mitternacht.

VERRATE MICH

„Scheiße", sage ich. „Wie spät ist es?"

Devlin holt sein Handy heraus, und als er es entsperrt, erstarre ich. Dort, nur wenige Zentimeter vor meinen nackten Zehen, ist ein einzelner Blutstropfen.

Meine Gedanken schweifen zurück zu jenem ersten Morgen in der Auffahrt, als ich fassungslos und zerbrochen dagestanden und den Tropfen dort gesehen habe, wo mein Bruder entführt worden ist.

„Royal", hauche ich.

„Papa!", schreit Devlin, dreht sich um und überrennt mich fast. Er packt meine Schultern, seine Augen bohren sich vor Verzweiflung und Panik in meine. Er löst seinen Griff, greift nach meiner Hand und stürmt die Treppe hinauf, wobei er mich hinter sich herzieht. Ich schaffe es kaum, auf den Füßen zu bleiben und mit ihm Schritt zu halten, muss mich ein paarmal mit der Hand auffangen, weil ich stolpere. Er schiebt die Tür hinter uns zu und macht sich nicht die Mühe, das Licht auszuschalten. Und dann rast er durch die Bibliothek, wieder den Flur entlang. Glassplitter bohren sich mit jedem Schritt tiefer in meine Füße, aber ich habe keine

Zeit zu stoppen. Ich weiß, wenn ich zurückbleibe, wird Devlin nicht auf mich warten.

Wir fliegen den Flur entlang, platzen aus der Tür und auf den Parkplatz. Devlin lässt meine Hand los und ich muss sprinten, um mit ihm mitzuhalten, während er zu seinem Auto rast. Er springt rein und fummelt an den Schlüsseln herum, lässt sie auf den Boden fallen und flucht wild, während er sie hochhebt. Ich bin kaum in der Tür, als er den Gang einlegt und den Fuß durchdrückt. Meine Tür fällt mit Schwung ins Schloss und ich werde gegen meinen Sitz geworfen.

„Devlin", rufe ich, greife nach dem Armaturenbrett und werfe einen wilden Blick in seine Richtung. „Was zum Teufel ist los?"

Ein anderes Auto biegt an der Schule vorbei auf die Straße, als wir aus dem Parkplatz fahren, und Devlin flucht erneut, schaut in seinen Spiegel und gibt dann Gas, als wir uns dem Stoppschild an der Kreuzung in der Nähe der Schule nähern. Wir rasen davon, ohne langsamer zu werden, und ich höre auf, herausfinden zu wollen, was los ist, während Devlin durch die Straßen rast und alle

Verkehrszeichen und Ampeln ignoriert. Ich reiße meinen Sicherheitsgurt raus und schnalle mich an, schnappe nach Luft, während wir so schnell vorwärts schießen, dass ich das Gefühl habe, auf einer Achterbahn zu sitzen, die unter uns wegbricht.

Ein paar Lichter verschwimmen und das Quietschen von Reifen auf dem Bürgersteig und ein langes Hupen erklingen hinter uns, ist aber bereits weit hinter uns. Wir schleudern mit halsbrecherischer Geschwindigkeit in eine Kurve, aber Devlin stößt mit der Radkappe dagegen, korrigiert seinen Kurs und schießt die Straße entlang in unsere Nachbarschaft. Mein Kopf ist leer, mein Herz hämmert vor blinder Angst, als wir durch das Tor und die schmale Auffahrt zu unseren Häusern fliegen. Devlin biegt scharf in seine Auffahrt ein, die Reifen spucken Kies, während wir die lange Auffahrt hinunterrasen. Er kommt schlitternd vor der Garage zum Stehen, das Auto stottert und stirbt dann, bevor er aus der Tür springt und zum Haus sprintet.

Ich springe heraus und folge ihm, nicht sicher, wonach wir jagen. Mit nackten, verletzten Füßen auf

Schotter zu laufen, macht keinen Spaß, und als ich hineinkomme, ist Devlin bereits in einem fernen Zimmer. Es ist jedoch nicht schwer, ihm zu folgen. Er rast durch das Haus, ruft seinen Papa, während er jede Tür aufstößt. Ich weiß nicht, warum wir seinen Vater finden müssen, warum er in solcher Gefahr ist, aber ich vermute, es hat etwas damit zu tun, dass er die Midnight Swans verpfiffen hat. Und obwohl ich nicht weiß, wie viel Mr. Darling die ganze Zeit gewusst hat, weiß ich, dass Devlin seinen Vater mehr liebt als alles andere auf dieser Welt. Ich kann die Angst und das Entsetzen in jedem seiner Schritte spüren, in jedem Ruf nach seinem Vater, und ich weiß, wie es sich anfühlt, jemanden zu verlieren, der deine ganze Welt ist.

Also gehe ich weiter und laufe die Treppe zum zweiten Stock hinauf. Devlin überholt mich, bevor ich oben ankomme. Wir laufen den Flur entlang und öffnen die Türen, bis wir das Ende erreichen.

Keine Spur von Mr. Darling.

„Was sollen wir tun?", frage ich und packe Devlins Hand, um ihn zu beruhigen. „Könnte er woanders sein? Habt ihr einen Keller?"

Er dreht sich um, reißt seine Hand aus meiner und rennt den Flur entlang. Am Ende öffnet er eine Tür und springt eine steile, schmale Holztreppe hoch, die eher einer Leiter mit breiten Stufen ähnelt. Ich bleibe stehen und starre auf den Rand von einer Stufe, die sich knapp über Augenhöhe befindet. Auf der Kante ist eine Blutspur. Plötzlich rast mein Herz wieder und ich möchte diese Stufen nicht hochgehen. Ich will nicht sehen, was sich da oben befindet.

„Devlin", rufe ich und klettere hinter ihm her. Denn er ist für mich da gewesen, als ich den Leichensack geöffnet habe, als ich auf das Schlimmste vorbereitet gewesen bin, was ich mir je vorgestellt habe. Devlin ist nicht vorbereitet.

Wir purzeln zusammen auf den Dachboden, meine Hände verfangen sich mit seinen Beinen, bevor er aufstehen kann. Es ist dunkel und staubig, aber in der Luft liegt ein Geruch, der mein Herz zum Stillstand bringt, obwohl er nur schwach ist. Es ist ein fauliger, schmutziger Tiergeruch, wie Pisse und Kupfergroschen, Körpergeruch und fettiges Haar.

Irgendwo weit weg höre ich Sirenen, aber es ist weit weg, in meinem Hinterkopf. Devlin kommt auf die Beine und prallt gegen etwas, das klappernd auf den Boden fällt und zerbricht. Er flucht und eine Kiste fällt herunter und dann geht ein Licht an, das uns blendet. Ich blinzle die Dunkelheit weg und starre fassungslos auf den Körper, der auf dem Boden liegt. Die Knöchel sind mit Klebeband gefesselt, das mit einem dicken Seil bedeckt ist, das bis zur Mitte führt, wo die Arme an den Seiten gerade nach unten gebunden sind. Als meine Augen nach oben wandern, zieht sich mein Magen zusammen und meine Knie geben nach. Das Gesicht ist geschwollen und geprellt und von so viel Blut verkrustet, dass ich die Züge nicht erkennen kann. Das Gewirr schwarzer Haare ist alles, was die Identität meines Zwillings verrät.

Dreiunddreißig

Crystal

Devlin packt mich, bevor ich auf dem Boden aufschlage, aber ich springe aus seinen Armen und falle neben Royal auf die Knie. Tränen spritzen auf seine Wangen, bevor ich weiß, dass ich weine, und ich weiß, dass ich etwas sage, aber ich weiß nicht einmal, welche Worte herauskommen. Ich wiege sein Gesicht in den Händen und bitte ihn, aufzuwachen und zu antworten.

Eines seiner Augen bewegt sich unter dem Lid, aber seine Wimpern sind mit getrocknetem Blut zugeklebt.

„Papa?", flüstert er, seine Stimme ist ein trockenes Kratzen, wie die trockenen Blätter, die aneinander rascheln, wenn sie draußen über den Rasen fallen.

„Royal", schreie ich, ein hysterisches Lachen vermischt sich mit meinen Tränen, das mich erstickt, während ich versuche zu sprechen. „Ich bin es. Ich bin hier."

Und dann registriere ich, dass die Sirene vor diesem Haus ertönt, dass Devlin zurückweicht und uns nur beobachtet, sein Gesicht ausdruckslos, verständnislos.

Meine Gedanken rasen vor lauter Fragen. Ist er die ganze Zeit hier gewesen? Hat der Polizist ihn gesehen und ihn ignoriert? Hat der Bulle Devlin geglaubt und diesen Raum nicht überprüft? Oder ist er danach hierher gebracht worden? Heute Nacht?

„Devlin?", flüstere ich und hasse es, wie schwach meine Stimme klingt, wie sie dafür plädiert, dass das jemand anderes gewesen ist.

Seine Augen rasen zu mir und sein Mund verengt sich. Nachdem er einen schnellen Notruf getätigt hat, schreitet er vorwärts, lässt sich vor Royals Füßen auf die

Knie fallen und zieht ein Messer heraus. Er löst die Fesseln an den Füßen meines Bruders schnell und bewegt sich zu seiner Mitte. Dann legt er das Messer auf den Boden und kniet sich hinter mich, schlingt seine Arme um mich, während ich dort sitze und stille Tränen für meinen Bruder über mein Gesicht laufen. Ich kann ihn nicht einmal anfassen, weil ich Angst habe, ihn zu verletzen, da es keinen Platz an ihm gibt, der nicht mit blauen Flecken übersät ist.

Draußen höre ich Autotüren zuschlagen und viel Geschrei. Aber ich konzentriere mich auf das, was hier ist. Endlich ergreife ich Royals Hand. „Du wirst schon wieder in Ordnung kommen", flüstere ich. „Wir holen dich hier raus. Es wird wieder alles gut werden."

Ich weiß nicht, was ich sage, die Worte fallen wahllos heraus. Devlin hält mich fest, hält mich hoch. Wenn er nicht hier wäre, wäre ich sicher zu einer Pfütze auf dem Boden zusammengeschmolzen. Aber er ist stark und er gibt mir seine Kraft, auch als wir unten die Türen aufgehen hören, sowie schwere Schritte auf der Treppe.

„Papa?", murmelt Royal wieder.

„Ich bin es, Crystal", erinnere ich ihn und drücke sanft seine Hand. „Wir werden dir etwas Hilfe holen."

„Zwing mich nicht, mich wieder zu bewegen", murmelt Royal.

„Okay", sage ich und lache durch meine Tränen. „Werde ich nicht. Das musst du nicht. Bleib einfach so. Hilfe ist auf dem Weg."

Ich höre jetzt Schritte im oberen Flur, die näher kommen.

„Crystal", sagt Devlin, drückt sein Gesicht in meinen Nacken und atmet einmal lang ein und langsam aus. „Was auch immer passiert ..."

Ich drehe mich zu ihm um, lasse Royal los und nehme Devlins Gesicht in meine Hände. Seine Augen weiten sich vor Überraschung über die Wildheit in meinem Blick. „Wir werden das durchstehen", sage ich heftig.

Devlins Lippen pressen sich zusammen und er nickt. „Es ... es tut mir nur leid."

„Was?", frage ich, mein Herz setzt einen Schlag in meiner Brust aus.

„Dass ich so ein unverzeihlicher Bastard bin", sagt er, seine Hände fallen zu meinen Hüften und drücken zu. „Es tut mir leid. Du hattest nichts davon verdient."

Ich schlucke schwer und weiß nicht, was ich sagen soll. Das ist nicht das gewesen, was ich erwartet habe. Immer noch laufen mir Tränen übers Gesicht, aber meine Worte bleiben stark. „Du hast recht. Ich habe nie darum gebeten, mitten in euren Kampf gezogen zu werden. Aber wenn du meine Vergebung willst, braucht es mehr als Worte. Du musst sie dir verdienen, Devlin. Zeig mir, dass ich dir vertrauen kann."

Sein Blick schweift zu der Falltür im Boden, während Schritte die Stufen hinaufkommen, bevor er zu mir zurückschaut. Seine Finger halten mich fester. „Kann ich machen. Ich … ich glaube … du bist mir wichtig", sagt er und zuckt bei seinen eigenen Worten zusammen.

Heilige Scheiße. Fehlen Seiner Königlichen Hoheit Devlin Darling die Worte? *Meinetwegen?*

Vielleicht hat Nonnas ekelhafter Kaffeetrick funktioniert.

Ich lehne mich nach vorn und drücke meine Stirn auf seine, gleite mit einer Hand in seinen Nacken. „Du mir auch."

Devlin beugt sich vor und küsst mich noch einmal, hart und schnell, bevor er sich zurückzieht und aufsteht. „Okay", sagt er. „Ich muss zuerst etwas tun."

Ich frage mich, ob es etwas mit Dolly zu tun hat, und Eifersucht verdreht sich in meinem Herzen, obwohl ich ihre Freundin bin. Denn egal, was ich für ihn bin, ich kann nie das sein, was sie war.

Bevor ich näher darauf eingehen kann, taucht Officer Gunns Kopf auf. Er springt überraschend schnell in den Raum, als er Royal auf dem Boden sieht. Er kniet sich neben ihn und überprüft seinen Puls, dann ruft er über ein Funkgerät nach Verstärkung.

Dann wendet er sich an Devlin. „Wo ist dein Vater?"

Devlin schüttelt seinen Kopf. „Er war es nicht", sagt er, tritt das Messer weg und hält beide Hände hoch. „Ich war es. Ich habe es getan."

Vierunddreißig

Devlin

Crystal ist anders. Ich habe versucht, sie zu durchschauen, aber alles ist eine Herausforderung gewesen. Nicht sie zu bekommen. Sie hat nicht so getan, als wäre sie schwer zu kriegen. Ich habe sie gefickt, ohne mich anzustrengen. Es hat nur eine Nacht gebraucht, in der ich für sie da gewesen bin, und schon ist sie Wachs in meinen Händen gewesen. Vielleicht sind in ihrem Leben nicht genug Leute für sie eingetreten.

Aber das geht mich nichts an.

Oder vielleicht ist es jetzt so. Vielleicht weiß ich jetzt mehr, als sie nur ins Bett zu bekommen. Das ist nicht schwer gewesen, aber ich habe das auch nicht erwartet. Was ich wirklich nicht erwartet habe, ist, dass sie mich immer wieder herausgefordert hat, selbst nachdem ich sie gefickt habe. Sie hat meine Autorität infrage gestellt. Meinen Platz in dieser Schule. Sie hat mich als Person herausgefordert. Und das hat noch nie jemand davor getan.

Irgendwie hat sie herausgefunden, wie sie mich bekommen kann, bevor ich herausgefunden habe, wie ich mehr als ihren Körper bekommen könnte.

Und jetzt kann ich ihr nur noch beweisen, dass ich der Mann sein kann, den sie verdient. Ich weiß einfach nicht, wie ich das sein kann und gleichzeitig der Mann, den meine Familie will. Irgendwie muss ich mich zwischen meiner Zukunft und meiner Vergangenheit entscheiden, zwischen allem, was ich je gekannt habe und womit ich gerechnet habe, und einem unerwarteten, erschreckenden Unbekannten.

Ich weiß, was ich wählen sollte. Aber ich weiß auch, dass ich nicht zulassen kann, dass eine Person, die mir geholfen hat, allein die Schuld tragen muss, weil er das Richtige getan hat. Papa ist der beste Mann, den ich kenne. Wenn ich ins Gefängnis gehe, um ihn zu beschützen, um wenigstens halb der Mann zu sein wie er, dann werde ich es tun. Auch wenn es bedeutet, einer Zukunft, die ich mir gerade erst vorgestellt habe, den Rücken zuzukehren. Auch wenn es bedeutet, von ihr wegzugehen.

Fünfunddreißig

Crystal

„Wo ist er?", fragt Mama und fegt in das Wartezimmer, sie sieht fehl am Platz aus wie ein tropischer Vogel, der aus dem Zoo entkommen ist und in dieser gottverlassenen Stadt mitten in Arkansas gelandet ist. Ihr gelbes Cocktailkleid zeigt ihre olivfarbene Haut und ihr Lippenstift ist frisch aufgetragen worden.

„O mein Gott, was ist mit deinem Gesicht passiert? Du siehst wirklich scheußlich aus."

„Wo warst du?", verlange ich, meine Stimme wütender als geplant. „Wir sind seit Stunden hier."

VERRATE MICH

„Ich habe mit der Nachbarin Cocktails getrunken", sagt Mama schmollend wie ein Kind. „Es wäre unhöflich gewesen, mein Handy neben mir zu haben."

„Komm her", sagt King und rutscht hinüber, um einen Platz zwischen uns freizumachen. „Setz dich. Royal ist stabil, aber im Moment bewusstlos. Papa ist bei ihm."

„Na, Gott sei Dank", sagt Mama und krümmt sich in den frei gewordenen Stuhl. „Ich dachte, ich würde länger in dieser rückständigen Stadt festsitzen. Immerhin habe ich einen neuen Cocktail entdeckt. Ich kann es kaum erwarten, ihn mit den Damen zu teilen, wenn ich nach Hause komme."

Wut steigt in mir auf, aber Nonna nimmt meine geballte Hand und löst meine Finger, streicht meine Hand mit ihren. Meine andere Hand bleibt um den Eisbeutel geballt, den ich an meinen blauen Fleck halte. Meine Nase ist rot und leicht geschwollen, aber im Vergleich zu Royal ist das nichts. Keine gebrochenen Knochen, keine Gehirnerschütterung.

„Bist du betrunken?", frage ich Mama und sehe sie mit zusammengekniffenen Augen an.

„Nun, so weit würde ich nicht gehen", sagt sie, winkt abwehrend und kichert. Sie senkt ihre Stimme und beugt sich mit einem verschwörerischen Lächeln vor und eine Wolke aus feuchtem Parfüm umgibt mich. „Hast du je einen Minz-Julep getrunken? Sie sind geradezu göttlich."

„Falls du es vergessen hast, ich bin sechzehn, Mama."

Ich lehne mich in meinem Stuhl zurück und schließe meine Augen, zu erschöpft, um damit fertig zu werden. Ich versuche, nicht an die Bullen zu denken, die Devlins Dachboden bevölkerten und was er davor zu mir gesagt hat. Wie die Sanitäter herauf gekommen sind und wie hart sie schuften mussten, um eine Trage durch die Falltür und der Leiter hinunterzubekommen. Wie die Bullen Devlin in Handschellen abgeführt haben.

Das ist der Teil, an den ich am wenigstens denken will.

VERRATE MICH

Ich bin im Halbschlaf, als ich höre, wie sich die Tür öffnet und Papa mit Dr. Swift, dem Arzt, der Royal überwacht, herauskommt. Sie reden eine Minute, schütteln sich die Hände, dann trennen sich ihre Wege, Dr. Swift geht zur Kaffeemaschine in der Ecke und Papa kommt auf uns zu.

Alle Onkel und Cousins stehen auf, um ihm die Hand zu schütteln und ihn mit mitfühlendem Schulterklopfen zu begrüßen. Onkel Vinny, der vor einigen Jahren einen Sohn verloren hat, umarmt Papa und murmelt ihm etwas ins Ohr.

„Wir werden sie dafür bezahlen lassen", sagt Onkel Donny. „Mach dir keine Sorgen, Tony."

„Es wird Gerechtigkeit geben", sagt Vinny leise. Wenn man sich meinen Lieblingsonkel ansieht, schlank, mit Brille und leise und mit einer etwas nervösen Art, könnte man meinen, er wäre ein Krawattenverkäufer oder Telemarketer – alles andere als der bösartige, halsabschneiderische Anwalt, der er ist.

„Dolce-Justiz", murmelt Donny.

„Geh mir einen Kaffee holen, ja, Schatz?", fragt Papa.

Ich stehe auf und gehe zur Kaffeemaschine, da ich sowieso nicht wirklich hören will, wie sie ihre Rache planen. Ich habe die ersten Stunden hier damit verbracht, Glas aus meinen Fußsohlen zu pflücken, und jetzt bin ich bandagiert und trage flauschige neue Socken in einem Paar Designerschuhen. Anscheinend hat jemand meinen Brüdern erzählt, was für ein Chaos ich bin, und sie haben mir ein ganzes Outfit zusammen mit den hohen Stiefeln gebracht.

Ich komme von der Kaffeekanne zurück und gebe Papa die Tasse. „Ist er wach?", frage ich.

Papa schüttelt seinen Kopf. „Sie haben ihm Morphium gegeben. Hat ihn gleich einschlafen lassen."

„Das ist das gute Stöffchen", sagt Onkel Benny. „Ich mache eine Raucherpause. Will irgendjemand auch eine?"

„Ich habe eine Zigarre", sagt Onkel Donny.

„Ich könnte einfach rausgehen, um frische Luft zu schnappen", sagt Nonna, steht auf und streckt die

Arme über den Kopf. „Das ganze Sitzen macht mich verrückt."

„Tut es das?", fragt Duke.

Sie gibt ihm einen Klaps, bevor sie sich an Opa Dolce wendet. „Wirst du ihn so mit mir reden lassen?"

„Pass auf deine Manieren auf", knurrt Opa Duke an und legt einen dicken Arm um meine Nonna, als wäre sie zerbrechlich. Er beugt sich hinunter und drückt ihr einen fetten Kuss auf die Lippen, bevor sie sich zurückzieht, um den Rauchern nachzulaufen.

„Können wir ihn sehen?", frage ich und setze mich neben Papa.

„Ich glaube, er ist noch nicht bereit für all dieses Chaos."

Ich weiß, was er meint. Meine Familie hat das Wartezimmer übernommen. Ich lächle und lehne meinen Kopf an seine Schulter. „Er hat nach dir gefragt, als wir ihn gefunden haben."

„Hat er das?", fragt Papa und spannt sich an. „Hat er noch etwas gesagt?"

„Nein", sage ich. „Er hat nur gesagt, dass ich ihn nicht bewegen soll."

Papa trinkt seinen Kaffee aus und reicht mir die leere Tasse. „Ich gehe besser wieder rein", sagt er. „Ich möchte da sein, wenn er aufwacht."

Als er weg ist, gähne ich und stehe auf, um mich zu strecken, dann beschließe ich, zu Nonna und den Onkeln nach draußen zu gehen. Ich finde sie auf einer alten Eisenbank sitzend, daneben steht ein Aschenbecher im Freien. Donny steht auf, aber ich lehne sein Platzangebot ab. Es ist spät, näher am Morgen als am Abend, und ich sitze schon zu lange auf einem beengten Krankenhausstuhl. In Faulkner gibt es nur ein kleines Krankenhaus, und zwar nicht nur für die Reichen und Schönen. Es ist ein altes, hässliches Backsteingebäude mit müdem Personal, verbranntem Kaffee und zerbrochenen Plastikstühlen.

„Wir haben nur darüber gesprochen, nach Hause zu gehen, um ein paar Stunden zu schlafen", sagt Nonna. „Wir können hier nichts tun und wir könnten alle etwas Schlaf gebrauchen."

VERRATE MICH

Gestern ist wahrscheinlich der längste Tag meines Lebens gewesen und ich bin verdammt müde, aber ich kann den Gedanken nicht ertragen, so weit von Royal entfernt zu sein. Wir sind erst seit einer Woche getrennt, aber es fühlt sich an wie ein Jahr. Ich will ihn nicht wieder verlassen, noch nicht.

„Ich bleibe", sage ich und unterdrücke ein weiteres Gähnen.

Nonna ist gerade dabei, mich zum Schlafen zu überreden, als eine Gestalt vom Parkdeck herschlendert, eine Hand in der Hosentasche seiner zerrissenen, hell gewaschenen Jeans. Schon von Weitem erkenne ich den trägen Gang, die blonden Haarsträhnen, die er sich mit einer Kopfbewegung aus den Augen schüttelt.

Scheiße.

„Ist das, wer ich denke?", fragt Onkel Donny. „Ist das einer von ihnen?"

Meine Onkel richten sich beide auf wie ein paar Papa-Bären, aber ich hebe eine Hand, um sie aufzuhalten, und gehe Colt auf halbem Weg entgegen. „Du hast Nerven, hierherzukommen", sage ich und starre ihn an.

SELENA

„Ich wusste nicht, dass dir das Krankenhaus gehört", sagt er mit einem leichten Grinsen.

Ich verschränke meine Arme und sehe ihn mit zusammengekniffenen Augen an. „Was willst du?"

„Du siehst in Jeans heiß aus", sagt er und mustert mich von oben bis unten. „Du solltest sie öfter tragen."

„Danke", sage ich und verdrehe die Augen. „Aber ich kann jetzt unmöglich heiß aussehen. Ich sehe aus wie Rudolph, dessen Nase nicht mehr funktioniert und der mit dem Gesicht zuerst gegen einen Baum geflogen ist."

„Vielleicht brauchst du nur jemanden, der dir hilft, deinen Schlitten zu lenken", sagt er. „Ich melde mich freiwillig. Ich werde Captain America sein. Ich werde jeden Baum fällen, der dir in den Weg kommt."

„Ich dachte, du wärst Romeo?"

Er zuckt mit den Schultern, aber dieses alberne Grinsen ist immer noch da. „Jeder Superheld braucht ein zweites Ich."

Wir stehen eine Minute schweigend da.

„Außerdem nette Stiefel", sagt er und stupst meinen Zeh mit seinem an. „Du siehst in dieser Aufmachung irgendwie knallhart aus."

„Ernsthaft jetzt, Colt", sage ich finster. „Warum bist du hier?"

„Das wollte ich dir geben", sagt er, zieht die Hand aus der Tasche und hält mein Handy hin. Als ich ihm ins Gesicht schaue, ist sein Gesichtsausdruck ernst. „Es tut mir leid, was Devlin getan hat. Ich wollte nur, dass du weißt, dass wir damit nichts zu tun hatten."

„Ich glaube nicht, dass Devlin etwas damit zu tun hatte." Ich habe die ganze Nacht damit verbracht, alles in meinem Kopf durchzuspielen. Als Devlin sah, dass Royal nicht im Keller der Schule gewesen ist, ist er überrascht gewesen. Als er nach seinem Vater gerufen hat, hat er nicht anklagend oder schockiert geklungen, dass sein Vater so etwas tun würde. Er hat verängstigt geklungen. Hat Angst um seinen Vater gehabt, der seinen Großvater hintergangen hat, indem er Devlin gesagt hat, wo er Royal finden könnte.

„Er hat gestanden", sagt Colt und lässt seine Hand wieder sinken, als ich das Handy nicht nehme. Er sieht mich an, als wäre ich eine dumme, verliebte Idiotin, welche die Wahrheit, die direkt vor ihr liegt, nicht glaubt. Vielleicht bin ich das.

„Ich weiß", sage ich. „Ich dachte, es bräuchte mehr als das, um deiner eigenen Familie den Rücken zu kehren. Deinem Cousin!"

Colt zögert, sieht sich um und senkt seine Stimme, bevor er antwortet. „Ich habe meiner Familie nicht den Rücken gekehrt. Er hat es."

„Also ist deine ganze Familie gegen ihn?"

„Er hat sich entschieden, das zu tun, was er getan hat", sagt Colt. „Und ja, ich habe Familienloyalitäten, die über ihn hinausgehen. Ich dachte, du würdest das verstehen."

„Warum?", frage ich. „Mein *Nonni* ist ein Süßwarenhersteller, nicht der Pate."

„Oh", sagt Colt und sieht überrascht aus. „Ich dachte ..."

„Was? Dass die Mafia hier war, weil ein Dutzend Italiener bei mir zu Hause aufgetaucht sind?"

Er zuckt mit den Schultern, sein Lächeln entschuldigend und ein wenig verlegen, wie ein Kind, das gerade die Leviten gelesen bekommen hat und nicht in Schwierigkeiten geraten will. Und vielleicht ist er das. Vielleicht will er deshalb in einer Minute mein Freund sein und in der nächsten tut er, was seine Cousins wollen. Plötzlich verstehe ich ihn. Ich kapiere es. Von all den Darlings ist Colt mir am ähnlichsten.

Er will nur alle glücklich machen, und das verstehe ich. Das tue ich wirklich. Er ist genauso verloren und frustriert wie ich, wird in zwei, drei oder fünf verschiedene Richtungen gezogen, weil er die ganze Zeit die Person sein muss, die seine Familie haben will. Er darf nie der sein, der er *ist*, falls er überhaupt weiß, wer das ist.

Immer noch lächelnd hält er mir wieder mein Handy hin. „Ich habe meine Nummer in deinem Handy gespeichert. Du kannst mich also anrufen, falls du etwas brauchst. *Egal, was.*" Er zwinkert mir zu und ich spüre ein

Lächeln um meine Lippen. Warum ist es so verdammt schwer, ihm gegenüber wütend zu bleiben?

„Danke", sage ich und nehme das Handy entgegen. „Aber ich glaube nicht, dass Devlin das besonders mögen würde."

Colt legt den Kopf schief und wirft mir einen neugierigen Blick zu. „So ist das bei euch?"

„Ja", sage ich und beiße mir auf die Lippe, um ein Lächeln zu verbergen. „So ist das?"

Wir stehen eine Minute schweigend da und ich spüre, wie mir Wärme in den Nacken kriecht. Schließlich lacht Colt und streckt eine Hand aus, um mir die Hand zu geben. „Also gut", sagt er. „Wir sehen uns, Ru-liet."

Ich habe zu viele verpasste Anrufe und SMS auf meinem Handy, um sie durchzugehen, also drehe ich mich um und gehe zurück zu meinen Onkeln und Nonna, die mich beobachten. „Was wollte er?", fragt Onkel Donny.

„Ich denke, er hat sich in dich verguckt", sagt Nonna.

„Hat er nicht", sage ich, verdrehe die Augen und halte das Handy hoch. „Er hat mir nur das Handy zurückgegeben."

„Uh-huh", sagt Nonna und klingt nicht überzeugt. „Wie viele dieser gut aussehenden blonden Männer können wir planen, mit dir zusammen sehen?"

„Keinen", sage icha und mein Inneres verdreht sich bei dem Gedanken, dass Devlin irgendwo in einer Gefängniszelle sitzt und darauf wartet, dass sein Vater von wo auch immer zurückkommt und die Kaution zahlt. Ich bewundere ihn für das, was er für seinen Vater getan hat, aber ich kann die Tatsache nicht ignorieren, dass sein Vater gewusst hat, wo Royal gewesen ist. Zumindest für eine Weile. Und Devlin hat es gewusst. Vielleicht nur für einen Tag, aber dieser Tag könnte von Bedeutung sein.

„Nun, solange du die geheime Zutat nicht bei allen Jungs verwendest", sagt Nonna. „Das ist ein Rezept für eine Katastrophe. Du würdest sie für den Rest deines Lebens um dich kämpfen lassen." Sie lächelt, ihre kleinen Zähne sind vom Tabakkonsum leicht fleckig, die Haut faltet sich um ihre Augenwinkel, aber sie sieht immer noch so jung und lebendig aus wie eh und je.

Ich werde plötzlich von Emotionen übermannt und ziehe sie in eine Umarmung. Ich kann nicht anders, als mir zu wünschen, sie wäre meine Mutter und nicht meine Großmutter. Sie schaffte es, eine ganze Reihe von Kindern großzuziehen, ohne ein Ticket für Nolet's Reserve zu kaufen und betrunken zu sein.

Nonna lacht, zieht sich zurück und schlägt mir auf den Arm. „Lass das", sagt sie. „Wir benehmen uns so nicht auf der Straße, oder?" Mir scheint, dass das Dolce-Image vielleicht nicht damit begonnen hat, dass mein Vater Millionen im Süßwarengeschäft verdient hat. Nonna hat das stählerne Rückgrat einer Dolce, das sie genauso durchdringt wie den Rest von uns. Vielleicht haben wir es alle so bekommen.

„Ich gehe rein", sage ich. „Ich will nicht länger von Royal weg sein, als ich es muss."

Erst am nächsten Morgen sagt Dr. Swift, dass wir reingehen können. Duke und Baron durchsuchen die Cafeteria des Krankenhauses und flirten, um zusätzlichen

Schokoladenpudding zu bekommen. Ich weiß, dass sie wollen, dass ich warte, damit wir alle zusammen hineingehen können, aber ich kann mich nicht dazu bringen, noch länger zu warten.

Ich stehe über dem billigen Krankenhausbett, auf dem mein Zwilling liegt, ein Schlauch in der Nase und eine Infusion in seinem Handrücken, und halte die Tränenflut zurück, die kommen will. Letzte Nacht ist sein Gesicht mit getrocknetem Blut verkrustet gewesen, aber irgendwie ist es noch schlimmer, es sauber zu sehen. Ich kann jeden blauen Fleck, jede Schnittwunde und jede Schramme in seinem ramponierten und geschwollenen Gesicht sehen. Seine beiden Augen sind blau und eingesunken und die Mitte seiner Unterlippe ist so tief gespalten gewesen, dass sie jetzt mit schwarzem Faden vernäht ist. Weitere Stiche sind an verschiedenen Stellen über sein Gesicht verstreut und ich kann keinen einzigen Fleck auf seinen Wangen finden, die eine normale Hautfarbe hat. Sie ist gelb und grün, blau, lila.

Ich nehme sanft seine Hand in meine und achte darauf, die Infusion nicht zu berühren. Royals Lider flattern auf und er sieht zu mir hoch. Sein Mundwinkel zuckt das kleinste bisschen. Ich kann nicht sagen, ob es eine Grimasse oder ein Lächeln ist.

Ich lächle und die Tränen kommen.

„So hässlich, oder?", sagt Royal, seine Stimme lallt vom Schlaf und den Drogen, die er bekommen hat, rau und heiser von …

Gott, ich will es nicht wissen. Hat er geschrien? Wasser verweigert, bis seine Kehle zu ausgedörrt gewesen ist, um zu sprechen?

„Es tut mir so leid", bringe ich hervor.

„Was tut dir leid?", fragt Royal. „Du hast meinen Kadaver gefunden."

Er lächelt, aber ich kann nur daran denken, dass er ein Wort verwendet hat, das der Wahrheit ein wenig zu nahe kommt. Wie lange hätte er auf diesem Dachboden überlebt? Einen Tag mehr? Zwei? Eine Woche?

Ein Schluchzen entkommt meiner Kontrolle und ich springe auf meinen Bruder, vergrabe mein Gesicht an seiner Brust und lasse die Tränen laufen. Als ich mich endlich selbst verausgabt habe, stehe ich auf, schnappe mir ein paar Taschentücher, reinige mein Gesicht und kehre zu meinem Zwilling zurück. Ich kann es nicht ertragen, ihn aus den Augen zu lassen. Ich rutsche auf die Bettkante und schlinge meine Arme, so gut ich kann, um ihn, während er auf dem Rücken liegt.

„Was ist passiert?", flüstere ich.

„Ich wurde verdammt noch mal in einen Hinterhalt gelockt", sagt Royal und seine Augen fallen wieder zu. „Was ist mit dir passiert?"

„Nichts", sage ich und berühre den empfindlichen blauen Fleck auf meiner Stirn. „Weißt du, wer dich angegriffen hat?"

„Ich weiß, wer sie geschickt hat", sagt er. „Sie waren nur ein Haufen Rednecks, die bezahlt wurden."

„Wie haben sie dich erwischt?"

„Erst mal hatten sie Schusswaffen."

„Scheiße." Ich erschaudere bei dem Gedanken, dass Royal versucht, sich aus einer Gruppe von Männern zu kämpfen, nur um mit vorgehaltener Waffe festgehalten zu werden. Ich schlucke schwer und zwinge die Galle runter, die mir den Hals hochkommt.

„Sie brachten mich zuerst zu diesem Haus", sagt er. „Aber ein paar Tage später haben sie mich da rausgeholt. Ich weiß nicht, wohin sie mich gebracht haben. Sie haben mir eine verdammte Tüte über den Kopf gestülpt und mich irgendwohin gefahren. Und dann saß ich in irgendeinem Keller für … ich weiß nicht für wie lange. Es fühlte sich wie eine Ewigkeit an."

„Haben sie dir wehgetan?", frage ich, stille Tränen laufen aus meinen Augen und fallen auf seine dünne Decke.

„Ja", sagt Royal leise, seine Augen sind immer noch geschlossen.

„Haben sie dir Wasser oder Essen gegeben oder … o Gott … dich auf die Toilette gehen lassen …" Ich schlucke meine Worte herunter und versuche, das Schluchzen zu unterdrücken. Ich habe kein Recht, so zu weinen. Er weint nicht. Ich war nicht da. Ich kann mir nur vorstellen, wie entsetzt er darüber ist, was er eine ganze Woche lang in den Händen dieser Psychopathen ertragen hat.

„Zuerst", sagt er und seine Stimme verblasst. „Als ich im Haus war."

Ich erinnere mich, wie Mabel das Haus verlassen hat, wie verdächtig sie sich benommen hat. Das hat sie also getan. Die psychotische kleine Fotze hat meinen Bruder gefüttert, während er wie ein Tier angekettet gewesen ist. Sie hat gewusst, wo sie ihn finden kann. Devlins Vater hätte es herausfinden können, aber er hat es nicht getan. Er hat es niemandem erzählt. Er hat die Polizei angelogen, Papa, mich. Soweit ich weiß, hat er es die ganze Zeit gewusst und Devlin nichts gesagt, bis er danach gefragt hat. Er hat dagestanden und mir erzählt, wie leid es ihm tut, obwohl er genau gewusst hat, wo Royal gewesen ist und in welchem Zustand er sich befunden hat. Wäre ich nicht zu Devlin gegangen, hätte ich ihn nicht überzeugt, mir zu helfen, hätte Mr. Darling Royal dort sterben lassen.

Royals Körper entspannt sich neben meinem und ich glaube, er schläft. Aber er murmelt noch eine Minute lang. „Wir kriegen sie, Crys … Er hat mich so gesehen …

Mabel hat mir Wasser gegeben … Kann nicht zulassen, dass sie dir wehtun … Papa wird dafür sorgen …"

„Schhh", sage ich, lege eine Hand auf seine Brust und drücke meinen Kopf an seine Schulter. „Schon okay, Royal. Du kannst es mir später sagen. Ruh dich aus."

„Kann nicht", murmelt er, aber in der nächsten Sekunde schnarcht er leise.

Und zum ersten Mal seit einer ganzen Woche schlafe ich gut auf einem schmalen Krankenhausbett mit Gittern, die sich in meinen Rücken graben, und einer Matratze, die so gemacht sein muss, dass man nicht länger als unbedingt nötig bleiben will.

Sechsunddreißig

Crystal

Ich wache auf, als eine Krankenschwester einen Karren ins Zimmer rollt. „Oh, schaut euch an", gurrt sie.

Ich klettere aus dem Bett, bereit, angeschrien zu werden, weil ich ihren Patienten gequetscht oder das Krankenhausprotokoll verletzt habe oder so. „Ich bin sein Zwilling", erkläre ich schnell.

„Er hat erwähnt, dass er eine Schwester hat", sagt sie und steckt ihr Stethoskop in die Ohren. „Zwillinge, huh? Das ist ziemlich besonders."

„Ja", sage ich und schaue mich um, während sie sein Herz und seine Lunge untersucht.

SELENA

„Sieht aus, als hättet ihr schon viel durchgemacht."

Vor dem kleinen Fenster sieht es aus wie später Nachmittag. Ich habe den ganzen Tag hier drin geschlafen. Sie ist wahrscheinlich schon in der Nähe gewesen und hat uns gesehen und uns schlafen lassen. Ich bin dankbar, aber fühle mich auch schuldig, dass ich so lange hier drin gewesen bin. Die anderen wollen bestimmt auch Zeit mit Royal verbringen.

Ganz zu schweigen von dem Zustand, in dem ich mich befinde. Ich bin am Verhungern, mein Arm ist taub vom Liegen und ich könnte eine lange, lange Dusche gebrauchen.

Die Erinnerung an die letzte Dusche, die ich genommen habe, schickt eine weitere Spirale von Schuldgefühlen und widersprüchlichen Gefühlen durch mich. Royal weiß nicht, dass ich mit Devlin zusammen gewesen bin, dass ich immer noch mit Devlin zusammen bin. Er weiß nicht, dass Devlin mich berührt hat. Er weiß nicht, dass Devlin erst gestern meinen nackten Körper gebadet und jeden Zentimeter von innen und außen gesehen hat. Dass er mich gekostet und genüsslich gestöhnt hat, als wäre ich die erlesenste Delikatesse. Dass er seinen nackten, blanken Schwanz gewaltsam in meine Tiefen gerammt hat und mich mit seiner Ficksahne gefüllt hat.

Er weiß nicht, dass ich mich in ihn verliebe. Nicht nur eine feindliche Familie, sondern auch Royals Entführer. Ich möchte wieder kotzen, aber stattdessen entschuldige ich mich und entkomme, bevor er aufwacht, wie der Feigling, der ich bin. Es ist eine Sache, sich meinen anderen Brüdern zu stellen, nachdem ich mit Devlin geschlafen habe. Ich habe es ihnen nicht sagen müssen, weil er das für mich erledigt hat. Und darüber hinaus haben wir uns auf den Schock von Royals Verschwinden konzentrieren können. Aber Royal, ihm muss ich es erzählen. Und es wird nichts geben, was mich von dem ablenken könnte, was ich getan habe, wenn Royal es herausfindet.

Meine Brüder sehen alle fern im Wartezimmer, als ich eintrete. Sie müssen irgendwann nach Hause gegangen sein, denn sie haben sich alle ordentlich angezogen und

Duke trägt eine nach hinten gerichtete Mütze, die er vorher nicht getragen hat.

„Entschuldigung", sage ich und setze mich neben sie. „Ich wollte nicht so lange da drin bleiben."

King wirft mir einen zerstreuten Blick zu und reicht mir mein Handy, bevor er seine Aufmerksamkeit wieder dem Fernseher zuwendet. Ich versuche, mein Handy einzuschalten, aber der Akku ist leer. Als ich hochschaue, halte ich den Atem an. Ein lokaler Nachrichtensender ist eingeschaltet, und obwohl er stummgeschaltet ist, sagt mir die Zeile, die über den unteren Bildschirmrand läuft, was kommt, bevor das Gesicht des ernsthaften Nachrichtensprechers durch ein Bild von Devlin ersetzt wird.

„Mach den Ton an", sage ich und balle meine Hände so fest zu Fäusten, dass ich spüre, wie meine Nägel in meine Handflächen schneiden.

„… In einem Streich, der anscheinend schrecklich schief gelaufen ist", sagt die Frau. „Die örtlichen Behörden sagen, dass das Haus bereits während der wochenlangen Tortur durchsucht wurde. Sie prüfen immer noch, wie das Opfer bei der Durchsuchung versteckt werden konnte."

Der Bildschirm wechselt zurück auf den Moderator im Studio. Seine Stirn runzelt sich, als er einen allzu ernsten Ausdruck annimmt. „Das klingt nach einer harten Zeit für alle Beteiligten, Jackie."

„Das würde ich auch sagen", sagt sie, während die Kamera auf sie zurückschwenkt. Im Hintergrund hockt das hässliche Backsteinkrankenhaus. „Für beide Familien kann es nicht einfach sein. Der vermisste Junge befindet sich jedoch in einem stabilen Zustand und ist hier im Faulkner Krankenhaus wieder mit seiner Familie vereint."

„Klingt nach einem Happy End für alle", sagt der Moderator. „Wir freuen uns immer, so etwas zu sehen."

„Für die Darlings wird es kein so glückliches Ende", sagt King. „Die Kaution für diesen Bastard ist auf eine Million festgelegt."

„Meinst du das ernst?", frage ich und wende mich an ihn. „Woher weißt du das?"

Er zuckt mit den Schultern. „Ich habe nachgeschaut."

„Dürfen sie das überhaupt preisgeben?", frage ich. „Er ist ein Kind."

„Er ist achtzehn", sagt King mit angespanntem Kiefer. „Er ist kein Kind, Crystal. Du bist ein Kind. Royal ist ein Kind. *Er* ist erwachsen."

„Scheiße", flüstere ich und schlucke an dem Kloß in meiner Kehle vorbei. Devlin ist zwei Jahre älter als ich. Als wir. Er ist ein Erwachsener, der ein Kind entführt hat.

Nur ... ich weiß, dass er es nicht getan hat.

Bei all der medialen Aufmerksamkeit, die das erregt hat, wird dieses Mal jemand bezahlen müssen. Sie können es nicht vertuschen oder begraben, wie sie es sicherlich sonst tun, so wie es meine Familie tut, wenn jemand ein Verbrechen begeht. Aber meine Brüder machen Dinge wie illegalen Kampfclubs beitreten, Ladendiebstahl von Spirituosen, vielleicht klauen sie ein Auto für eine schnelle Spritztour. Sie verletzen keine Menschen.

Entführung ist ein schweres Verbrechen. Das ist größer als etwas für die örtliche Polizei. Es ist ein FBI-würdiges Verbrechen. Ein Bundesverbrechen. Es wird nicht einfach weggehen, unter den Teppich gekehrt werden, weil sie die Darlings sind und in dieser Stadt nichts falsch machen können. Diesmal wird es schwerwiegende Konsequenzen geben. Es wird eine Gefängnisstrafe in einem Bundesgefängnis geben.

Ich denke an Devlin Darling im Gefängnis und meine Brust verkrampft sich. Das kann er nicht tun. Nicht einmal für seinen Vater. Welchen Grund auch immer er hat, es zu vertuschen, er sollte seine Familie nicht beschützen. Er sollte nicht für die ganze Familie büßen müssen, für etwas, das er nicht einmal getan hat. Ohne ihn hätte ich Royal vielleicht nicht rechtzeitig gefunden.

„Nichts für ungut, Schwesterchen, aber du siehst scheiße aus", sagt Duke und streckt die Arme über den Kopf. „Lass mich dich für eine Weile nach Hause bringen."

Ich hasse den Gedanken, Royal zu verlassen, aber ich weiß, dass ich nicht ewig hierbleiben kann. Außerdem ist Papa noch hier und ich weiß, dass meine Brüder alle

Royal sehen wollen. Also gebe ich nach und lasse mich von Duke nach Hause fahren.

Zu Hause werde ich vom Energiewirbel in der Küche mitgerissen, wo mein Nonni Essen kocht. Nonna zieht mich in die Küche und will alles über Royal erfahren, obwohl ich nicht genug mit ihr gesprochen habe, um ihr viel zu erzählen. Sie interessiert sich sowieso mehr für sein Wohlergehen als für das, was er gesagt hat.

Ich würde gerne duschen und mir eine Minute Ruhe zum Zähneputzen gönnen, aber diese Momente gibt es zu selten, wenn meine ganze Familie da ist. Nonna bittet mich, den langen Tisch im Esszimmer zu decken, während sie hin und her flitzt, beim Kochen hilft, Kerzen auf den Tisch stellt und beim Gedeck hilft. Ein paar Minuten später platzt das Haus vor Lärm und schweren Schritten, als sich meine Onkel, Cousins und Brüder zu uns gesellen. Es gibt so viel männliche Energie im Raum, dass sie ein Mädchen ersticken könnte, wenn sie nicht daran gewöhnt wäre.

„Gieß Crystal ein Glas ein", sagt Papa, als Nonna mit dem Vino bei mir ankommt. „Sie hat ihren Teil getan, und das wunderbar. Noch ein Darling hinter Gittern."

„Prost", sagt Benny, hebt sein Glas und grinst mich an. „Lasst Gerechtigkeit geschehen."

„Wow", sage ich und komme zu mir. „Du gibst mir Wein? Ich sitze jetzt wirklich am Erwachsenentisch."

„Du machst einen Frauenjob", sagt Papa. „Du wirst nicht mehr wie ein Kind behandelt."

Ich weiß nicht, was ich davon halten soll, und bevor ich antworten kann, wechselt Onkel Donny das Thema. „Deiner Tante Dottie tut es wirklich leid, dass sie es nicht geschafft hat, ihre Lieblingsnichte zu sehen", sagt er, rutscht näher und steckt seine Serviette in seinen Kragen. „Vielleicht schafft sie es zu Weihnachten."

Meine anderen Onkel melden sich mit Berichten über ihre Frauen, Kinder und Freunde, die von Royal gehört haben und froh sind, dass es ihm gut geht. In der nächsten Stunde reden und essen wir. Jedes Mal, wenn ein Gang abgeschlossen ist, kommt ein anderer auf den Tisch. Ich bin so hungrig, dass mir die Ausschweifungen beim Kochen meiner Großeltern ausnahmsweise nichts ausmachen — selbst als Mama mich liebevoll daran erinnert, was Nudeln mit meinen Oberschenkeln und Zucker mit meiner Haut anstellt.

„Alles läuft jetzt nach unserer Pfeife", sagt Papa. „Die Polizei hat die Darlings in Gewahrsam und wir sind auf dem besten Weg, die anderen loszuwerden."

Ich lege meine Gabel weg und erinnere mich an das blasse, blutleere Gesicht in diesem schwarzen Sack. Plötzlich tut es mir leid, dass ich das ganze Essen meines Nonnis gegessen habe. „Wer ist der Typ? Der auf der Baustelle."

„Einer der Jungs vom Job", sagt Papa. „Er hat mit dem Gabelstapler gearbeitet und jemand muss hinter ihm aufgetaucht sein, als er eine Zigarettenpause einlegte."

„Rauchen tötet", sagt Duke und tippt an sein Glas, bevor er etwas trinkt.

„Ich war's nicht", sagt Donny und lacht dann dieses dickbäuchige Lachen, das ich immer als warm empfunden habe. Aber jetzt … weiß ich nicht. Es klingt anders, wenn es nach einer solchen Aussage kommt.

„Sie haben versucht, mich wieder hereinzulegen", sagt Papa. „Da es meine Baustelle war. Aber ich war an der Bar, als es passierte."

„Und wir auch", sagt Vinny. „Viele Zeugen."

„Nur Papa war nicht bei uns", sagt Donny und schlägt Opa auf den Rücken.

„Ein schlotternder alter Mann wie ich ist nicht in der Lage, zu morden", sagt Opa mit einer ganz schwachen und schwankenden Stimme. Dann grinst er wie die Grinsekatze und alle am Tisch lachen.

O Gott. Ich glaube, mir wird schlecht. „Kann ich mich zurückziehen?", frage ich und stoße mich vom Tisch zurück. „Ich glaube, ich habe zu viel gegessen."

Sie lachen alle, als ich das Esszimmer verlasse und in der Küche mit dem Aufräumen beginne. Es ist dunkel, als ich fertig bin und Gelegenheit habe, in meinem Zimmer zu verschwinden. Es ist das erste Mal seit Tagen, dass ich allein bin, und obwohl ich meine Familie liebe, bin ich auch introvertiert, daher fühlt es sich gut an, in ein

Bad zu sinken, die Augen zu schließen und Stille zu haben. Als ich endlich fertig bin, rutsche ich ins Bett, stecke mein Handy ein und schalte es an.

Ich habe Dutzende verpasste Anrufe und zehnmal so viele SMS. Ich überprüfe die Anrufe, hauptsächlich von meinen Brüdern gestern Abend, als sie mich vor dem Spiel nicht haben finden können. Dixie hat dreimal angerufen, Dolly einmal und ein paar unbekannte Nummern.

Ich wechsle zu meiner Messaging-App.

Die Erste ist von einer unbekannten Nummer. Ich scrolle zur nächsten Nachricht.

Romeo (alias CaptainAmerica.Shh.Donttell): Hey, Baby. Ich kann durch dein Fenster fliegen und dich jeden Tag retten. Schreib mir einfach eine SMS und ich bin da.

Ich lächle und schüttle meinen Kopf, scrolle zur nächsten Nachricht.

TheRealDollyBeckett: Ich habe gehört, sie haben deinen Bruder gefunden und es geht ihm gut. Ich freue mich so sehr für dich!

Es folgt eine Reihe von Kuss-Emojis. Dahinter sind ein halbes Dutzend Nachrichten, in denen gefragt wird, wo ich bin, die sagen, dass meine Brüder durchdrehen und mich nicht finden können, und fragen, ob es mir gut geht.

Ich schicke ihr eine Dankesnachricht, schließe ihre Nachricht und scrolle nach unten.

DixieDog: OMG, ich habe gehört, was in der Umkleidekabine passiert ist. Bist du okay?

Ich erstarre und mein Herz bleibt in meiner Brust stehen.

Scheiße.

Natürlich geht das in der Schule herum. Ich habe keine Zeit gehabt, das Geschehene wirklich zu verarbeiten. Mein ganzer Fokus ist auf Royal gerichtet gewesen, mit ein paar Gedanken daran, dass Devlin ins Gefängnis kommt. Ich habe keine Zeit gehabt, über mich selbst nachzudenken, über die Auswirkungen von dem, was passiert ist. Die gesamte Footballmannschaft ist dabei gewesen. Natürlich wird jemand reden, und wenn die Gerüchteküche durch ist, werde ich die ganze Footballmannschaft gefickt haben.

O Gott.

SELENA

Ich sinke in mein Bett und bedecke mein Gesicht mit einem lavendelfarbenen Seidenkissen. Royal denkt, ich bin immer noch seine süße, unschuldige kleine Schwester. Wenn er wieder zur Schule kommt, werde ich die Hure der Stadt sein. Dollys Eltern werden sie nicht mit mir rumhängen lassen. Dixies Eltern werden das wahrscheinlich auch nicht. Und meine Familie ... Scheiße. Ich kann nicht einmal daran denken, was sie tun werden, wenn sie davon Wind bekommen.

Mein Handy klingelt und holt mich aus meiner Angstspirale.

Ich hebe es hoch und öffne die Nachricht.

Unbekannte Nummer: Bitte sprich mit mir.

Darüber steht ein Dutzend Nachrichten und ich muss kein Genie sein, um herauszufinden, dass Devlin meine Nummer hat. Ich weiß nicht, woher er sie hat, aber ich bin nicht überrascht. Zweifellos haben sie sich die Nummer in der Nacht notiert, in der sie mein Handy gestohlen und mich herumgeführt haben wie eine Hündin, oder er hat Dixie bedroht, bis sie sie verraten hat. Es spielt keine Rolle, woher er sie hat. Ich kann nicht antworten.

Trotzdem quäle ich mich noch ein wenig mehr, indem ich nach oben scrolle und sie durchlese.

Unbekannte Nummer (23:06): Geht es ihm gut? Geht es dir gut?

Unbekannte Nummer (23:40 Uhr): Ich werde es wiedergutmachen. Du musst mir nicht glauben, aber ich werde es tun.

Unbekannte Nummer (23:53 Uhr): Mir ist gerade eingefallen, dass du dein Handy nicht hast. Nun, du wirst diese Nachrichten sehen, wenn du es zurückbekommst. Ruf mich an? Ich muss mit dir reden.

Unbekannte Nummer (6:27 Uhr): Du hast es wahrscheinlich schon gehört, aber Papa wurde auch festgenommen. Und wenn du denkst, dass er schuldig ist, liegst du falsch. Er wusste nichts davon, bis ich ihn fragte, und er fragte herum. Er hat nichts mit diesen Leuten zu tun. Aber ich lasse nicht zu, dass er die Schuld alleine trägt. Wenn das Sinn macht.

Unbekannte Nummer (8:30 Uhr): Nun, du hast bekommen, was du wolltest. Meine Familie ist ruiniert.

SELENA

Unbekannte Nummer (8:38 Uhr): Das war dramatisch. Sorry, hab seit über 24 Stunden nicht geschlafen. Es macht mich dumm. Meine Familie ist nicht ruiniert. Niemand kann den Namen Darling ruinieren. Es ist nur meine unmittelbare Familie. Außerdem herzlichen Glückwunsch. Und hoch leben die Darlings!

Unbekannte Nummer (8:40 Uhr): Das war Sarkasmus.

Dann folgt eine lange Lücke. Die nächste Nachricht wurde heute Nachmittag verschickt.

Unbekannte Nummer (16:58 Uhr): Bitte antworte. Schreib mir einfach zurück und sag mir, ich soll mich verpissen, wenn du fertig mit mir bist.

Unbekannte Nummer (18:05 Uhr): Du sprichst wohl auch nicht mit mir. Thema des Tages. Ich scheine von den Darlings enterbt worden zu sein. Ich bin mir nicht sicher, ob es mich kümmert. Außer meine Cousins. Damit habe ich nicht gerechnet.

Unbekannte Nummer (19:08 Uhr): Ich will nur reden. Ich habe gerade niemanden mehr. Aber okay. Ich kapiere es. Es tut mir leid, wirklich.

Ich schließe meine Augen und halte das Handy an meine Brust. Das ist, was ich gewollt habe. Das ist die ganze Zeit der Plan gewesen. Und es hat funktioniert. Ich weiß nicht einmal, wie es passiert ist, aber hier sind wir.

Meine Brüder würden mich töten, wenn ich jetzt weiter mit Devlin rede, weil er wegen der Entführung von Royal verhaftet worden ist. Meine Eltern würden mich auch töten, denn stell dir vor, wie schlimm es aussehen würde, wenn ich mit dem Jungen zusammen wäre, der meinen Bruder beinahe umgebracht hätte? Es ist schlimm genug, dass ich es getan habe, bevor ich es gewusst habe. Was für ein Monster würde einen Jungen immer noch lieben, wenn er so etwas getan hat?

Ich will nicht drüber nachdenken, also lösche ich den ganzen Thread und blockiere seine Nummer. Weil ich so ein Monster bin.

Siebenunddreißig

Crystal

Meine Rache ist völlig schiefgegangen. Ich habe nicht zwei Gräber
ausheben müssen. Ich habe nicht einmal eines graben müssen. Sie haben
sie beide schon gegraben.

Eine Woche später ist Royal zu Hause. Die Prellungen
sind verblasst, und was die Knochenbrüche angeht, hat er
nur ein paar gebrochene Rippen, die mit der Zeit von
selbst heilen müssen. Er hat auch eine
Gehirnerschütterung gehabt, aber ich weiß, dass das nicht
das Schlimmste ist, was ihm passiert ist. Er hat mit der
Polizei und meinen Brüdern gesprochen, aber er hat nicht

mit mir über die Woche gesprochen, in der er weg gewesen ist, und ich habe ihn nicht gedrängt. Ich möchte ihn nicht dazu bringen, das noch einmal zu erleben.

Am Tag, bevor ich wieder zur Schule gehen muss – denn Papa hat mich für die Woche entschuldigt, obwohl meine anderen Brüder nach ein paar Tagen wieder zurückwollten, als sie es gelangweilt hat, herumzusitzen und Royal beim Schlafen zuzusehen – gehe ich ins Wohnzimmer, wo ich meinen Zwilling finde, der in die Ferne starrt, während der Fernseher eine NFL-Pregame-Show abspielt, die ihn früher an den Bildschirm gefesselt hätte.

Ich lasse mich auf die Lehne seines Sessels fallen. „Was ist los?"

„Wann wolltest du es mir sagen?", fragt Royal und starrt aus dem Fenster auf den grauen Novembernachmittag.

Ich schlucke schwer und widerstehe dem Drang, mich dumm zu stellen und zu fragen: „*Was soll ich dir sagen?*", als ob ich es nicht wüsste.

SELENA

Ich habe es ihm sagen wollen, wenn es ihm besser geht, wenn alles wieder normal ist. Aber mir wird langsam klar, dass das nie passieren wird. Unsere blauen Flecken sind verblasst, aber diese Erfahrung, dieser Ort hat uns alle verändert. Es gibt kein Zurück. Jedes Mal, wenn ich meinen Bruder ansehe, der leise vor Wut brodelt oder mit leerem Gesichtsausdruck ins Leere starrt, weiß ich, dass dies nur der Anfang seiner Heilung ist. Wie die gebrochenen Rippen, die weiterhin schmerzen, obwohl er keine äußeren Spuren, keine Verbände oder sperrigen Gipsverbände wie Preston trägt, ist der größere Schaden nicht zu sehen.

„Ich wollte es dir sagen", sage ich leise und drücke meine Handflächen gegen meine Oberschenkel, um mich zu stabilisieren. Ich weiß nicht, was er gehört hat. Wir haben uns beide zurückgehalten, sind nicht zu oft online gegangen oder haben nichts über seine Genesung gepostet. Aber er muss etwas in den kurzen Einblicken in die sozialen Medien gesehen haben.

„Läuft das immer noch?", fragt er.

„Nein", sage ich. Ich atme tief ein und sage es noch einmal, zwinge mich dabei, die Wahrheit zu akzeptieren. „Nein. Nichts läuft mehr."

Ich habe Devlin die ganze Woche nicht gesehen. Ich habe halbwegs erwartet, dass er durch mein Fenster kriecht, aber er hat sich nicht bei mir gemeldet. Ich habe ihn auch nachts nicht draußen gehört.

„Weiß er das?", fragt Royal.

„Ich habe seine Nummer blockiert, also ja, ich denke, er weiß es." Meine Brust zieht sich schmerzhaft zusammen bei der Erinnerung an das, was ich getan habe. Aber es ist das gewesen, was ich habe tun müssen. Er hat seine Familie gewählt. Ich muss meine wählen. Es ist lächerlich zu glauben, dass wir jemals von diesen Bindungen, von unseren Namen befreit sein könnten. Es gibt keinen Weg vom Spielbrett, bis die Spieler mit uns fertig sind. So lange habe ich gedacht, die Darling-Cousins wären die Spieler, welche die Kontrolle haben. Aber wir sind alle die Schachfiguren unserer Eltern.

„Er hat die Kaution hinterlegt", sagt Royal. „Er und sein Vater sollten auf dem Heimweg sein."

„Er hatte vorher keine Kaution hinterlegt?", frage ich und mein Herz schlägt mir bis in den Hals.

Royal sieht mich finster an. „Nein. Warum?"

Ein Teil von mir möchte lügen, eine Sache für mich behalten, auch wenn es nur ein paar SMS von einem Jungen sind, den ich mir niemals erlauben kann zu lieben. Aber nichts auf dieser Welt gehört mir allein. Alles, was ich tue, sage, sehe und trage ... betrifft meine ganze Familie.

„Er hat mir am ersten Tag ein paarmal geschrieben", gebe ich zu.

„Er ist wahrscheinlich mit allen auf der Station befreundet", sagt Royal bitter.

Das bedeutet, dass er sein Handy wahrscheinlich nicht gehabt hat, während er im Bezirksgefängnis gewesen ist oder wo immer er bis jetzt gewesen ist. Ich schätze, dort gibt es Regeln, sogar für die Darlings.

Royal wendet sich wieder dem Fenster zu. Da begreife ich, dass er nicht ins Nichts starrt. Er mag in seine eigenen Gedanken versunken sein, die ich nicht verstehen oder teilen kann, aber er ist aus einem bestimmten Grund hier. Er wartet. Wartet darauf, dass Devlin und sein Vater nach Hause kommen. Wartet auf die Leute, welche die Verantwortung für seine Gefangenschaft übernommen haben.

Eine Minute später erscheinen King und die Zwillinge in der Tür. Duke kommt hereingetänzelt und springt über die Rückenlehne der Couch, landet mit dem Rücken auf dem Leder, bevor er sich aufrichtet. „Bist du bereit, Schwesterchen?"

Ich schlucke schwer. „Ich glaube, ich muss es sein."

„Es ist Showtime, Baby", sagt Duke. „Jetzt ist die Zeit für Rache gekommen."

„Ihr wisst, dass es nicht Devlin oder sein Vater waren, die das getan haben", sage ich.

„Ist das wirklich wichtig?", fragt Royal und schwingt sich zu mir herum, seine Augen voller Anklage und Schmerz.

„Nun …" Ich schlinge die Arme fest um meinen Bauch und versuche, das kranke, leere Loch zu füllen, das sich dort bildet.

„Es spielt keine Rolle", sagt King, stellt sich hinter unseren Stuhl und legt eine Hand auf meine Schulter und eine auf Royals. „Du hast deinen Job gemacht, Crys, und du hast ihn gut gemacht. Du solltest stolz sein. Jetzt ist es an der Zeit, es zu beenden."

„Es spielt keine Rolle, wer es getan hat", sagt Royal und seine Augen sind auf mich gerichtet. „Ihre Familie hat es getan. Sie alle haben das getan. Wenn Devlin uns nicht als Zielscheibe ausgewählt hätte, wäre seine Familie nicht hinter mir her gewesen."

Ich schlucke schwer und nicke, obwohl ich bei dem Gedanken, Devlin zu sehen, zittere. Weiß er überhaupt, dass ich ihn blockiert habe? Dass es vorbei ist?

„Ich stimme dir zu, Bruder", sagt King, drückt Royals Schulter und sieht ihn in einer stillen Solidaritätsbekundung an. „Wir werden sie alle bezahlen lassen, jeden einzelnen Darling, bis zum allerletzten. Wir werden nicht ruhen, bis jeder Darling in Faulkner Angst hat. Sogar jene, die ihren Namen geändert und sich versteckt haben wie verdammte Feiglinge."

„Das ist nicht wirklich fair", murmele ich. „Sie wurden von Opi Darling enterbt."

Alle vier meiner Brüder starren mich an. „Sie haben Darling-Blut", sagt Royal schließlich. „Was ist mit dir, Crystal? Hast du jetzt auch Darling-Blut? Oder bist du noch eine Dolce?"

Meine Kehle verengt sich und ich kann nicht schlucken, als ich es versuche. „Natürlich bin ich immer noch eine Dolce", sage ich mit erstickter Stimme und der Schmerz dreht sich in mir. Mein Zwilling sieht mich an wie eine Fremde. „Wie kannst du mich das fragen?"

Wir bleiben in einem Starrwettbewerb gefangen, bis Duke von der Couch hochspringt. Ich schaue hoch und sehe, wie ein Auto in die Einfahrt der Darlings einbiegt. Mein Herz schlägt und ich schwank in meinem Sitz, während mein Körper droht zu Boden zu fallen. Ich möchte das nicht tun. Ich kann es nicht.

„Dann lass uns gehen", sage ich.

„Das ist der beste Teil", sagt Duke mit einem Grinsen.

„Er hat recht", sagt Baron und legt einen Arm um meine Schultern. „Einen Job zu beenden, ist der befriedigendste Teil."

Und plötzlich weiß ich, dass dies mein Treuetest ist. Devlin und ich haben es versucht. Wir haben gedacht, wir könnten Dinge vor unseren Familien verbergen, aber wir beide haben dazugelernt. Er hat tun müssen, was er mir in der Umkleidekabine angetan hat, um seinen Cousins zu zeigen, dass sie an erster Stelle stehen. Und ich muss das hier tun.

Meine Beine fühlen sich taub und steif an, als ich mit meinen Brüdern gehe. Ich kann nicht atmen, nicht schlucken. Ich habe mich in der letzten Woche versteckt, unfähig, jemandem gegenüberzutreten. Ich habe gedacht, er weiß, dass ich mit ihm abgeschlossen habe, dass er mich in Frieden hat ziehen lassen. Dass ich ihn einfach im Stich gelassen habe, er mich in Ruhe lässt und ich ihm nicht noch einmal gegenübertreten muss. Aber ich hätte es besser wissen sollen. Ich hätte wissen müssen, dass es nicht so einfach wird. Keine unserer Familien wird uns so einfach davonkommen lassen.

VERRATE MICH

Ich habe mir geschworen, dass ich genug habe, dass ich aufgegeben habe, nicht mehr mitspielen werde. Aber welche Wahl habe ich? Selbst wenn die Darlings mich nicht mehr zum Spielen zwingen, wird meine eigene Familie mich dazu bringen, weiterzumachen, bis jemand gewinnt.

Oder bis wir alle verlieren.

Ich kann mich nicht mehr verstecken. Wir sind auf dem Rasen zwischen unseren Häusern, bevor mir einfällt, was ich sagen will. Duke legt von der anderen Seite einen Arm um mich und zusammen tragen mich die Zwillinge fast über den Rasen. Jeder Schritt führt uns nirgendwo hin. Der Rasen ist mir nie größer vorgekommen, nicht einmal in der Nacht, in der ich Devlin hier draußen getroffen habe. Aber bevor ich mich vorbereitet habe, treten wir zwischen die Fliederbüsche, die jetzt kahl und hässlich sind, nachdem sie ihre Blätter abgeworfen haben. Ein kalter Wind zerrt an uns und der graue Himmel über uns ist strukturlos und flach, ein Zeuge ohne Emotionen.

SELENA

Ich versuche, mich davon inspirieren zu lassen, dieselbe düstere Taubheit in mich zu ziehen. Ich werde stark sein. Für meine Familie. Ich werde tun, was ich tun muss, genau wie Devlin. Ich werde hart wie ein Kristall sein.

Devlin tritt aus der Garage, wo sein Vater das Auto geparkt hat. Er bleibt stehen, als er uns sieht. Er trägt die gleichen Klamotten wie in der Nacht, als wir Royal gefunden haben. Sein Vater bleibt neben ihm stehen und Devlin sagt etwas zu ihm. Sein Vater zögert, bevor er zum Haus geht.

Devlin kommt auf uns zu. Ich werde es nicht schaffen. Ich kann es nicht. Ich sehe ihm zu, wie er über die Rasenfläche geht, und frage mich, ob es ihm genauso lang vorkommt wie mir, unseren Rasen zu überqueren. Ich sage mir, das es das ist, was ich gewollt habe. Ich habe gewollt, dass er mich will. Mich mag. Sich in mich verliebt. Ich habe ihn brechen wollen, so wie er mich gebrochen hat. Ich versuche, die Wut, das Gefühl des Verrats hervorzurufen, das ich empfunden habe, als ich an dem Morgen, als er meine Jungfräulichkeit gestohlen hat, aus seinem Schlafzimmer gegangen bin.

Aber jetzt fühlt sich alles leer, hohl und bedeutungslos an. Dafür hasse ich ihn nicht mehr. Wir haben zu viel durchgemacht. Dieser Junge hat mir geholfen, meinen Bruder zu finden, und dafür kann ich ihn nie hassen. Ich habe gespürt, wie sich seine Arme um mich geschlossen habe, während ich einen Leichensack geöffnet und gedacht habe, das Schlimmste in meinem Leben sei wahr geworden. Ich habe Kraft aus ihm geschöpft, als er mich aufrecht gehalten hat, während ich neben Royal gekniet und auf Hilfe gewartet habe. Ich habe die Angst in seinen Augen gesehen, als er gedacht hat, die Person, die er am meisten liebt, sei in Schwierigkeiten. Ich habe gesehen, wie dieser Junge ohne jegliche Angst für sich selbst die Schuld auf sich genommen hat, sein Gesicht stoisch, als er stumm seine Handgelenke ausgestreckt und sich von einem Polizisten Handschellen anlegen gelassen hat.

SELENA

Wie kann ich einen Jungen hassen, der so etwas tut, selbst wenn er derselbe Junge ist, der mir diese schrecklichen Dinge angetan hat?

Duke und Baron lassen ihre Arme um mich fallen, als Devlin näher kommt. Ich muss das allein machen. Sie werden mich hierbei nicht aufrecht halten.

„Das wird episch", flüstert Duke mit singender Stimme.

„Sei barbarisch, wir wissen, dass du es sein kannst", sagt King und stupst meine Schulter leicht an. Ich schalte auf Autopilot um.

Mir ist jetzt klar, dass es hier nicht nur darum geht, Devlin zu zerstören, wie er mich zerstört hat. Hier geht es um Buße. Ich habe für unsere Familie etwas Unverzeihliches getan – ich habe sie beschämt, weil ich schwach genug war, um dem Zauber des Feindes zu verfallen. Jetzt muss ich beweisen, dass ich nicht schwach bin, dass ich nicht naiv genug bin, um die Lügen der Schlange zu glauben, dass ich es nicht wieder tun werde. So beweise ich ihnen, dass in meinen Adern immer noch Dolce-Blut fließt, dicker als Schokolade. So zeige ich

Royal, dass ich seinen Entführer nicht zum Spaß gefickt habe, während er ohne Essen und Wasser in einem feuchten Keller eingesperrt gewesen, geschlagen worden ist und … sogar jetzt, wo er aus dem Krankenhaus nach Hause gekommen ist, diesen gejagten Blick hat.

„Hey, Crystal", sagt Devlin und bleibt vor uns stehen. Er sieht angespannt aus. Er nickt meinen Brüdern ein wenig zu. „Du hast Verstärkung mitgebracht."

„Ja", sage ich. Denn das ist meine brillante, wilde Reaktion, die Devlin innerlich sterben lassen soll, wie ich es getan habe, als er mich verraten hat. „Du solltest das Publikum schätzen", versuche ich es noch einmal. „Das mögt ihr Darlings doch gerne, oder?"

Devlin schluckt. Seine blauen Augen haben die Farbe eines gefrorenen Sees, der nichts verrät. Aber ich kenne ihn jetzt. Ich weiß genug, um die winzigen Risse im Eis zu sehen. Ich weiß, ich muss weiter zuschlagen, bis ich durchbreche.

Das ist schließlich mein Auftrag. So beweise ich, dass ich es wert bin, eine Dolce zu sein, dass ich alles sein kann, was eine Dolce-Tochter sein sollte, wenn sie kein kleines Mädchen mehr ist. Jetzt erfülle ich die Erwartungen einer erwachsenen Dolce-Tochter. Dies ist die echte Crystal 2.0. Nicht nur jemand anderes in der Schule, jemand, die keine Popularität braucht, die echte Freundinnen hat, die sich gegen Mobber stellt, anstatt selbst eine zu werden. Crystal 2.0 ist nicht mehr Papas Baby. Sie ist eine Schlange, eine Frau, die einen Jungen verführt, sein Herz in Brand setzt und zuschaut, wie es brennt, während sie sich zurücklehnt und einen Cocktail trinkt.

Devlin räuspert sich. „Eigentlich hatte ich gehofft, wir könnten irgendwo hingehen und reden." Seine Augen sind allein auf mich gerichtet, sein Gesichtsausdruck intensiv, fast verletzlich. Jetzt muss ich zuschlagen. Seine Schwäche ist die ganze Zeit da gewesen. Ich hätte es wissen sollen. Wir sind gleich, ich und Devlin. Wir haben die gleiche Schwäche. Unsere Familie. Das Bedürfnis, dass die Leute wissen, dass wir gut sind, dass unsere Familie gut ist. Das wir keine dreckigen Gangster oder sadistischen Spinner sind.

VERRATE MICH

„Was immer du unserer Schwester zu sagen hast, du kannst es gleich hier sagen", sagt King, baut sich auf und legt mir schützend einen Arm um die Schultern. Früher hat es mir das Gefühl gegeben, sicher und geliebt zu sein, wenn er den Papa-Bär gespielt hat, aber jetzt durchfährt mich ein Anflug von Verärgerung. Wenn sie mich dazu zwingen, können sie mich zumindest für mich sprechen lassen.

„Sieh ihn dir an", sagt Duke und stupst Baron an. „Früher war er der große Mann auf dem Campus. Eine Woche im Bau in den Arsch gefickt werden und er hat sich in eine kleine Muschi verwandelt."

„Ich wette, sie haben dich geliebt", sagt Baron zu Devlin. „Frischfleisch mit einem hübschen Jungengesicht wie deinem. Ich wette, es gab eine Schlange um das ganze Gefängnis herum, um auf die Chance zu warten, dich einzureiten."

„Und mach dir keine Sorgen um deine Mutter", sagt King. „Du kannst deinem Vater sagen, dass ich ihr während seiner Abwesenheit gezeigt habe, was ein richtiger Mann für sie tun kann. Es gibt nichts Schöneres, als eine verängstigte, ältere Dame zu trösten. Sie war so dankbar, dass sie noch nicht einmal mit ihrem Drink fertig war, bevor sie meinen Schwanz lutschte."

Devlin reagiert nicht einmal auf sie. Sein Gesichtsausdruck ändert sich nicht, aber seine Augen tun es. Eine Härte schließt sich über sie wie Eis, das im Winter über einem Teich gefriert. Seine Augen bohren sich in mich wie Eiszapfen, die sich in die wärmsten Stellen meines weichen Herzens bohren. „So ist das also", sagt er. „Ich glaube, ich habe es dir leicht gemacht."

Das ist mein Moment. Ich zittere, aber ich werde es ihn nicht sehen lassen. Ich schüttele Kings Arm ab. Sie haben mich gestützt, haben angefangen. Der Zug ist abgefahren und es ist zu spät, um ihn aufzuhalten. Ich muss nur an Bord springen.

Ich balle meine Hände zu Fäusten und drücke zu, bis meine Nägel mich bluten lassen. Devlin wartet. Ich wollte ihn sich in mich verlieben lassen, ihn verletzen, wie er mich verletzt hat. Aber in dieser Hinsicht bin ich ihm nicht ähnlich. Er kann entscheiden, dass ich ein Tier bin.

Er kann mich demütigen, benutzen und quälen – ohne Reue.

Aber ich bin keine Psychopathin. Ja, ich muss ihn dafür bezahlen lassen, was er getan hat. Und ich möchte, dass er weiß, wie es sich anfühlt, wie sehr er mich verletzt hat.

Aber es wird mich schlimmer verletzen, als ich ihm jemals wehtun könnte.

Als ich jedoch Royals ruhige Stärke neben mir spüre, weiß ich, dass ich nicht zurückgehen kann. Ich weiß, dass es lange dauern wird, bis dieser gespenstische Blick seine Augen verlässt, falls er es jemals tun wird. Ich weiß, dass Devlin ein untrennbarer Teil der Darling-Maschine ist, genauso wie ich ein Teil meiner Familie bin. Und die ganze Maschine muss zerstört werden.

„Das ist die Sache mit Hündinnen, Devlin", sage ich und meine Stimme ist leiser, als ich beabsichtigt hatte. Irgendwie klingt das für mich noch grausamer. „Es sind Tiere. Wenn du sie in eine Ecke drängst und bedrohst und sie genug verletzt, werden sie sich wehren."

„Jetzt wehrst du dich?", fragt Devlin und zieht amüsiert eine Augenbraue hoch. Der Devlin, der über den Rasen gegangen ist, ist weg. Jetzt gibt es nur noch Devlin Darling, der König der Schule, ihren goldenen Jungen, ihren Helden und Tyrannen.

„Oh, Devlin", sage ich. „Ich habe das bereits getan. Siehst du, du hast versucht, mich zu blamieren, aber alles, was du getan hast, war, dich selbst zu blamieren. Du hast gezeigt, wie schwach du wirklich bist. Du sagtest, du würdest meine Familie zu Fall bringen, aber du konntest es nicht auf die ehrenhafte Weise tun. Du hast nicht fair gekämpft und wir haben trotzdem gewonnen."

Er wirft mir einen hochmütigen Blick zu und verschränkt die Arme vor der Brust, damit seine Tattoos zu sehen sind. Er legt seinen Kopf zurück und starrt mich auf eine Weise an, die mich einschüchtern soll. Aus irgendeinem Grund ist es verdammt heiß. „Ich mag dich auf dem Rücken lieber, wenn ich diese Gedanken direkt aus dir heraushämmern kann", sagt er mit einem Schmunzeln.

VERRATE MICH

Ich schiebe dieses Bild beiseite und pflüge weiter. Er weiß es nicht, aber er macht es mir leicht. Es ist viel schwieriger, einen Jungen zu verletzen, wenn er sich zeigt. Wenn er aber ein Arschloch ist und mich an all die Gründe erinnert, warum ich ihn hasse, möchte ich ihn auf seinen Platz verweisen. Ich will alle töten und ein kleiner kranker und verdrehter Teil in mir liebt es. Ein Teil von mir liebt den Nervenkitzel des Kampfes genauso sehr wie Royal. Vielleicht kämpft er mit Fäusten, während ich mit Worten kämpfe, aber ich habe keinen Zweifel, dass er genauso high wird.

Ich grinse Devlin zurück an. „Du hast schmutzig gespielt und meinen Bruder überfallen, anstatt ihn wie einen richtigen Mann zu bekämpfen. Und sieh dich an. Es brauchte euch drei, drei große, starke Männer, um gegen ein Mädchen zu kämpfen. Und sind wir mal ehrlich, Devlin. Du hast verloren."

Seine Augen heften sich an meine und seine Lippen verziehen sich zu einem grausamen Lächeln. „Ich habe nichts Wertvolles verloren."

„Das hast du sehr wohl", sage ich. „Du kannst große Reden schwingen, aber ich bin keine Närrin. Ich weiß, was du verloren hast. Du hast den Respekt der Schule verloren. Du hast deinen Platz in der Familie verloren. Du hast dein Bestes gegeben, aber meine Familie ist stärker denn je und deine zerfällt. Und wofür? Wir sind immer noch hier, Devlin. Was hat es dir letztendlich gebracht, zu versuchen, uns zu ruinieren? Du konntest *mich* nicht einmal ruinieren."

Er tritt vor, seine Augen verdunkeln sich, seine Stimme schleicht sich wie ein Geheimnis heraus. „Schätzchen, wenn ich dich ruinieren wollte, wärst du schon ruiniert."

„Siehst du, da liegst du falsch", sage ich. „Du denkst, deine Familie ist besser, weil sie seit Generationen Geld hat, aber die Wahrheit ist, du lebst nur in der Vergangenheit. Deine Familie wird ihren Ruhm nie wiedererlangen, weil du die Zeit nicht zurückdrehen kannst. Jeder hier ist so verliebt in die glorreichen Tage der alten Zeit, aber die Wahrheit ist, es ist vorbei, Devlin. Und diese dummen Traditionen und Einstellungen, an denen du dich festhältst, tun nichts anderes, als dich zurückzuhalten. Du denkst, du kannst eine Frau ruinieren, indem du sie fickst, aber ich verrate dir ein kleines Geheimnis. Wir leben nicht mehr im 19. Jahrhundert. Der Wert einer Frau wird nicht mehr nach dem Zustand ihres Jungfernhäutchens beurteilt, Devlin."

„Das habe ich nicht gesagt", sagt er und wirft mir einen stürmischen Blick zu.

„Dann solltest du wissen, dass es mich nicht mehr ruiniert hat, dich zu ficken, als es dich ruiniert hat."

„Dein Ruf sagt wahrscheinlich etwas anderes."

Ich zucke mit den Achseln. „Glaubst du, es interessiert mich, was all diese rückständigen Kerle von mir denken? Also hast du mich dazu gebracht, dir meine Jungfräulichkeit zu geben. Das zeigt, was für ein Mensch *du* bist, nicht ich."

„Ich dachte, wir hatten darüber schon gesprochen."

„Und du dachtest, ich hätte dir vergeben", sage ich. „Das ist süß, Devlin. Du bist es nicht gewohnt, dass Mädchen dich ausspielen, also werde ich es dir klarmachen. Ich mag dich nicht, Devlin. Ich will nichts mit dir zu tun haben. Du warst nichts weiter als Mittel zum Zweck."

Devlin schluckt und ich breche fast zusammen, aber ich muss den Todesstoß ausführen, bevor er spricht.

Ich lehne mich vor und lächle ihn an. *„Nimm es nicht persönlich."*

Es macht mir viel zu viel Freude, ihm seine Worte ins Gesicht zu werfen und ihn mit jedem Wort tiefer zu schneiden. Auch wenn ich weiß, dass die Klinge zweischneidig ist und jedes Wort mich mit der gleichen Präzision schneidet. Ich genieße den Schmerz. Ich will den Schmerz. Ich möchte ihm genauso wehtun wie er mir, aber ich möchte auch mir selbst wehtun. Ich möchte so sehr verletzt sein, dass ich den Blick in seinen Augen vergessen kann, dass ich nichts anderes als meinen eigenen Schmerz spüren kann, damit ich seinen nicht bemerke.

„Das ist scheiße, nicht wahr?", frage ich, meine Stimme ist wieder sanft, fast entschuldigend.

VERRATE MICH

Devlin stößt ein leises, lautloses Schnaufen aus, sein Blick ist ungläubig. Aber ich kann darüber hinwegsehen, kann einen Schatten des Jungen dort drinnen sehen, des Jungen, der mich weggetragen und gebadet hat und mit mir im Bett gelegen und mich gehalten hat. Und ich will nichts davon sehen. Ich will diesen Jungen zerstören, ihn auslöschen.

Ich möchte nicht daran denken, schnell in seinem Auto zu fahren und zu lachen, oder an den Geruch von ihm, wenn er sich näher lehnt, oder an das starke, dominierende Gefühl seines Körpers an meinem. Ich möchte nicht daran denken, wie nahe wir uns gewesen sind, oder daran, dass unsere Körper zusammenprallen wie Orkane, die entschlossen sind, sich gegenseitig zu zerstören. Ich möchte nicht an die Verbindung denken, die ich mit ihm fühle, die Gewissheit, dass wir gleich sind, dass ich seine Grausamkeit verstehe, weil ich genauso grausam bin.

Ich möchte mich nicht daran erinnern, wie geliebt ich mich gefühlt habe, als meine Wachsamkeit nachgelassen hat und ich ihn hereingelassen habe, und wie gefährlich, erschreckend frei ich mich in diesen Momenten gefühlt habe, in denen es nur um uns gegangen ist und ich nicht an seine Familie oder meine gedacht habe.

Und ich möchte nicht daran denken, wie mein Herz mit jedem Moment, der vergeht, mehr bricht. Wie es langsam zerbricht, als er sich wortlos umdreht und weggeht.

Ich warte, mein Herz zittert in meiner Brust und ich bete, dass er nicht umkehren wird. In der Hoffnung, dass er es tut. Wenn ich jetzt sein Gesicht sehe, zerbreche ich auf eine Weise, die niemals geheilt werden kann.

Es gibt Momente, in denen es das schönste Gefühl der Welt ist, Teil einer Familie zu sein. Ein Gefühl von Glück und Zugehörigkeit, zu wissen, dass jemand hinter dir steht, egal wie falsch du liegst.

Und es gibt Momente, in denen es das schlimmste Gefühl ist, Teil einer Familie zu sein. Das Gefühl, erstickt und gefangen zu sein, zu wissen, dass sie nicht mehr hinter dir stehen, wenn du das Richtige tust. Dass du zur

Feindin wirst und sie dir den Rücken zukehren und dich so schnell ruinieren wie jeden Rivalen.

King legt einen Arm um meine Schultern und Royal legt einen um meine Taille und wir sehen Devlin Darling allein über den endlosen Rasen gehen. Er dreht sich nicht um. Ich schlucke den Schmerz der Tränen herunter, den Drang, seinen Namen zu rufen, zu ihm zu laufen und meine Arme um ihn zu legen in diesem Moment, in dem ich eine ganze Armee hinter mir habe und er niemanden hat. Aber sobald ich auch nur zucke, wird der Griff meiner Brüder fester, hält mich zusammen, hält mich zurück. Ich bin ein Teil der Dolce-Familie, die untrennbar mit mir verwoben ist. Ich bin eine Dolce-Tochter. Ich soll immer anmutig bleiben. Ich renne Jungs nicht nach und bitte um Verzeihung. Ich entschuldige mich nicht für einen gut gespielten Betrug.